中國語言文字研究輯刊

七 編

許 錟 輝 主編

第 2 冊

楚系簡帛文字形用問題研究

許 萬 宏 著

花木蘭文化出版社

國家圖書館出版品預行編目資料

楚系簡帛文字形用問題研究／許萬宏 著 -- 初版 -- 新北市：
花木蘭文化出版社，2014〔民103〕
目 4+178 面；21×29.7 公分
（中國語言文字研究輯刊 七編；第2冊）
ISBN 978-986-322-842-4（精裝）
1.簡牘文字 2.帛書 3.研究考訂
802.08　　　　　　　　　　　　　　　103013628

ISBN-978-986-322-842-4

9 789863 228424

中國語言文字研究輯刊
七 編　　第二冊　　　　　ISBN：978-986-322-842-4

楚系簡帛文字形用問題研究

作　　者　許萬宏
主　　編　許錟輝
總 編 輯　杜潔祥
副總編輯　楊嘉樂
編　　輯　許郁翎
出　　版　花木蘭文化出版社
社　　長　高小娟
聯絡地址　235 新北市中和區中安街七二號十三樓
　　　　　電話：02-2923-1455／傳真：02-2923-1452
網　　址　http://www.huamulan.tw 信箱 hml810518@gmail.com
印　　刷　普羅文化出版廣告事業
初　　版　2014 年 9 月
定　　價　七編 19 冊（精裝）新台幣 46,000 元

楚系簡帛文字形用問題研究

許萬宏　著

作者簡介

許萬宏，男，1963 年出生於安徽省繁昌縣。1978 至 1981 年，安徽省南陵師範學校普師專業學習。1998 至 2001 年，復旦大學中國語言文學系學習，獲文學碩士學位。2008 至 2011 年，中國社會科學院研究生院語言系學習，獲文學博士學位。2001 年至今，在黃山學院中文系任教，主要講授《古代漢語》、《訓詁學》、《漢語史》等課程。多年的求學過程，學習、關注的重點始終爲漢語言文字與訓詁。

提　要

　　拙著以戰國楚系（楚地）簡帛文字作爲主要研究對象，旨在側重於楚系文字形體與應用問題的討論。我們是想通過簡帛材料的考察、分析、研究來探討楚文字字形與應用方面的一些現象，以期能理出一些規律性的現象。

　　第一章　爲緒論，主要涉及對戰國「文字異形」的認識以及前人對楚系文字的研究概況。如果戰國時期不同地域的文字分歧不大，甚至可以忽略的話，那麼，我們也就沒有深入研究楚文字的必要。從這一意義上說，「文字異形」是討論戰國楚文字的前提和基礎，所以我們把這部份置於全文之首。

　　第二章　討論的是典型楚系文字，不過文中所說的典型楚文字並不包括我們常常論及的形體特殊的那些文字，而是指那些形體雖然常見，但在簡帛材料中用法迥異的那部份文字。

　　第三章　爲典型的楚系偏旁結構，通過統計、分析以及與他系文字的比較，我們著重討論了楚文字幾個構字偏旁在字形中的位置。這幾個構字偏旁是十分能產的，位置相當固定，不因楚文字內部地域或書手的差異而有所不同。它們對內具有普適性，對外具有區別性，應該可以看作是楚文字中具有地域特色的部份。

　　第四章　是關於異體字的論述，文中使用的是狹義的異體字概念。討論異體字中的種種現象首先要排除非異體字的部份，我們認爲楚文字中母字與分化字不能視爲異體字。楚文字異體字的構成較爲複雜：有承襲商周文字形體的文字與楚地特有寫法的文字形成的異體。有楚文字內部地域的不同而造成的一字異體。還有傳世文獻、古代字書中認爲是不同的字，而這些字在楚系文字實際使用過程中並沒有什麼區別，在楚文字範圍內也應該看作異體字。

　　是關於楚系簡帛文字研究的幾點思考，我們認爲楚文字的研究必須以文字的實際運用爲準繩，形、用必須結合起來研究，不可偏廢。楚文字形用方面的規律性探索應該成爲今後的一個重要論題，同時楚文字內部地域差異也應該得到更多地關注。

目

次

凡　例

一、論文引用古文字材料全稱、簡稱對照表：

長沙五里牌斯四〇六號墓楚簡	五 M406
仰天湖二五號墓楚簡	仰 M25
楊家灣六號墓楚簡	楊
信陽長台關一號墓楚簡	信
江陵望山一號墓楚簡	望一
江陵望山二號墓楚簡	望二
戰國楚竹書滙編	滙
九店五六號墓楚簡	九 M56
天星觀卜筮簡	天卜
天星觀遣冊	天冊
包山二號墓楚簡	包
曾侯乙墓簡冊	曾
郭店一號墓楚簡	郭
上海博物館藏戰國楚竹書（一）	上・一
上海博物館藏戰國楚竹書（二）	上・二
上海博物館藏戰國楚竹書（三）	上・三
上海博物館藏戰國楚竹書（四）	上・四
上海博物館藏戰國楚竹書（五）	上・五
上海博物館藏戰國楚竹書（六）	上・六
上海博物館藏戰國楚竹書（七）	上・七
新蔡葛陵楚簡	新
睡虎地秦墓竹簡	睡
楚帛書	帛
長沙馬王堆漢墓帛書	馬
侯馬盟書	侯

二、論文引述的《說文》，其後引述的段玉裁註釋，凡沒有特別注明的，即來自
　　《說文解字注》。

三、論文中例句以及附表中的統計數據，多根據李守奎、滕壬生的文字編和武
　　漢大學簡帛網的檢索系統，在此表示謝忱。

第一章　緒　論

　　楚系簡帛文字形用問題研究涉及楚文字的形體和使用習慣兩方面的內容，在我們看來二者是一個有機的整體，不可偏廢，必須結合起來進行研究，才可能說清楚問題的本質。文字是爲記錄語言而創製的書寫符號系統，拋開它使用的語言環境而孤立地討論其形體、結構，有些問題不易說得清楚，有些現象也難以得到合理的解釋。我們認爲，典型的楚系文字不僅包括書寫形式特別的文字，還應該包括那些形體雖見於他系而在使用上有明顯差異的文字。楚文字中母字與分化字的辨別、異體字的判斷僅從字形上來立論往往是靠不住的，文字的實際運用是我們立論的依據和檢驗的標準。在問題闡述的時候我們始終本著文字形體必須與實際使用情況相結合這一原則。

第一節　有關戰國「文字異形」的認識

　　在中華民族數千年的歷史文明進程中，戰國時代無疑是一個極爲重要的歷史轉折時期。王夫之謂：「戰國者，古今一大變革之會也。」〔註1〕這是對整個戰國時代這一特質的最好揭示。變革和繼承永遠是辯證統一的，變革是爲了更好的繼承和發展，繼承是變革的前提和基礎。急劇變化的戰國時代，它一方面繼承了殷周王朝固有的優秀傳統，另一方面也在此基礎上作出了諸多的變革，

〔註1〕王夫之：《讀通鑒論・敘論四》，中華書局 1975 年版，第 1112 頁。

從而爲中華民族大一統的秦漢王朝奠定了堅實的基礎。在這兩百多年期間，戰國諸雄在政治、經濟、軍事、文化等方面採取了一系列的變革措施，以期在殘酷的兼併戰爭中謀生存、求發展、期壯大。這一時期各諸侯國在文化上也呈現出鮮明的地域特色，作爲文化傳播載體的語言文字當然也不能例外。由於鐵製農具大規模的使用，戰國時代的生產力較之以前有了很大的提高，社會經濟也得到了空前的發展。此時的文字也終於揭開了她那具有神秘光環的面紗，走下了高高的神壇，從長時間爲少數人所專有的秘器，轉而成爲替整個社會服務、爲更多人所掌握的輔助性交際工具。文字與社會生活關係結合得愈益緊密，文字使用的範圍也就會愈來愈廣。當文字在民間頻繁而廣泛使用之時，原有的那些結體繁複、筆劃詰屈的文字就顯示出不能適應日益發展變化的社會需要。基於大眾對文字形體簡潔、便於書寫的客觀要求，文字的變革也就成爲勢之必然。戰國各系屬文字中簡體字大量湧現，草率字體的廣泛流行，正是文字變革過程中的必然結果。不同地域的文字，其發展變化並不是同步的。發展變化的不均衡性，是導致戰國文字異形現象的主要因素。

　　最早對戰國文字紛繁複雜、結體殊異這一現象作出概括的要數東漢的許慎，《說文解字‧敘》：「其後諸侯力政，不統於王，惡禮樂之害己，而皆去其典籍。分爲七國，田疇異畝，車塗異軌，律令異灋，衣冠異制，言語異聲，文字異形。」〔註 2〕在許慎看來，戰國方音歧出、文字殊體皆源於東周王朝的分崩離析。當然這確實是文字殊體的主要誘因，不過文字體系內部演變的不均衡同樣是不可忽略的因素。揆之於古代典籍，結合現代漢語地域方言的諸多分歧，戰國時代「言語異聲」應該是不爭的事實。至於「文字異形」，許慎雖然並沒有作出進一步的詳細說明，但從《說文解字》收錄的小篆與或體來看，許氏之說應該言之有據。《說文》收錄的籀文、古文有一千一百餘個，不可謂少；何況還有數量眾多的簡體、俗書不爲許氏所目睹或雖爲許氏所目睹而不屑收入者。

　　自許慎之後迄二十世紀初葉，千八百年間，歷代學人於戰國文字鮮有問津。究其原因，恐怕主要還是由於流傳下來的戰國文字資料相對比較匱乏。雖然戰國青銅器的數量也很龐大，但是其銘文已經罕有西周時期那洋洋數百言的鴻篇巨

〔註 2〕段玉裁：《說文解字注》，上海古籍出版社 1981 年版，第 757～758 頁。

製，取而代之的多爲物勒工名式的程式化語言。而陶器、兵器、玉石、鈢印、貨幣上面的文字更是只有寥寥數言，並且由於文字書寫、刻畫簡便、草率以及文字訛變等原因，釋讀十分困難，這在客觀上限制了歷代學者對戰國文字的深入研究。期間出土的戰國文字資料當以汲冢竹書最爲大宗，據史書記載，「太康二年，汲郡人不準盜發魏襄王墓，或言安釐王冢，得竹書數十車。其《紀年》十三篇，記夏以來至周幽王爲犬戎所滅，以事接之，三家分，仍述魏事至安釐王之二十年。蓋魏國之史書，大略與《春秋》皆多相應。……《穆天子傳》五篇，言周穆王游行四海，見帝臺、西王母。……大凡七十五篇，七篇簡書折壞，不識名題。冢中又得銅劍一枚，長二尺五寸。漆書皆科斗字。初發冢者燒策照取寶物，及官收之，多燼簡斷札，文既殘缺，不復詮次。武帝以其書付秘書校綴次第，尋考指歸，而以今文寫之。」〔註3〕汲冢竹書收爲官府後，晉武帝詔荀勗、衛恒、束皙等學者將竹簡古文字用當時的通行文字「今文」寫定。對竹書文字的隸定，這無疑屬於古文字釋讀、研究的範疇。一次「得竹書數十車」不可謂不豐富，令人遺憾的是我們現在只能見到古本《竹書紀年》的佚文和《穆天子傳》。重新寫定的汲冢書雖說在考證先秦歷史、地理諸多方面頗有裨益，不過其文獻學價值遠勝過文字學價值。衛恒〔註4〕在整理簡文的同時搜集、分析異體字材料，撰《古文官書》一卷。這本研究戰國文字的著作在隋唐以後便亡佚了，汲冢竹簡文字的眞實風貌和衛氏對汲冢簡文異體字整理的情況我們現在無從得知，令人扼腕。

清末民初，已經有學者自覺地運用甲骨文、金文材料來研究《說文》中的籀文、古文。其間，於戰國文字研究領域，在理論上有重大貢獻的要首推王國維。他鑿開鴻蒙，首次明確提出了「古文」即戰國時六國文字的論斷。他撰寫的《史籀篇疏證》、《史籀篇敍錄》、《戰國時秦用籀文六國用古文說》諸文多次重申了他的這一觀點。他說：「篆文固多出於籀文，則李斯以前，秦之文字，謂之用篆文可也，謂之用籀文亦可也。則《史籀篇》文字，秦之文字，即周秦間西土之文字也。至許書所出古文，即孔子壁中書，其體與籀文、篆文頗不相近，六國遺器亦然。壁中古文者，周秦間東土文字也。」〔註5〕在後來的文章中王氏

〔註3〕《晉書·束皙傳》，《晉書》卷五十一，中華書局1974年版，第1432〜1433頁。

〔註4〕關於《古文官書》的作者，《漢書·儒林傳》注、《隋書·經籍志》、《舊唐書·經籍志》皆謂後漢衛宏著。論文採用孫詒讓的觀點，見《籀廎述林》卷四。

〔註5〕王國維：《史籀篇疏證序》，《觀堂集林》卷五，中華書局1954年版，第251頁。

進一步肯定戰國時代秦與山東六國在文字使用上的差異。他說：「余前作《史籀篇疏證序》疑戰國時秦用籀文，六國用古文，並以秦時古器遺文證之，後反覆漢人書，益知此說之不可易也……凡東土之書，用古文不用大篆，是可識矣。故古文、籀文者，乃戰國時東西二土文字之異名，其源皆出於殷周古文。而秦居宗周故地，其文字猶有豐鎬之遺，故籀文與自籀文出之篆文，其去殷周古文反較東方文字（即漢世所謂古文）爲近。」〔註6〕

　　王氏戰國東西文字差異學說的提出，在此後相當長的一段時間裏可謂聚訟紛紜，有徹底否定者，有全盤接受者，有對其修正者。不過論者大多囿於有限的戰國文字材料，很難得出一個客觀、公允的結論。進入二十世紀下半葉，隨著數量眾多的戰國竹簡、玉石文字材料逐漸面世，使我們對戰國文字的眞實狀態有了更爲直接的的認識。在此基礎上，重新審視王氏學說在學術史上的作用，也就顯得尤爲必要。我們認爲臺灣學者林素清就《戰國時秦用籀文六國用古文說》所作的評析材料翔實，結論也較爲平易，轉述如下：「除了《史籀篇》作者和時代問題應修正外，王國維《戰國時秦用籀文六國用古文說》，基本上確是道出了戰國時代秦文趨向保守，六國則大量使用新興古文字體（即崇尚簡化、多訛變和繁飾）之眞相。於是承襲西周籀文系統的秦國文字，自然與東方諸國有很大的差異，因此，就戰國時代文字使用的情形來看，的確有『古籀分用』的現象。」〔註7〕

　　中華人民共和國成立後，第一篇全面而有系統的研究戰國文字的綜述性文章應屬李學勤的《戰國題銘概述》〔註8〕。文章所涉及的戰國文字資料十分廣泛，包括玉石、貨幣、鈢印、陶器、兵器、簡帛等。作者將考古發掘與戰國文字材料結合起來進行研究，主要目的在於考證史實。作者雖然不以文字的釋讀爲要務，然而對一些疑難字的隸定，則顯示出慧眼獨具。李學勤在王國維「東西二土文字」兩分法的基礎上，按國別並綜合考慮地域情況將戰國文字材料分爲「齊國題銘」、「燕國題銘」、「兩周題銘」、「三晉題銘」、「楚國題銘」、「秦國題銘」六部

〔註6〕王國維：《戰國時秦用籀文六國用古文說》，《觀堂集林》卷七，中華書局1954年版，第305～306頁。

〔註7〕林素清：《《說文》古籀文重探——兼論王國維《戰國時秦用籀文六國用古文說》》，《中研院歷史語言研究所集刊論文類編·語言文字編·文字卷（三）》，中華書局2009年版，第205頁。

〔註8〕李學勤：《戰國題銘概述》，《文物》一九五九年七、八、九期。

份加以論述，可謂後出轉精。按國別來劃分戰國文字材料的做法爲以後學者進一步深入研究戰國文字提供了新的視角，影響至巨。後來諸多研究戰國文字的綜述類論文以及專著大都遵循這一大的構架，有些只不過做了些許調整而已。

出版於一九八九年的何琳儀的《戰國文字通論》是我國第一部全面總結戰國文字研究成果的通論性專著。該書初版時，戰國文字這一古文字學分支學科尚處於發軔階段。作者將該學科早期眾多而又分散的研究成果及時予以總結，彙集一書，並使之普及，對學科的健康發展功不可沒。李學勤說：「《戰國文字通論》的出版，在這一分支學科的成長過程中，是件大事，必將促進學科的發展，有利於中國古文字學的進步。」〔註9〕書中《戰國文字分域概述》一章，作者吸收了以往學者的研究成果，將戰國文字按地域分爲「齊系文字」、「燕系文字」、「晉系文字」、「楚系文字」和「秦系文字」。每一「系」文字或與一個國家對應，或包含多個國家。戰國文字分「系」研究不僅在於能夠使龐雜的文字材料眉目清楚，還在於可以將不同系屬的文字進行橫向比較研究，能使戰國文字的同中之「異」（不同地域的文字在書寫風格、形體結構等方面）更易彰顯。如果說「戰國文字分域」是側重於同中之「異」的話，那麼該書的第四章《戰國文字形體演變》則是異中求「同」。「從整體來看，戰國時代各地文字都沿著相同或相近的變化規律而演變。」「戰國文字是殷周文字形體演變的繼續。殷周文字形體變化的某些規律，諸如簡化、繁化、異化等，與戰國文字形體變化規律也大致相同。只不過由於地域的差別，這類變化表現的更爲激烈而已。」〔註10〕

許愼提出戰國「文字異形」說後，絕大多數學者都承認戰國文字在同一歷史層面的不同地域、同一地域的不同歷史層面，其文字形體、結構以及文字使用等方面確實存在著不小的差異。不過對於戰國文字不同地域間的差異究竟有多大，這種差異的實質是什麼，地域特色能否成爲將戰國文字劃分爲不同系屬的標準，則存在著諸多分歧。李運富在《戰國文字「地域特點」質疑》一文和《楚國簡帛文字構形系統研究》一書中對戰國文字「地域特點」提出了自己的不同看法。他對當時戰國文字研究的現狀頗有針砭，他說：「雖然已經出土了大量的戰國文字原始材料，但由於從文物考古、歷史文化和文獻內容角度研究的

〔註 9〕李學勤：《戰國文字通論·序言》，江蘇教育出版社 1989 年版，第 1 頁。
〔註10〕何琳儀：《戰國文字通論（訂補）》，江蘇教育出版社 2003 年版，第 202 頁。

較多，而對文字本體的研究大體限於單字的考釋和編撰字表，至於構形上的規律特點及其歷史地位等等，則仍然滿足於舉例式的印證舊說而絕少創新發明。」〔註 11〕李氏認為將不同地域為數不多的個體文字差異當作「地域特點」來看待是不恰當的，「個體字符的差異或有無只能說明個體，不能說明整體。」「個體字符的差異或有無只是個別字符本身的問題，不能代替某個國家或某個字系的特點。」〔註 12〕基於這樣的認識並結合其古文字構形方面的理論，他認為：「上述各『系』文字所謂的『特點』既然不成其為特點，那從漢字史的角度將戰國文字分成若干『系』也就難以讓人信服。」〔註 13〕

不同學術觀點的爭論有利於該學科的建設，能夠修正謬誤，促進學科朝著縝密科學的方向發展。我們主張，現階段可以就戰國文字「地域特點」的「有」或「無」作進一步的研究探討，沒有必要匆忙作出結論。儘管如此，還是有必要闡述一下我們的觀點。戰國各系屬文字的差異主要體現在單個字體的不同，單個字符的差異同樣可以顯示「特點」，只不過這個「特點」是外在的、局部的而非「整體」的。戰國各系屬文字都是對商周文字的直接繼承，它們仍然屬於古漢字的範疇。只要我們承認這一點，戰國文字的地域差異也只能是外在的、局部的而不可能是「整體」的。在相對的同一歷史層面上，一種文字如果其地域演變呈現出「整體」差異的話，不是從一種字體演變為另一種字體，就是從一種文字變化為另一種文字。現實生活中甲乙倆孿生兄弟其差異是很小的，我們正是憑藉著他們外在的、局部的微小差異來區分二者。那麼，為數不少的單個字符的差異完全可以作為區分不同系屬文字的標尺。客觀的說，現今我們對戰國文字整體面貌還缺乏足夠的瞭解，而整體把握的前提又必須以局部的深入細緻研究為前提。我們認為，目前將材料豐富且多少有點龐雜的戰國文字材料分「系」進行研究，不僅有利於戰國文字研究的實踐，而且在學理上也是能夠成立的。戰國文字作為古文字學一個分支學科，它的建立遲於金文、甲骨文，無論是研究的範圍，還是研究的深度，遠不及甲金文字。不過近些年來隨著大量戰國竹簡的面世，這種局面得到了很大的改觀。戰國文字已然成為當下古文字學者研究的熱門話題，這本身就是一個極好的註腳。

〔註 11〕李運富：《楚國簡帛文字構形系統研究》，嶽麓書社 1997 年版，第 1 頁。

〔註 12〕同前，第 87 頁。

〔註 13〕同前，第 84 頁。

第二節　楚系簡帛文字研究的歷史與現狀

關於楚系簡帛文字研究的現狀，李學勤爲何琳儀《戰國文字通論（訂補）》所作序言中的一段話作了簡明扼要的總結。他說：「1942 年發現的長沙子彈庫楚帛書，五十年代出土的楚竹簡，已使楚文字躍爲學者論析的焦點。前些年新出的荊門郭店楚簡與上海博物館收藏的楚簡，更增強了楚文字的重要地位。今天研究六國文字，不得不先從楚文字入手。和秦文字得到重點研究一樣，楚文字研究也趨於專門化。」〔註14〕就出土的古文字材料豐富性而言，秦系文字和楚系文字無疑是戰國文字的雙璧。

從楚系簡帛研究歷史上看，整體來說，在過去相當長一段時間楚系簡帛文字的研究主要還是集中在單個文字的考辨和釋讀以及從政治、經濟、歷史、哲學、文化等視角對簡文所作的研究。相比較而言，有關楚系簡帛文字的本體研究，諸如特殊字體、結構規律、演變方式等，則顯得相對薄弱，不過這種狀況近年來得到了顯著的改觀。

《楚帛書》自二十世紀四十年代出土後，眾多學者對其進行了持續而深入的研究，不過幾乎所有的論文與著作都集中在文字考釋、帛書內容的解讀方面。由於帛書使用的單字數量有限，研究者難以窺視整個楚系文字發展演變的線索，因此就是爲數不多的有關帛書文字的研究也只限於書法藝術層面的探索。郭沫若《古代文字之辯證發展》：「抄錄和作畫的人，無疑是當時民間的巫覡。字體雖是篆書，但和青銅器上的銘文字體有別。體式簡略，形態扁平，接近後代的隸書。它們和簡書、陶文等比較接近，是所謂的『俗書』。但歷史昭示我們，它們是富有生命力的，它們將促使貴族化了的文字走下舞臺，並取而代之。」〔註15〕曾憲通《戰國楚地簡帛文字書法淺析》〔註16〕則對楚帛書文字書寫風格進行了探索：（1）起筆重而收筆輕，筆道富有彈性。（2）用筆方圓兼備，靈活多變。（3）結體不平不直，內圓外方。（4）波勢挑法已見端倪。誠然，這些書寫風格的歸納無疑可以幫助我們認識瞭解當時楚文字在民間的使用情況。毋庸諱言，以上這些概括性的論述畢竟不是楚系

〔註14〕何琳儀：《戰國文字通論（訂補）》，江蘇教育出版社 2003 年版，第 2 頁。

〔註15〕郭沫若：《古代文字之辯證發展》，《考古學報》1972 年第 1 期，第 8 頁。

〔註16〕曾憲通：《古文字與出土文獻叢考》，中山大學出版社 2005 年版，第 56〜65 頁。

文字本體論的成果。嚴格的說，這還不屬於文字學範疇。

二十世紀世紀八十年代前雖然有數批楚系竹簡出土，但竹簡數量不多，內容也較爲單一（其中多爲遣冊），保存狀況不是很好，文字也不夠清晰。多種不利因素的疊加，客觀上也限制學者對楚簡文字形體特點、演變規律的深入探索。儘管如此，仍然有一些學者知難而進，在這方面作出了有益的嘗試。馬國權《戰國楚竹簡文字略說》一文將此前出土的七批楚簡文字置於整個戰國文字這一大的框架中來考察，既看到作爲戰國文字分支的楚簡文字所具有的戰國文字的共性，又關注到了作爲戰國文字地域變體的楚簡文字的個性。文章指出：「這七批竹簡文字，具有戰國文字所共有的特點，即：地區之間頗有分歧，同地區之間也有很多殊異，形符、聲符和偏旁位置不固定，假借現象普遍。」「在結構方面，地區的分歧是觸目可見的——至於同地區的殊異，最突出的是同一批竹簡，一個字的寫法先後往往不同。這反映了當時異體字的繁多與書寫上的隨便。」〔註17〕作者認爲，楚系竹簡文字之「異」也只是整個戰國文字的「同」中之「異」，其具有的戰國文字的共性是主要的。

進入九十年代，包山楚墓竹簡的公佈，使更多古文字研究者加入到楚系文字研究的行列。包山竹簡保存十分完好，字跡清晰。簡文總字數達到了 12626 個，單字也有 1605 個，合文 31 個。包山簡的內容較之以前出土的楚簡更爲豐富，除以前常見的遣冊外，還有戰國時期楚國地方政府機構的文書彙集以及有關墓主個人的占卜記錄。應該說，包山楚簡比較全面地反映了當時楚國文字基本面貌和實際使用情，爲全面、深入研究楚系文字提供了客觀基礎。彭浩、劉彬徽等在整理、釋讀簡文的基礎上撰寫了《包山楚簡文字的幾個特點》〔註 18〕一文。文章概括了包山簡牘文字的幾個重要現象：（1）簡文中部分字形和偏旁與《說文》古文、《汗簡》有密切的關係，有的密合無間，有的則近似。（2）筆劃和字形的簡省。這是由於大量使用文字，要求書寫簡便、迅捷而產生的現象。（3）筆劃和字形的增繁。由於竹簡文字書寫的隨意性，或者爲了著重強調某種含義，往往在原來字形的基礎上增添新的筆劃和偏旁，構成新的字形。（4）異形。客觀的說，這幾點是符合包山楚簡文字的實際情況。文章對諸如異體字產

〔註17〕馬國權：《戰國楚竹簡文字略說》，《古文字研究》第三輯，第 153～159 頁。

〔註18〕彭浩、劉彬徽等：《包山楚簡文字的幾個特點》，《包山楚簡》，文物出版社 1991 年版，第 68～73 頁。

生的原因作了初步分析，不過略顯簡略；對於楚系文字演變的一些深層次的原因，僅有觸及而沒有進行深入的探討，略顯遺憾。

　　黃錫全《楚系文字略論》也提到楚系文字的幾個「特點」〔註 19〕。（1）文字形體與它系有別。（2）盛行鳥蟲書。（3）銘文多用『之』韻。（4）有別於它系的特殊字。（5）有一些特殊用語。（6）楚文字中以國之大事紀年。黃文通過與其他系屬文字比較來說明楚文字的特點，方法論上是可取的。不過他更多的是側重於文字的書寫風格、字體的藝術取向和行文的措辭用韻，而不是文字的本體。縱觀上述六個特點，我們不難發現，其中的第三、第五、第六點不屬於文字本身問題，第二點談的只是在特定的歷史時期、一定地域的部份書寫材質上楚系文字書寫風格，只有第四點說的是異寫字和異構字現象，與文字本體相關。在專著中詳細而全面論述楚系文字特點的要數何琳儀的《戰國文字通論》和滕壬生的《楚系簡帛文字編‧前言》。兩者對楚系簡帛文字作了綜合歸納：特殊的偏旁、特殊形體、形體的簡化、形體的繁化（包括重疊形體、重疊偏旁、增加偏旁、增加筆劃）、形體的異化（包括方位互作、形符互作、形近互作、聲符互作）。不難看出，這些特點不僅楚文字有，其他地域的文字也有。

　　目前學術界通常所稱說的楚系文字特點，如果我們說它是整個戰國文字的特點也沒有什麼不妥，將之移至其他系屬文字也合適，這就不能不使人們對學者研究得出的的楚文字的地域特點心存疑惑。李運富質疑「地域特點」，他用漢字構形理論對楚系簡帛文字進行了一系列較爲詳細的分析，得出了不存在所謂的戰國文字地域特點的結論。我們姑且不論這個結論是否正確，但在我們看來它至少可以說明一個問題，那就是目前古文字界所說的這些特點，其實很難稱之爲眞正的「特點」。雖然我們對李運富質疑戰國文字地域特點的一些觀點持保留態度，但它促使我們反思前此楚系簡帛文字研究中存在的一些問題，重新思考若干值得繼續探索和思考的深層次問題。董琨先生《楚文字若干問題的思考》一文從宏觀方面對當今楚文字研究提出了應該重點考慮的幾個問題。他認爲楚文字研究必須充分考慮楚系語言文字與中原漢語的關係，必須注意楚文字與中原文字的關係，必須注意楚文字內部的共性與個性。他說：「從總體上說，楚系文字也是直接承繼中原地區的殷商甲骨文和西周金文的。它們的形體演變也基

〔註 19〕黃錫全：《楚文字略論》，《華夏考古》1990 年第 3 期，第 99～108 頁。

本上可以構成一個連續統的系列……楚文字和中原文字，通過南北的政治、經濟、文化諸方面的交流，應該認爲是相互影響的。」「至於楚系文字內部的個性即差異，雖然並非帶有普遍性，卻有著豐富的內涵，一定程度上足以影響整個書寫文本的面目和風格。歸納起來，大致存在以下幾種情況：地域不同導致的差異、文體不同導致的差異、書手不同導致的差異、同一書手由於不同書寫環境和情緒導致的差異」〔註20〕

在楚文字研究過程中，我們必須要考慮楚系語言文字與中原漢語的關係，同時還應該考慮楚語與楚文字的關係。「楚地使用的書面語所屬的音系，大致相同於中原通語，從學理邏輯和基本事實上應該都是可以說得通的。明確並認同上述認識，應是有所必要，因爲這是我們考辨與釋讀楚系文字的出發點與參照系。」〔註21〕戰國時期各地使用的書面語的語音系統差別不大是不爭的事實，不過作爲遊離於中原文化圈之外的的楚文化圈，其日常用語與中原漢語的語音有著較大的差異也應是客觀存在的事實。《左傳・莊公二十八年》：「秋，子元以車六百乘伐鄭，入于桔秩之門。子元、鬬禦彊、鬬梧、耿之不比爲旆，鬬班、王孫游、王孫喜殿。眾車入自純門，及逵市。縣門不發。楚言而出。」文中的「楚言」無疑指的就是具有濃厚地方特色的楚地方言。眾所周知，文字是記錄語言的符號體系，作爲一種完整的體系，它的產生、發展和演變必然遵循其自身的規律。但是作爲語言書寫符號的文字必須要與它所記錄的語言相適應，那麼在某種程度上，語言就會對文字系統產生或多或少的影響。基於以上的認識，我們認爲前此楚系文字研究中不爲重視或被忽略的一些問題應該得到關注。

楚系簡帛材料中楚地方言語詞的用字情況應給予格外的關注，因爲這不僅關係到楚系文字的使用問題，更關係到楚語的語音體系問題。

第二、應該考慮楚系文字與他系文字間的一字異形以及楚文字內部一字異形現象，尤其是那些只是由聲符不同而造成的異體字。在一個書寫者用字比較自由且缺乏強有力用字規範的時代，聲符互作型異體字的產生究竟有沒有方言或次方言甚至是書寫者土話的語音因素作用？如果有，有哪些具體的異體字是

〔註20〕董琨：《楚文字若干問題的思考》，《古文字研究》第 26 輯，第 434 頁。

〔註21〕董琨： 同前，第 434 頁。

由這種因素導致的？以前的研究對此沒有或者說關注不多，以後的異體字研究
應該予以考慮。

　　第三、應充分考慮楚系文字與其他系屬文字之間的相互影響。戰國時代各
系文字都是直接承襲商周文字的，只是由於戰國紛爭、諸侯割據導致具有同一
來源的文字在不同的地域發展演變失去均衡，最終形成具有鮮明地方特色的各
系別文字。目前的戰國文字分系研究關注更多的則是文字形體、偏旁結構以及
文字使用等方面的不同，而忽視了不同系屬文字間的相互影響。雖然楚國長期
與中原的晉、齊、秦等大國以及南方的吳越處於戰爭狀態，但戰爭並不能完全
割斷國家間的政治、經濟、文化等方面的交流。有交流，相互間就一定會產生
影響，文字當然也不能例外。近年來已經有一些學者注意到楚系簡帛文字中的
一些非楚系文字色彩的寫法，並對此進行了比較研究。臺灣柯佩君博士對上博
楚簡（七冊）中的非楚系字形進行了統計、分類等專門研究，她說：「若加總張
新俊、蘇建洲、李天虹等人的研究成果，可以發現上博簡使用非楚系色彩文字
中，與齊系文字相合情況最多（共 23 例），次為晉系（共 16 例），秦系與燕系
較少……上博簡的字形還呈現出另一種交融現象，即文字結構具有他系文字色
彩，部件寫法卻採用楚系慣用形體。」〔註22〕上博簡中含有他系文字形體和結
構是不同地域間文字相互影響、交融的最好說明。

〔註22〕柯佩君：《上博簡非楚系字形研討》，第十二屆中區文字學學術研討會論文（電子
　　　版），2010 年 6 月，第 102、103 頁。承董琨先生見贈，謹表謝忱。

第二章　典型楚系文字

第一節　典型的楚系文字概述

爲了論述的方便和行文的簡潔，有必要對文章涉及的一些重要概念作一簡單而又明確的界定。什麼是典型的楚系文字？所謂典型，就是能夠充分體現事物特色、特質的東西。典型楚系文字就是楚系文字體系中那些具有濃郁楚國地方文化特色的文字。我們認爲它應該包括形體和應用兩個方面的內容：其一是文字形體既與商周甲金文字存在或多或少的承襲關係，卻又與戰國他系文字迥異；其二是雖然文字形體與商周甲金文字或戰國他系文字相同或相近，但是在實際使用中所記錄的卻根本不是同一個語詞。同時文字與記錄的詞語之間也不必非得用假借來解釋。字形僅見於楚系文字的，諸如「（家）」、「（席）」、「（陵）」、「（歲）」、「（冬）」、「（期）」、「（地）」「（乘）」等，此類文字以前學界關注的較多，考釋、論述也非常詳細，爲避免重複，這部份內容本書將不再討論。

那些字形見於甲金文字或戰國他系文字的典型楚文字，將是本文論述的重點。對於這類文字的性質如何界定，學者間的看法不一，分歧也比較大。如簡文「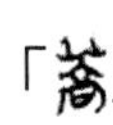」、「」，就文字的形體、結構而言，它們與篆文的「蒿」、「芋」完全相

同。形體儘管相同，但記錄的不是同一個語詞。簡文中的「芋」是假借「芋」來記錄「華」呢，還是「芋」原本就是楚文字「華」呢？類似於這種情況的問題，我們認爲在楚系簡帛文字研究中有必要進行辨明。用假借來說明兩者關係，對考釋者而言相對穩妥、便捷，同時也不會引起什麼爭論，只要在音韻關係上能夠予以解釋就可以了。但是這樣的操作，在力求穩妥、簡便的同時，可能恰恰忽略了不同文字體系在文字的構成以及運用方面的差異。而不同系屬文字間的這些細小差別可能正是其自身最具地域特色的元素。

如何確定哪些形體是典型的楚系文字呢？我們認爲可以從兩個方面入手。一方面可以利用音韻關係來進行排除，如果簡文與它記錄的語詞相對應的那個字在聲韻上無法用假借來說明的，那麼二者只能是造字時的偶然同形，簡文也就毫無疑問屬於典型的楚文字了。另一方面我們可以綜合多方面的情況來考察。有時雖然簡文與它記錄的語詞相對應的那個字在聲韻上可以用假借來說明，但綜合簡文的用例情況我們又不能簡單地用假借說明，且字體也可以重新進行構字理據的分析，我們認爲這部份文字也應該視爲典型的楚文字。這些用法特殊的楚文字數量雖然不是很大，所占比例也不是很高，但它卻是在文字運用過程中最具楚地特色的部份。戰國楚系文字是整個戰國文字體系中的一個地域分支，它和其他系屬文字一樣都是直接承襲商周文字的。繼承是文字發展演變的主流，地域變化是非主流的。非主流並不意味著無足重輕，事實可能正是非主流的地域變體呈現出不同系屬文字的特色。

第二節　典型楚系文字個案研究

下文將要討論的二十個典型楚系文字，不是窮盡式的，只是帶有示例性質。這裡所謂「典型」並不是說它們具形體特殊，這些字形都是常見的，但從字、詞結合的角度看，的確具有其自身的特點。文章本著形用結合的原則，在楚系簡帛具體語料中來分析、研究這些個案，目的是希望我們今後能更多地關注同一形體的文字在不同系屬文字中運用上的差異。

一、華

簡文寫作「」，隸定為「芋」，見於信陽、天星觀、望山、包山和上博簡。

（1）番（繙）芋（紆）之童（幢）。　　　　　包・牘一

（2）裳裳〔註1〕者芋（華）則　　　　　　　上・一・孔子詩論・九

（3）愷悌君／，皆英皆芋（華）。　　　　　上・四・逸詩・交交鳴鶯・二

（4）邦四益，是謂方芋（華）。雖盈必虛。　　上・五・三德・八

楚文字「芋」的用法有二：一是用在「番芋」或「繙芋」之中，如例（1）。劉信芳認為「番（繙）芋（紆）」即文獻中的「盤紆」，指的是絞結狀的絲織物。〔註2〕此處「芋」應屬假借用法。此類用字，我們很難根據簡文辭例來考察其構字理據以及其初始意義，所以論文在羅列例證的時候儘量將這部份用例排除在佐證範圍之外。

其二是用來記錄語詞「華」，上博簡中的「芋」就屬於這種用法。關於上博簡中的「芋」，多數學者認為這是個假借字。例（3）中的「芋」，馬承源注曰：「讀作『華』。『芋』，從艸，于聲。《上海博物館藏戰國楚竹書（一）孔子詩論》『裳裳者芋』，今本作『裳裳者華』，『華』、『芋』皆以于為聲符，故『芋』可讀作『華』。」〔註3〕不過在先前註釋《孔子詩論》時，馬氏認為「芋」用為本字，「華無駭人之理，則『芋』或為詩句之本義字。」〔註4〕胡平生也認為「芋」是「華」的假借字，並非詩句之本義字〔註5〕。芋，從「于」得聲，上古音為魚部匣母字。「華」，上古音亦為魚部匣母字。從音理上說，假「芋」為「華」是可行的。

《說文》：「芋，大葉實根駭人，故謂之芋也。」我們可以確切知道的是楚簡中的「芋」與《說文》中「芋」所記錄的並不是同一個語詞。問題的關鍵在

〔註1〕為文字輸入的便捷，簡文中的文字凡不影響問題論證的則逕改為通行字，後不再出注。

〔註2〕劉信芳：《楚簡器物釋名（上篇）》，《中國文字》第 22 期，第 186 頁。

〔註3〕馬承源主編：《上海博物館藏戰國楚竹書》（四），上海古籍出版社 2004 年版，第 175 頁。

〔註4〕馬承源主編：《上海博物館藏戰國楚竹書》（一），上海古籍出版社 2001 年版，第 138 頁。

〔註5〕胡平生：《讀上博藏戰國楚竹書《詩論》箚記》。上海大學古代文明中心編，《上博館藏戰國楚竹書研究》，上海書店 2002 年版。

於，是楚系文字借用原有文字體系中「芌」字來記錄「華」這一語詞，還是楚系文字爲記錄語詞「華」而造一從「艸」從「于」的「芌」字。這兩者在文字學上的意義是截然不同的，如果爲前者則屬於假借，那麼「芌」與「華」就是假借字與本字的關係；如果爲後者則屬於本字本用。如果從整個戰國文字層面上說，那麼楚文字「芌」和《說文》中「芌」則是同形字關係，而與「華」卻是異體字的關係。

要想準確地瞭解楚文字「芌」，我們必須看它在整個簡帛材料中的使用情況。就目前所見楚簡材料而言，那些辭例通達且語義明確的語詞「華」皆寫作「芌」，還沒有發現語詞「華」在楚簡中寫作「華」的。有學者將上・三・中弓・簡二三「夫行，巽 𦾔 學☒」中的「𦾔」隸定爲「（華）」。這種隸定很大程度上是由字形比對得出的，由於語句殘損、辭意難明，其可靠性就不能不令人懷疑。即使眞的就是「華」字，它也可能不是地地道道的楚文字形體。台灣柯佩君博士說：「上博簡『華』有作『𦾔』（中 23.19）之形，與楚系、秦系文字從艸不類，與齊系文字吻合，具有齊系文字色彩。」〔註6〕

我們傾向於認爲楚簡中「芌」字即是楚系文字「華」字。《說文》：「䅿，艸木華也。從𠌶，于聲。」雖然《說文》將「䅿」、「華」分置於「𠌶」、「艸」兩部，其實是一對異體字。段玉裁在「䅿」下注曰：「此與下文華音義皆同。」從𠌶、從艸的差別，在於一取義於草木花葉下垂的形狀，一在標識草木之花在性質上所屬的範圍。一個客觀事物呈現在人們面前是多角度的，主觀認知也會有所側重。不同系屬的文字體系在爲「詞」造字時，認識的側重點不同，所造的字在形體上就會有差異。秦系文字能造出一個從「𠌶」、「于」聲的「䅿」字，楚文字系統也完全有可能造一從「艸」、「于」聲的「華」字。李守奎開始也認爲楚文字是假「芌」爲「華」〔註7〕，後來他改變了自己先前的觀點，「皆讀爲『華』，疑爲楚之『華』字，與秦系『芌』同形。」〔註8〕

〔註6〕柯佩君：《上海博物館藏戰國楚竹書文字研究》，台灣高雄師範大學 2010 年博士學位論文，第 192 頁。

〔註7〕李守奎：《《戰國楚竹書孔子詩論邦風》釋文訂補》，《古籍整理學刊》2002 第 2 期，第 7～9 頁。

〔註8〕李守奎等：《上海博物館藏戰國楚竹書（一～五）文字編》，作家出版社 2007 年版，第 28 頁。

附：「芋（華）」分佈及出現次數

	天卜	信	望	包	上（一～七）	合計
芋	1	2	2	2	4	11

二、郊

簡文寫作「」，隸定為「蒿」，見於望山、包山、上博簡。

（1）連囂豻豕、酉釟蒿（郊）之。 　　　　　　包・二二一

（2）武王素甲以陳於殷蒿（郊）。 　　　　上・二・容成氏・五三（正）

（3）罕於蒿（郊），利用恒，無咎。 　　　　　上・三・周易・二

（4）王許諾，攸四蒿（郊）。 　　　　　上・四・柬大王泊旱・十五

　　劉彬徽等認為：「蒿，借作郊，郊祭。」〔註9〕濮茅左：「蒿讀為郊。」〔註10〕包山、上博簡註釋者都認為簡文「蒿」是一假借字。將「蒿」看作是「郊」的假借字在音韻關係上是可以解釋得通的。郊，宵部見母；蒿，宵部曉母；韻部相同，聲紐相近，都是牙喉音。古代典籍中有「郊」寫作「蒿」的，《周禮・地官・載師》：「以宅田、土田、賈田任近郊之地。」鄭玄注：「故書郊或為蒿。……杜子春云：『蒿讀為郊。』」段玉裁說：「按《周禮》故書作『蒿』，假借字。」〔註11〕漢代古文經「郊」也有寫作「蒿」的。《古文四聲韻》引《古孝經》「郊」作「」。

　　即便如此，我們仍然覺得沒有足夠的理由將楚簡「蒿」看作是假借字，因為我們覺得不能僅僅關心「蒿」、「郊」二者的音韻關係。我們還應該充分考慮不同體系文字系統的書寫習慣、構字理據以及用字習慣。「郊」從「邑」，是由於郊外是與都邑、城邑相對應的，它是上古時代的一種政治區域。《書・費誓》：「魯人三郊三遂。」孔穎達疏：「王國百里為郊。鄉在郊內，遂在郊外。」而作為古代祭祀天地的「郊」，其得名的原因也正是舉行這一儀式的地點在「郊」。《六書故・工事二》：「郊，祀天於郊，故亦謂之郊。」

〔註9〕湖北省荊沙鐵路考古隊：《包山楚簡》，文物出版社1991年版，第55頁。

〔註10〕馬承源主編：《上海博物館藏戰國楚竹書（三）》，上海古籍出版社2003年版，第139頁。

〔註11〕段玉裁：《說文解字注》，上海古籍出版社1981年版，第284頁。

不過從楚文字系統看，我們傾向於把「蒿」視爲楚文字「郊」。楚文字郊外之「郊」從「艸」與野外之「野」從「林」的構字理據是一致的，楚文字完全有可能造出一個從「艸」、「高」聲的「蒿」字來記錄語詞「郊」。馬王堆帛書「郊」寫作「鄗」或「茭」。鄗，從邑、高聲；茭，從艸、交聲。馬‧周易《需卦》作「初九，襦于茭」。馬‧戰國縱橫家書‧一五四：「邯鄲之鄗（郊）。」

另，楚文字中有一從邑、交聲的「𨙫」字，它是作爲地名來使用的，而「蒿」只用來表示郊祭、郊外。包‧簡一八二「郊人矗」中的「郊」是地名，楚文字於地名、姓氏常常添加義符「邑」。楚簡中的「郊」、「蒿」不僅形體、意義不同，其用法也迥然有別。它們記錄的顯然不是一個語詞，在戰國楚文字體系中「郊」、「蒿」可以說是兩個毫無關係的字，它們并不構成異体關係。從整個戰國文字體系看，楚文字「郊」與秦系文字「郊」只是造字偶然同形，而簡文「蒿」實即楚文字「郊」。

附：「蒿（郊）」分佈及出現次數

	望	包	上（一～七）	合　計
蒿	1	4	3	8
郊		1		1

三、今

簡文多寫作「𠑹」、「𠮥」，可以隸定爲「含」或「吟」，少數情況下寫作「𠔼」。見於信陽、天星觀、九店、包山、郭店、上博簡。

（1）含（今）夕執事人╱　　　　　　　　　　天卜

（2）詩所以會古含（今）之志者也。　　　　郭‧語叢‧一‧三八、三九

（3）女（如）舜才（在）含（今）之世則可（何）若？　上‧二‧子羔‧八

（4）今之弋於直（德）者。　　　　　　　　　郭‧唐虞之道‧三〇

除上博《季庚子問於孔子》簡八、簡十四兩例「含」用作人名，不好判斷其讀法外，楚簡中的「含」或「吟」皆記錄語詞「今」。《說文》：「含，嗛也。從口，今聲。」「吟，呻也。從口，今聲。」篆文「含」或「吟」爲形聲字，構字偏旁「口」爲意符，在字形中具有表意功能。而楚文字「含」或「吟」

中的「口」與文字的字義、字音都沒有任何關聯。楚文字常常在原有字形之上增加一些無任何意義的裝飾性符號，有學者將之稱爲「飾符」，簡文「含」、「吟」字中的「口」就屬於這一類。簡文「含」、「吟」即楚文字「今」之異體，與秦系文字「含」或「吟」只是偶然同形。語詞「今」，楚文字多寫作「含（吟）」，只有上博簡中「今」、「含（吟）」二體互用，且也以寫作「含（吟）」爲常見。

附：「今」、「含」「吟」分佈及出現次數

	信	天 卜	九 M56	包	郭	上（一～七）	合 計
今					1	11	12
含（吟）	2	2	1	1	3	33	42

四、順

簡文多寫作「」，偶爾也寫作「」，見於楚帛書以及天星觀、仰天湖、包山、郭店、新蔡、上博簡。

（1）不訓（順）于邦。　　　　　　　　　　　帛·丙·七

（2）少又（有）不訓（順）。　　　　　　　　天卜

（3）且外又（有）不訓（順）。　　　　　　　包·二一〇

（4）凡動民必訓（順）民心。　　　　　　　　郭·尊德義·三九

（5）躬身尚自宜訓（順）。　　　　　　　　　新甲三·二四七

（6）亓（其）出內（入）也訓（順）。　　　　上·二·性情論·一六

　　楚文字中多用「訓」來記錄語詞「順」。學者幾乎無一例外釋爲「訓」而讀爲「順」。楚簡中另有一「」字，郭·緇衣·簡一二：「有覺德行，四方心之。」劉釗謂「即『順』字古文」〔註12〕，這無疑是正確的。金文中語詞「順」也有寫作「心」的。如中山王鼎「無心不道」、「敬心天地」，中山王方壺「以誅不心」、「不顧逆心」。既然可以將從心、川聲的「」看作是「順」字古文，那麼我們同樣有理由把從言、川聲的「訓」看作是楚文字「順」字。從心、從言是可以相通的，只不過其側重點有所不同而已。順從不僅可以表現在人們的內心世界，也可以表現在人們的外部言語之中。

〔註12〕劉釗：《郭店楚簡校釋》，福建人民出版社 2005 年版，第 56 頁。

《說文》：「訓，說教也。」段玉裁：「說教者，說繹而教之，必順其理。引伸之凡順皆曰訓。」段氏看到古代典籍中「訓」有「順」的意義，故有此引申之說。從楚文字的用例來看，事實可能與段氏意見相左，不僅僅是楚地，其他地域也用「訓」記錄語詞「順」。「順」不是「訓」的引申義，而是其初始意義。

檢楚系簡帛，上博簡「訓」出現五次，郭店簡三次，包山簡四次，九店簡一次，新蔡簡九次，共二十二次，都是用作「順」，這就更加堅定了我們將「訓」視為楚文字「順」的觀點。

郭店、上博簡還常假「川」來記錄語詞「順」。

（1）不治不川（順），不川（順）不坪。　　　　　　郭・尊德義・一二

（2）君子治人倫以川（順）天德。　　　　　　　　　郭・成之聞之・三二

（3）知天足以川（順）時。　　　　　　　　　　　上・五・三・德一七

假「川」為「順」，於音可通，「順」本來就是從「川」得聲的。在此我們對楚文字「訓」、「愻」的產生作一大膽地推測，它們有可能是在假借字「川」的基礎上添加義符「言」、「心」而形成的後造本字。

附：「訓（順）」分佈及出現次數

	九 M56	包	郭	上（一～七）	新	合　計
訓（順）	1	4	3	5	9	22

五、歌

簡文寫作「𧪜」，隸定為「訶」，見於郭店、上博簡。

（1）行年七十而屠牛於朝訶（歌）。　　　　　　　郭・窮達以時・五

（2）昏（聞）訶（歌）謠，則陶如也斯奮。　　　　郭・性自命出・二四

（3）至老丘，有老農植其耨而訶（歌）焉。　　　　上・五・弟子問・二〇

「訶」，郭店簡出現二次，上博簡出現六次，都是用來記錄語詞「歌」。金文中亦有一形體相近的「𧩓」字，也是用來記錄語詞「歌」的。《金文編》注曰：「與歌為一字。」〔註13〕林清源在其碩士論文《兩周青銅器句兵銘文彙考》

〔註13〕容庚：《金文編》，中華書局1985年版，第147頁。

中也認爲「訶」爲「歌」歌之古文，並不是假「訶」作「歌」。漢字從言、從欠意義相近，可以互通。〔註14〕楚文字中「訶」皆記錄語詞「歌」，實即楚文字「歌」。《說文》：「訶，大言而怒也。從言，可聲。」楚文字「訶」與《說文》「訶」音義無涉，只是一同形字。從文字演變過程看，金文、戰國楚簡「歌」皆寫作從言、可聲的「訶」。篆文則有從欠、從言，哥聲之「歌」和「謌」。漢代以後一般只寫作從欠、哥聲的「歌」了，馬王堆漢墓帛書歌謠、歌唱之「歌」即寫作「歌」。

附：「訶（歌）」分佈及出現次數

	郭	上（一～七）	合　計
訶（歌）	2	6	8

六、振

簡文寫作「」，隸定爲「晨」，見於楚帛書以及郭店簡。

（1）晨禕亂作。	帛・甲・七
（2）金聲而玉晨之，有德者也。	郭・五行・一九
（3）唯有德者，然後能金聲而玉晨之。	郭・五行・二〇

　　簡文「晨」註釋者讀爲「曩」或「振」。例（1）「晨」，饒宗頤讀爲「辰」，他認爲蓋子從「晨」加日旁，爲「辰」字的繁文〔註15〕。例（2）、（3）「晨」劉釗讀爲「振」〔註16〕。《說文》：「晨，早昧爽也。從臼、辰。辰，時也，辰亦聲。」楚文字「晨」與篆文「晨」雖然字形完全相同，但它們記錄的不是同一個語詞。如果《說文》「早昧爽」的確是「晨」的本義的話，那麼，楚文字「晨」與篆文「晨」的構字理據可能會不大一樣。

　　我們認爲楚文字「晨」可能是一純粹的形聲字，從臼，辰聲。臼，無論是在楚系文字，還是在秦系文字中都是與人的雙手有密切關聯的。《說文》：「臼，叉手也。從𦥑、彐。」王筠謂：「𦥑、彐是何等字，而可言從之哉？原文蓋本作大、又，讀者疑其不肖，乃依楷書臼字中分爲兩字，而不虞其不成字

〔註14〕林清源：《兩周青銅器句兵銘文彙考》，私立東海大學中國文學系碩士論文，1987 年。

〔註15〕饒宗頤：《楚帛書新證》，《楚地出土文獻三種研究》，中華書局 1993 年版，第 247 頁。

〔註16〕劉釗：《郭店楚簡校釋》，福建人民出版社 2005 年版，第 78 頁。

也。」〔註 17〕王筠認爲「臼」實即雙手之形，無疑是正確的，在篆文中可以得到印證。篆文「舁」、「與」、「興」、「爨」、「釁」從「臼」，都與人的手部動作行爲相關。王筠對「舁」字做過一番分析，他說：「舁字亦爲四手，上兩手倒者古謂之舁，今謂之擡。擡物者兩人相對，即四手相向以作力也。」〔註 18〕楚文字中其他從「臼」的字，如「錁」（與）、「𡘋」（興）都與手部的動作相關，這也暗示了「晨」的造字本義應該與動作有關。

不僅楚文字如此，金文中也有用「晨」來記錄語詞「振」的。中山王鼎：「奮桴晨鐸。」我們認爲古文字「晨」極有可能是「振」的初文。

附：「晨（振）」分佈及出現次數

	帛	郭	合　計
晨（振）	1	2	3

七、除

簡文寫作「𥯤」、「𢒰」，隸定爲「敍」，見於楚帛書以及包山、九店、新蔡、郭店、上博簡。

（1）敍（除）去不義。　　　　　　　　帛・丙・一〇

（2）由攻敍（除）於宮室。　　　　　　包・二二九

（3）敍（除）不羊（祥）。　　　　　　九 M56・二八

（4）既敍（除）之◺　　　　　　　　　新甲三・二〇一

（5）殺戮，所以敍（除）怨也。　　　　郭・尊德義・三

（6）九月敍（除）路，十月而徒梁成。　上・五・鮑叔牙與隰朋之諫・一

簡文「敍」多用來記錄語詞除去之「除」。如果說簡文假「敍」爲「除」，二者在語音上有一定的距離。除，魚部定母。敍，魚部邪母。雖屬同部，但聲紐不同且不屬一類。楚文字「敍」是一個從「攴（支）」、「余」聲的形聲字，義符「攴」可以「表示某種動作或行爲」〔註 19〕。楚文字「敍」，應即楚文字體系

〔註 17〕王筠：《說文釋例》，中華書局 1987 年版，第 370 頁。

〔註 18〕王筠：《說文釋例》，中華書局 1987 年版，第 370 頁。

〔註 19〕王力：《古代漢語》，中華書局 1962 年版，第 640 頁。

中的除去之「除」，它與小篆中的「敍」應是兩個不同的字。《說文》：「敍，次弟也。从攴，余聲。」

至於語詞次敍之「敍」，楚系文字不寫作「敍」，而是用「舍」（舍）來記錄。見於包山、郭店、上博簡。

（1）其先後之舍（敍）則宜道也。　　　　　　　郭‧性自命出‧一九

（2）其先後之舍（敍）則宜道也。　　　　　　　上‧一‧性情論‧一一

附：「敍（除）」分佈及出現次數

	帛	九 M56	包	郭	上（一～七）	新	合　計
敍（除）	1	2	4	1	4	2	14

八、笑

簡文寫作「芺」，隸定為「芺」，見於楚帛書以及郭店、上博簡。

（1）下士昏（聞）道，大芺（笑）之。　　　　　　郭‧老乙‧九

（2）聞芺（笑）聲，則鮮如也斯喜。　　　　　　　郭‧性自命出‧二四

（3）芺（笑），喜之澤也。　　　　　　　　　　　上‧一‧性情論‧一三

（4）一斛（握）為芺（笑），勿恤，往無咎。　　　上‧三‧周易‧四二

（5）毋憂貧，毋芺（笑）刑。　　　　　　　　　　上‧五‧三德‧一一

簡文中的「芺」皆記錄語詞「笑」。從字形上說，與「疑」字或體的「芺」相同。《玉篇》：「芺，古文疑字。」疑，之部疑母；笑，宵部心母；聲韻都相隔甚遠，不大可能假「芺（疑）」為「笑」。簡文「芺」與作為「疑」字或體的「芺」應該只是偶然同形，在語音、語義上應該沒有什麼關聯。簡文「芺」應即楚文字「笑」，從字形結構上看它應該是一個從犬、艸聲的形聲字，至於字形為什麼從犬，其構字理據我們已經很難探知。

又楚文字有一「狋」字，上‧五‧競建內之‧簡八：「今內之不得百姓，外之為諸侯狋」。其中的「狋」也應讀為「笑」。《爾雅‧釋畜》：「絕有力，狋。」狋，指的是一種體壯力大的狗。李守奎謂：「古文字『哭』與『笑』皆從犬，此字也可能是『笑』字異體。」〔註20〕李氏據楚文字構造的一些特點來進行推測

〔註20〕王力：《古代漢語》，中華書局 1962 年版，第 463 頁。

有一定的道理。但簡文中從犬、兆聲的「狣」，是的楚文字「芙」的異體，還是假借犬名「狣」來記錄語詞「笑」，目前還很難判斷。單憑孤例立論，證據不足，在此闕疑待考。

附：「芙」分佈及出現次數

	帛	郭	上（一～七）	合　計
芙	1	4	5	10

九、盍

簡文寫作「」，隸定為「盍」，見於信陽、仰天湖、九店、望山、包山簡。

（1）十甌鉼，純又盍（蓋）。　　　　　　　　　　　　信二・一二
（2）一湯鼎，純又盍（蓋）。　　　　　　　　　　　　信二・一四
（3）一蔡，皆又盍（蓋）。　　　　　　　　　　　　　仰二五・二八
（4）四盌，又盍（蓋）。　　　　　　　　　　　　　　望二・四六
（5）一金☑，又盍（蓋）。　　　　　　　　　　　　　望二・五〇

　　盍，包山簡出現二次、望山簡六次、信陽簡六次、仰天湖簡一次，都是記錄語詞「蓋」的。《說文・血部》：「盍，覆也。從血，大聲。」段玉裁：「艸部之蓋，從盍會意，訓苫，覆之引申耳。今則蓋行而盍廢矣。」傳世典籍中多假「盍」來記錄否定性的疑問副詞，而作為其本義所指的器物上部有遮蔽作用的部件則寫作「蓋」。如果從文字學角度看，「蓋」應該是為記錄「盍」的本義而造的分化字。王筠謂：「盍字隸血部，誤也。何取於血而以大覆之乎？盍當為蓋之古文，當入皿部。《說文》每訓大為覆，然則盍乃器中有物形也，下有皿以承之，上有大以覆之。其中之一，則所盛之物也。《檀弓》『子蓋言子之志於公乎』、『然則蓋行乎』，鄭注：『蓋皆當為盍。』《孟子》『蓋亦反其本矣』、『則盍反其本矣』，兩語同意，而一用蓋，一用盍，足徵其為一字。乃許君收盍於血部，鄭君又別蓋、盍為兩字。二君時代相亞，蓋是時分用久矣。似借盍為曷，訓曰何不，始加艸以別之，久假不歸。許君猶能訓盍為覆耳。」〔註21〕在「盍」的本義久已不用的東漢，許慎能將釋為「覆」，已屬難能可貴了，不過「盍」的之本

────────────────

〔註21〕王筠：《說文釋例》，中華書局1987年版，第392頁。

義在楚簡遣冊中卻不乏其例。

附：「盉」分佈及出現次數

	仰	信	望	九 M56	包	合　計
盉	1	6	6	10	2	25

一〇、麻

簡文寫作「𣏕」，隸定為「林」，見於天星觀、郭店、新蔡、上博簡。

（1）林綳之。　　　　　　　　　　　　　　　　　天策

（2）林人不斂。　　　　　　　　　　　　　　　　天策

（3）疏衰齊牡林絰。　　　　　　　　　　　　　　郭・六德・二八

（4）吾大夫恭且儉，林人不斂。　　　　　　　　　上・一・緇衣・一四

（5）林有　　　　　　　　　　　　　　　　　　　新乙四・五三

　　例（1）、（3）記錄語詞「麻」，例（2）、（4）（5）記錄語詞「靡」。《說文》：「林，葩之總名也。林之為言微也，微纖為功。象形。」段玉裁：「今俗語緝麻析其絲曰劈，即林也。」段氏認為：方言中將麻的纖維從麻杆上剝離下來的動作叫做「劈」，其本字應為「林」。檢古代辭書，「林」有二義，一為苧麻之名，一為治麻。傳統典籍中表示苧麻義皆寫作「麻」，而楚文字則一律寫作「林」。

　　從目前掌握的材料看，楚文字中未見「麻」字，語詞「麻」皆寫作「林」。可以這麼說，楚文字「林」即《說文》「林」，也就是「麻」字。篆文從「麻」字，楚文字則從「林」。磨，從石，麻聲；楚文字寫作「礬」，從石，林聲。郭店緇衣簡「林人不斂」，劉釗謂：「『林』讀為『靡』，因『靡』從『麻』聲，而『麻』又從『林』聲，故『靡』可讀為『麻』。」〔註22〕二者的假借關係，輾轉說明，實為繁瑣。究其原因，就在於論者沒有從楚文字系統著眼。楚文字「林（麻）」，歌部明母；靡，歌部明母；二者聲韻皆同，假「林（麻）」為「靡」也就再自然不過了。

　　關於《說文》中「林」與「麻」二字的關係，王筠有過很詳細的闡述，他說：「林本讀如麻，故麻下云『與林同』。《玉篇》林下云：『亦與麻同矣』。」

〔註22〕劉釗：《郭店楚簡校釋》，福建人民出版社2005年版，第61頁。

言亦者,是時已讀匹賣切,顧氏猶聞古音,故附於下也。迨乎經典皆用麻,而好爲分別者,音林匹賣切,於是人不知其爲一字。試思麻乃九穀之一,而黍稷稻梁,從禾從米,皆本義,未有從广者,則麻非本字可知。說解又日『林之爲言微也』,案說經者多用之爲言,明其音也。《說文》之說音也,直云讀若某而已,故不用之爲言。而此用之者,義寓於音,而非本義正音,故用之也。即此徵其與麻一字矣。若作匹卦切,則不能讀若微也。即知許君林讀如麻也。」〔註23〕王氏從字音、字體結構以及說解措辭證明在篆文體系中「林」、「麻」實即一字。

附:「𣏗」分佈及出現次數

	天	郭	上（一～七）	新	合　計
𣏗	3	2	1	1	7

十一、勞

簡文寫作「𧚊」,隸定爲「袈」,見於天星觀、包山、郭店、上博簡。

（1）上人疑則百姓惑,下難知則君長袈（勞）。　　　　郭・緇衣・六

（2）誰秉國成,不自爲貞,卒袈（勞）百姓。　　　　　郭・緇衣・九

（3）治政教,從命則正不袈（勞）。　　　　　　　　上・二・從政（乙）・一

（4）身力以袈（勞）。　　　　　　　　　　　　　　上・三・容成氏・三五

（5）君毋憚自袈（勞）以觀上下之情僞。　　　　　　上・四・曹沫之陳・三四

　　楚簡中「袈」除用作專有名詞不能確定其意義外,皆記錄語詞「勞」。《說文》:「袈,鬼衣也。從衣,熒省聲。」勞,宵部來母;袈,耕部影母。二者韻部、聲紐差別都很大,我們很難說簡文假「袈」爲「勞」。如此,則楚文字「袈」與《說文》「袈」在音義方面無任何關聯,只能視爲形體相近的字。

　　關於「袈」的字形結構,李守奎分析道:「(袈)所從『𤇾』《說文》失收,似火炬,下從衣。𤇾下製衣會勞意,與𤇾下用力(耒屬工具)會勞意構字理據相同。與《說文》之『袈』蓋爲同形字」〔註24〕楚文字「袈」的構字理據究竟

─────────

〔註23〕王筠:《說文釋例》,中華書局1987年版,第40頁。

〔註24〕李守奎:《上海博物館藏戰國楚竹書(1～5)文字編》,作家出版社2007年版,第412頁。

如何，現在很難探尋。把簡文「裻」看作是典型的楚文字「勞」應該可以成立。《說文》「勞」的古文作「憥」。張富海認為其中間的「米」形可能是「（『衣』形之省）」形在傳寫時的訛誤，應當是可信的。語詞「勞」在郭店、上博簡中共出現十一次，十次寫作「裻」，只有郭‧六德‧簡一六：「憥其臟腑」中「憥」作「」。從「裻」從「心」，可能是為了記錄憂勞之「勞」而造的分別字。

附：「裻（勞）」分佈及出現次數

	天	包	郭	上（一～七）	合　計
裻	2	2	4	6	14

十二、盜

簡文寫作「」，隸定為「覜」，見於磚瓦廠 M370、郭店、上博簡。

（1）覜（盜）殺僕之兄。　　　　　　　　　　　　　　磚 M370‧二

（2）絕巧棄利，覜（盜）賊無有。　　　　　　　　　　郭‧老子（甲）‧一

（3）灋物滋彰，覜（盜）賊多有。　　　　　　　　　　郭‧老子（甲）‧三一

（4）不勸而民力，不刑殺而無覜（盜）賊。　　　　　　上‧二‧容成氏‧六

簡文中的「覜」皆記錄語詞「盜」，其構字偏旁與篆文「覜」相同。《說文》：「覜，諸侯三年大相聘曰覜。從見，兆聲。」古代諸侯每三年行互相聘問相見之禮稱為「覜」，故字從「見」。劉釗：「『覜』讀為『盜』，『覜』從『兆』聲，『兆』、『盜』古音皆在定紐宵部，故可借為『盜』。」〔註25〕覜，宵部透母；盜，宵部定母。二者同部旁紐，在音韻上可以構成假借。篆文「盜」是一個會意字，簡文「覜」是一個從「（視）」、「兆」聲形聲字。窺視財物，會起竊心，楚文字也許能造一個從視、兆聲的「盜」字。上博簡盜賊之「賊」並不從「戈」，而是從「心」，寫作「」，其構字理據與此一致。

附：「覜（盜）」分佈及出現次數

	磚 M370	郭	上（一～七）	合　計
覜（盜）	2	2	1	5

〔註25〕劉釗：《郭店楚簡校釋》，福建人民出版社 2005 年版，第 4 頁。

十三、勸

簡文寫作「」，有多種變體，可隸定為「懽」，見於郭店、上博簡。

（1）則刑罰不足恥，而爵不足懽（勸）也。　　　　　郭‧緇衣‧二七、二八

（2）教以懽（權）謀，則民淫昏。　　　　　　　　　郭‧尊德義‧一六

（3）未賞而民懽（勸），含福者也。　　　　　　　　郭‧性自命出‧五二

（4）上下相復以忠，則民懽（勸）承學。　　　　　　上‧三‧中弓‧二二

（5）百攻懽（勸）於事，以實府庫。　　　　　　　　上‧四‧相邦之道‧三

　　除例（2）假「懽」為「權」外，餘例「懽」皆記錄語詞「勸」。《說文》：「懽，喜歡也。從心，雚聲。」段玉裁：「歡者，意有所欲也。《欠部》曰：『歡者，喜樂也。』懽與歡，音義略同。」從古代典籍使用情況看，《說文》中「懽」與「歡」應是一字異體。楚文字「懽」與小篆「懽」記錄並不是同一個語詞。《說文》：「勸，勉也。從力，雚聲。」段注：「按勉之而悅從亦曰勸。」段玉裁的意思是說，勉勵某人而其也心悅誠服的聽從亦稱之為「勸」，簡文中的「懽」正是這一意義。勉勵更多的則屬於精神心理層面，在文字構形上，從「心」比從「力」更具理據，我們傾向於認為楚文字「懽」即《說文》「勸」。李守奎亦謂：「『懽』或即《說文》之『勸』字。」〔註26〕簡文「懽」即楚文字「勸」，假「懽」為「權」在語音方面也更易得到解釋。懽（勸），元部溪母；權，元部群母；韻為同部，聲為旁紐。

附：「懽（勸）」分佈及出現次數

	郭	上（一～七）	合　計
懽（勸）	3	8	11

十四、怨

簡文寫作「」，隸定為「悁」，見於包山、郭店、上博簡。

（1）晉冬旨滄，小民亦佳日悁（怨）。　　　　　　郭‧緇衣‧一〇

（2）正則民不吝，恭則民不悁（怨）。　　　　　　郭‧尊德義‧三四

〔註26〕李守奎：《上海博物館藏戰國楚竹書（1～5）文字編》，作家出版社 2007 年版，第 487 頁。

（3）☑因《木瓜》之保，以俞其惃（怨）者也。　　　上・一・孔子詩論・一八

（4）從政用五德，固三制，除十惃（怨）。　　　　　上・二・從政（甲）・五

（5）交地，不可以先作惃（怨）。　　　　　　　　　上・四・曹沫之陳・一七

　　簡文「惃」皆記錄語詞「怨」。《說文》：「恚，恨也。」「惃，忿也。從心，昌聲。一曰憂也。」「怨，恚也。從心，夗聲。」恚、惃、怨在古代意義相近，都有怨恨、怨怒的意思。王筠謂：「輾轉流通，此多字相爲轉注之法。」〔註27〕而且惃、怨韻部聲紐相同，都是元部影母字。李守奎謂：「『惃』字形上相當於《說文》『惃』字。《說文》惃、怨音義皆近，當是一字異體。典籍之『怨』，楚簡多作『惃』。」〔註28〕劉釗：「『惃』應即『怨』字異體。古音『昌』、『怨』皆在影紐元部，故『怨』可以『昌』爲聲符。」〔註29〕綜合學者們的意見，我們傾向於把「惃」視爲典型的楚文字「怨」。

附：「惃（怨）」分佈及出現次數

	包	郭	上（一～七）	合　計
惃（怨）	1	4	7	12

十五、易

簡文寫作「」，隸定爲「惕」，見於包山、郭店、上博簡。

（1）大小之多，惕（易）必多難。　　　　　　　　郭・老子（甲）・一四

（2）難惕（易）之相成也，長短之相形也。　　　　郭・老子（甲）・一六

（3）是以君子難得而惕（易）使也。　　　　　　　上・二・從政（甲）・一七

（4）少則惕（易）察，圪成則惕。　　　　　　　　上・四・曹沫之陳・四六下

（5）毋不能而爲之，毋能而惕（易）之。　　　　　上・五・三德・一五

　　除包山簡用作人名外，餘簡「惕」多記錄語詞難易之「易」。《玉篇・心部》：「惕，同惕。」《說文》：「惕，敬也。從心，易聲。」易，錫部以母；惕，錫

〔註27〕王筠：《說文釋例》，中華書局 1987 年版，第 97 頁。

〔註28〕李守奎：《上海博物館藏戰國楚竹書（1～5）文字編》，作家出版社 2007 年版，第 491 頁。

〔註29〕劉釗：《郭店楚簡校釋》，福建人民出版社 2005 年版，第 55 頁。

部透母。儘管二者古音比較接近，我們大可不必認為簡文是假「惕」為「易」。《說文》：「蜥易、蝘蜓、守宮也。象形。」，用「易」記錄語詞難易之「易」屬於本無其字的假借。從楚文字體系看，「惕」應該是在假借字「易」的基礎上加注義符「心」而成的一個後造本字。難易與否，往往取決於人們的主觀態度，它表示人們對客觀現象的心理認知。楚文字難易之「難」有時亦寫作「」，也是在假借字「難」的基礎上添加義符「心」而成，其構字理據相一致。

附：「惕（易）」分佈及出現次數

	包	郭	上（一～七）	合　計
惕（易）	4	2	8	14

十六、池

簡文寫作「」，隸定為「沱」，見包山、郭店、上博簡。

（1）能差沱（池）其羽，然後能至哀也。	郭・五行・一七
（2）或為酒沱（池），厚樂於酒。	上・二・容成氏・四五
（3）宮室汙沱（池），各慎其度。	上・五・三德・一二上

　　簡文「沱」皆記錄語詞「池」。《說文》：「沱，江別流也。出岷山東，別為沱。從水，它聲。」沱有二義，一為江水的支流、水灣處，一為水名，與簡文「沱」義不合。《玉篇・水部》：「池，渟水也。」簡文「沱」應即後世的「池」字。王筠謂：「池古作沱，音既變，且並形亦改也。」〔註30〕《說文》無「池」，段玉裁補「池」字，並解釋道：「按徐鉉等曰：池沼之池通用江沱字，今別作池。非是，學者以為確不可易矣。」現在證以金文、秦系文字、戰國楚文字，徐鉉、王筠的意見是符合歷史事實的，段氏補篆則顯得過於自信。《靜簋》：「射於大沱。」「大沱」即「大池」。《趙孟壺》：「遇邗王於黃沱。」「黃沱」，《左傳》作「黃池」。睡虎地秦簡・為吏之道・簡三四「池」也寫作「沱」。

〔註30〕王筠：《說文釋例》，中華書局 1987 年版，第 79 頁。

附：「沱（池）」分佈及出現次數

	包	郭	上（一～七）	合　計
沱（池）	1	1	3	5

十七、漢

簡文寫作「」，隸定為「灘」，見於鄂君啟節以及上博、新蔡簡。

（1）及江、灘（漢）、沮、漳。	新甲三・二六八
（2）《灘（漢）廣》之智，《鵲巢》之歸。	上・一孔子詩論・一〇
（3）《灘（漢）廣》之智則智不可得也。	上・一・孔子詩論・一一
（4）禹乃從灘（漢）以南爲名谷五百。	上・二・容成氏・二七
（5）從灘（漢）以北爲名谷五百。	上・二・容成氏・二八

　　楚文字「灘」皆記錄專有名詞漢水之「漢」。楚文字「灘」與篆文「鸂」的俗體以及「漢」的未省之形相近。《說文》：「鸂，水濡而乾也。從水，鵜聲。《詩》曰：『鸂其乾矣』。灘，俗鸂從隹。」《詩經》中「鸂」義爲草木被水浸漬而枯萎，與楚文字「灘」語義有別。楚文字「灘」從水，難聲，下形上聲。楚文字義符「水」常常位於字的下部，可以看作與篆文「鸂」的俗体字「灘」同形。

　　《說文》：「漢，漾也，東爲滄浪水。從水，難省聲。」朱駿聲《說文通訓定聲》：「域中大水也。出今陝西漢中府寧羌州北嶓冢山爲漾，至南鄭縣西爲漢，今名東漢水，東流至湖北襄陽府均州名滄浪水。」如此，則漢水之「漢」不省的話也應寫作「灘」。從字形並結合詞義看，楚文字「灘」即漢水之「漢」。

　　許慎關於「從水，難省聲」的說法，現在看來是可信的，至少可以在楚系文字中找到證據。段玉裁謂：「難省聲，蓋淺人所改，不知文、殷、元、寒合韻之理也。」〔註31〕證之楚系文字，段氏之說恐過於武斷。王筠曾就篆文中構字偏旁省與不省進行過研究，他說：「《說文》有兩字同從一字，而一從其全，一從其省者。灘從難聲，漢從難省聲。」〔註32〕

〔註31〕段玉裁：《說文解字注》，上海古籍出版社 1981 年版，第 52 頁。

〔註32〕王筠：《說文釋例》，中華書局 1987 年版，第 69 頁。

附：「灘（漢）」分佈及出現次數

	上（一～七）	新	合　計
灘	4	1	5

十八、谷

簡文寫作「米」、「签」，隸定為「浴」，見於楚帛書以及信陽、郭店、上博簡。

（1）必若五浴（谷）之溥。	信一・五
（2）譬道之在天下也，猶小浴（谷）之與江海。	郭・老子（甲）・二〇
（3）上德如浴（谷），大白如辱。	郭・老子（乙）・一一
（4）北方爲三佸以衛於溪浴（谷）。	上・二・容成氏・三一
（5）王音深浴（谷）。	上・四・采風曲目・四

簡文「浴」皆記錄語詞谿谷之「谷」。谷，屋部見母；浴，屋部余母；雖韻部相同，我們也沒有必要把簡文「浴」看作是「谷」的假借字。因爲在楚文字系統內還有一個「彡」字，隸定爲「谷」。不過楚文字「谷」與「浴」不僅在形體上有區別，在意義、用法上都有明顯的不同。在楚簡中「谷」只用來記錄慾望之「欲」，沒有用來記錄谿谷之「谷」。《說文》：「谷，泉出通川爲谷，從水半見出於口。」段玉裁認爲這是一個會意字，不過這「水半見」一般人恐怕難以理解，字形也就失去了它原有的表意功能。既然谿谷總是與水緊密聯繫在一起的，所以在「谷」的基礎上添加義符「水」另造一個表示「谿谷」的典型楚文字「浴」。篆文「谿」從谷、奚聲，楚文字改爲從水、奚聲，寫作「狸」，其構字理據是相同的。

李守奎在《上海博物館藏戰國楚竹書（一～五）文字編》中把楚文字「谷」、「浴」都置於楷體「谷」之下，並於「浴」下謂：「皆讀爲『山谷』之『谷』。疑爲戰國楚『谷』字異體，與《說文》『浴』字同形。」〔註33〕我們認爲「疑爲戰國楚『谷』字異體」這種提法不夠嚴密，著者沒有嚴格區分不同層次的文字體系。因爲在楚文字體系範圍內「谷」、「浴」根本不是同一個字，不屬於一字異體的範疇。只有當我們把範圍擴大至整個戰國文字體系

〔註33〕李守奎：《上海博物館藏戰國楚竹書（1～5）文字編》，作家出版社 2007 年版，第515 頁。

時，楚文字「浴」才會與他系文字「谷」構成異體字關係。《文字編》對「谷」、「浴」二字的處理，我們認爲理想的做法應爲：楷體「谷」下列簡文「浴」，「慾」下列「谷」。

附：「浴（谷）」分佈及出現次數

	信	郭	上（一七）	合　計
浴（谷）	1	5	7	13

十九、緈

簡文寫作「𦀗」，隸定為「緈」，見於楚帛書、仰天湖、包山、郭店、上博簡。

（1）生絹之緈。　　　　　　　　　　　　　　包・二六七

（2）多絨之緈。　　　　　　　　　　　　　　包・二七一

（3）小人不緈人於刃，君子不緈人於豐。　　　郭・成之聞之・三五

（4）乃立句稷以爲緈。　　　　　　　　　　　上・二・容成氏・二八

從形體上看，楚文字「緈」與小篆、楷書「綎」字的或體「緈」相近。商承祚認爲楚文字「緈」同「綎」。〔註34〕《說文》：「𦀗，緩也。從糸，盈聲。讀與聽同。緈，或從呈。」按照《說文》的解釋，簡文「緈」與小篆「綎」在語義上應該沒有什麼關聯，只是在形體上與其或體「緈」相近。

包山簡遣冊中有兩例「緈」，在簡文中位於遣車之後，應爲遣車上的一種裝飾物，注者曰：「似指車軾上所纏裏的織物。」〔註35〕這種意義的「緈」應爲本字本用。從意義上看，楚文字「緈」與《說文》中的「綖」、《集韻》中的「綎（緈）」記錄的應該是同一個語詞。《說文》：「綖，系綬也。從絲，廷聲。」段玉裁謂：「系當作絲。」〔註36〕《集韻・清韻》：「綎，絲綬也。或作緈。」

段玉裁認爲小篆「綎」、「綖」兩個字意義有區別，他在「綎」下註釋道：「□之言挺也，挺有緩意。綎與綖義別，《韻會》誤合爲一字。」〔註37〕結合楚文字「緈」的語義，我們認爲「綎」、「綖」爲一字異體的可能性很大。它們都有「絲

〔註34〕商承祚：《戰國楚竹書滙編》，齊魯書社 1995 年版，第 74 頁。

〔註35〕湖北省荊沙鐵路考古隊：《包山楚簡》，文物出版社 1991 年版，第 64 頁。

〔註36〕段玉裁：《說文解字注》，上海古籍出版社 1981 年版，第 654 頁。

〔註37〕同前，第 646 頁。

綏」的意義，且都是耕部透母字，《韻會》將其合爲一字是有道理的。至於「緹」下釋語「緩」，可能是「綏」的訛誤。「緩」、「綏」的訛誤可能性是存在的，段玉裁自己就認爲《說文》「綑」下釋語「緩」應該是「綏」，他說：「緩當作綏。」[註38]《集韻》中的「緹」是個清韻以母字，中古以母在上古音中與端、透、定母讀音十分接近。如此而言，楚文字「綎」與篆文「緹」、「綎」以及《集韻》中的「緹」實爲同一個字，記錄的應爲同一個語詞，其意義皆爲「絲綏」。

附：「綎（□）」分佈及出現次數

	帛	仰	包	郭	上（一七）	合 計
綎（□）	2	1	21	2	1	27

二〇、匜

簡文寫作「」，隸定爲「鉈」，見於信陽、仰天湖、望山、包山簡。

（1）一盤，一鉈（匜）。　　　　　　　　　　　　　　　　包・二六六

（2）二鉈（匜），卵盞。　　　　　　　　　　　　　　　　望二・四六

　　簡文「鉈」皆記錄語詞「匜」。《說文》：「鉈，短矛也。從金，它聲。」段玉裁：「《方言》曰：『矛，吳、揚、江、淮、南楚、五湖之間謂之鏇。』按：『鏇』即『鉈』字。」鉈，歌部書母；匜，歌部余母。二者聲紐差距較大，假「鉈」爲「匜」的可能性不大，楚文字「鉈」與篆文「鉈」應該只是同形字。商承祚謂：「鉈，即匜，在後室有銅、陶匜各一，又於擾土中發現木匜一，見《信圖》六三及一二九圖。鉈字亦見金文，當指銅匜。」[註39]「匜」字楚文字寫作「鉈」其實並不是什麼新造，而是承襲了金文原有的寫法。匜，金文有「」、「」、「」多種形體，楚文字「匜」形體與金文「」相同。

　　楚文字另有一「」（鼃）字，望山 M2 簡五五：∠一盤，一鼃，二∠。商承祚謂：「鼃，亦鼎屬，殆有流鼎。」[註40] 作爲鼎屬的「鉈（匜）鼎」指的是一種有流的鼎，它合匜、鼎於一體。由「鼃」在簡文中的前後物品看，商氏所謂「鼎屬」的可能性不大。《望山楚簡》：「此墓未出匜鼎，但有二陶匜，一大

[註38] 同前。第 654 頁。

[註39] 商承祚：《戰國楚竹書滙編》，齊魯書社 1995 年版，第 35 頁。

[註40] 商承祚：同前，第 113 頁。

一小，簡文『觚』與『盤』並列，也可能即指陶匜。」〔註41〕又簡三三：二盤，二鉈，卵缶，三╱也是「盤」、「鉈（匜）」放在一起敘述。古代匜用來注水，盤用來承水，兩種器皿結合起來使用，所以在青銅器銘文、戰國簡文中常常連言之。如此而言，「一觚」之「觚」與「二鉈」之「鉈」爲一字異體，都是楚文字「匜」字。

附：「鉈（匜）」分佈及出現次數

	仰	信	望	包	合　計
鉈（匜）	1	1	2	1	5

第三節　典型楚文字與他系文字的關係

　　上一節我們對楚系簡帛文字中在形、用兩方面具有楚地濃郁地方特色的二十個文字的個案進行了較爲詳盡地討論。從文字學角度看，其中包含了如下幾種情況。

一、楚文字字形與他系文字形體、結構方式完全相同

　　如上文討論的的楚文字「芋」、「蒿」、「含（吟）」、「訓」、「訶」、「晨」、「敘」、「沱」、「鉈」等，在《說文》中都可以找到形體及其結構完全相同的字形，但它們記錄的顯然不是語言中的同一個語詞。那麼這些不同體系中形體相同的文字究竟是什麼關係，是同一個字，還是造字時的偶然同形，是值得古文字研究者深思的問題。因爲這不僅涉及到不同系屬的文字間的關係，還涉及到同一種文字體系內文字的產生以及其使用情況。譬如楚系文字「蒿」與秦系文字「蒿」，如果楚系文字「蒿」與秦系文字「蒿」是同一個字的話，那麼楚簡中用「蒿」來記錄語詞郊祭、郊外之「郊」在文字使用上就屬於假借。如果二者不是同一個字，只是造字時偶然同形的話，那麼兩者只是同形字的關係，那麼楚文字用「蒿」來記錄語詞郊祭、郊外之「郊」在文字使用上就屬於本字本用。假借與本字本用在文字學上的意義是大不相同的。從目前古文字考釋的實踐來看，較爲普遍做法是，凡形體相同或相近的一般先認定爲同一個字。當簡文與所記錄的語

〔註41〕湖北省文物考古所、北京大學中文系：《望山楚簡》，中華書局1995年版，第129頁。

詞不一致時，只要二者在聲韻上相同、相近則多採用假借予以解釋。我們充分理解并尊重這種操作，因爲就釋讀而言，這樣做並不影響簡文材料內容的釋讀和理解，同時也避免了繁瑣的構字理據的論證和紛繁的爭論。但是這樣做也有著不可否認的弱點，它忽視了不同系屬文字的系統性以及其在文字構成上的某些特點。楚文字「浴」都是用來記錄語詞谿谷之「谷」的，實即楚文字「谷」字。如果我們用假「浴」爲「谷」來解釋的話，楚文字的系統性以及「浴」的構字理據就被我們忽略了。對於古文字研究者而言，應該有一個這樣的認識：不同的歷史層面，或同一歷史層面上不同的地域所產生的形體相同的字，完全有可能是爲不同的語詞而造的。這種情形在文字分歧嚴重的戰國時代恐怕尤爲如此。

二、楚文字與他系文字構字偏旁完全相同，但結構方式有所差別

正如上文所述，不同系屬的文字即使是形體、結構完全一樣也未必就是同一個字。至於不同系屬中那些構字偏旁相同，結構方式不一樣的字爲同一個字的可能性恐怕就更小了。我們在處理這一類別文字的時候就更應該本著慎之又慎的態度。如楚文字「悬」與篆文「惕」構字偏旁相同，都可以分析爲從「心」、「易」聲。但二者的結構方式有所區別，「悬」，下形上聲；「惕」，左形右聲。二者的作用不同，楚文字「悬」記錄語詞難易之「易」，篆文「惕」記錄語詞震惕之「惕」。二者不是同一個字，嚴格地說，連同形字也算不上。從文字產生的途徑上說二者也有著明顯的不同，震惕之「惕」是一種心理活動，所以在造字的時候爲它選擇一個義符「心」，根據語音上的近似原則選擇一個聲符「易」，正所謂「以事爲名，取譬相成」。它是由義符、聲符直接合成的一個形聲字。難易之「易」一開始就寫作「易」，直至現在還是寫作「易」。關於「易」的造字本義有多種解釋，不過用「易」記錄難易之「易」，在文字學上屬於假借則是可以肯定的。假借字的缺點就是文字的形體不能揭示它所記錄的語詞的意義。難易之「易」楚文字寫作「悬」，其實是在假借字「易」的形體上添加義符「心」而成的一個後造本字。諸如楚文字「懽」，下形上聲；篆文「懽」，左形右聲；楚文字「覎」，左形右聲；篆文「覎」，右形左聲。對於這些字，我們認爲，如果在構字理據上可以得到重新解釋的就沒有必要非得看作是同一個字。

三、楚文字形體與他系文字形體相同，但文字分化程度不同

　　就其來源而言，楚文字中有的字與其他系屬的字原本是同一個字，記錄的也應該是語言中的同一個詞語。文字自產生之日起，其自身就在不斷地發展、演變，但這種演變在不同的地域並不是完全均衡的。漢字傳播的範圍十分廣袤，而上古時期傳播的手段又極其有限，再加上諸侯國的割據，本來統一的文字系統在不同的地域就逐漸形成了差異。文字的孳乳是文字成熟、豐富的一個重要手段，不同系屬或地域的文字其分化的程度不一樣，從而導致同一個字在不同的地域記錄的語詞不同。如楚文字「盍」在簡文中都是用來記錄器皿蓋子的「蓋」，從文字的構形以及《說文》的解釋來看，應該屬於本字本用。而在傳世典籍中的「盍」字多數情況下已經被借用爲記錄疑問詞「曷」，而其本義則用「蓋」來表示。楚文字「屮」、「艸」、「卉」都是用來記錄語詞「草」的，是一組異字體，也就是說在楚系文字中這三個字還沒有分化。而在秦系文字中「艸」、「卉」已經分化，所以楚文字「卉」與篆文「卉」記錄的就不再是同一個語詞。

第三章　典型楚系文字偏旁結構研究

　　上一章我們對楚系文字系統內具有典型地域特徵一些字的形體進行了研究，從中我們不難看出，在楚系簡帛文字體系內的確存在著爲數不少在形體上有別於其他系屬的特殊字的形體。其中有些字的形體僅見於楚系文字，這部份歷來就頗受學者的關注，討論得多且深入，所以本文就沒有再涉及。還有一部份字的形體見於同時代的其他系別文字或後代的文字體系，雖然它們字形完全相同或構字偏旁完全相同只是結構方式有所差別，但是從語料來看他們所記錄的語詞明顯不同。這部份字的形體在構字理據上又可以作重新分析，我們認爲它們也應該納入到典型的楚系文字範圍之中。對於這類文字，我們必須給予應有的重視，因爲它體現了楚文化圈內人們對客觀世界的一種認知，體現了楚系文字的構字理據。如果說這些具有濃厚地域特色的單個字符只能表明個體，由於它不具有系統性，還不足以說明文字體系的整體狀況，那麼文字的偏旁及其結構位置的安排就不一樣了。特別是那些構字能力較強的偏旁，它們不是與一個字，而是與一整個類別的文字相聯繫。觀察、比較、分析一群具有共同偏旁的文字，我們容易看出偏旁位置的趨向性。何琳儀說：「形體方向和偏旁位置不固定的現象，殷周文字中早已有之。戰國時代，由於政令不一，文字異形，其方向和位置的安排尤爲紛亂。」〔註1〕滕壬生在談到楚文字異化時說：「所謂異

〔註1〕何琳儀：《戰國文字通論（訂補）》，江蘇教育出版社 2003 年版，第 226 頁。

化，乃是文字的筆劃和偏旁有所變異，從而使字形發生了較大的變化，這在本編文字中亦有種種表現。其一，形體方向和偏旁位置不固定。有正側互置、上下互置、左右互置。」〔註2〕如果我們從整個戰國時期不同文字體系來考量的話，何琳儀所說的戰國文字偏旁「位置的安排尤爲紛亂」應該是客觀存在的事實。如果我們換一個角度去審視，其實這也正好從一個側面說明了戰國文字所具有的豐富地域特色。滕壬生所說的「形體方向和偏旁位置不固定」的現象在楚系簡帛文字中確實存在，這是不爭的事實。在一個沒有強有力的用字規範時代，一種文字體系中出現一些字體偏旁位置變動不居的情況，這是難以避免的。我們說它存在，只是我們認爲在使用文字的時候有這種現象。這種現象到底在多大範圍內存在，存在的程度究竟有多深，能否上升到一種文字的用字規律？僅憑一些零碎單字的舉例式說明，恐怕很難揭示文字體系內固有的一些規律性的東西。對於戰國文字及其地域變體，先前的研究者可能更多的是從「異」的方面著眼，看到的自然只是不同的方面，因而也就忽略了一些具有共性東西。一種成熟文字體系，如果其字形、偏旁位置變動不居占主導地位的話，那它勢必會影響其交際功能。通過我們的研究，楚系文字的偏旁位置應該說還是相對比較固定的，至少不會像人們想像的那樣變動不居。不僅相對固定，一些偏旁在字體中的位置安排上已經顯示出一種成熟文字體系所具有的高度一致性。當這種高度一致是其他系屬文字所不具備時，我們就可以說這就是該文字系統所具有的一種規律。而這種規律無疑就是該文字體系所具有的鮮明特質，我們也可以藉此來區別戰國時期不同系屬的文字。

第一節　偏旁「邑」左置

《說文》:「邑，國也。」「邑」除可表示都城、國家意義外，還可以泛指人口聚集的一般性城邑。「邑」作爲構字偏旁時絕大多數是充當表意字符的，作爲義符的「邑」構成的文字包括「有些是國名和邑名，有些是有關國邑和行政區域的名稱」〔註3〕。從出土的楚系簡帛材料看，還包括爲數不少的姓氏用字。由偏旁「邑」構成的漢字不論在楚系文字中，還是在同時代的其它系屬文字中都

〔註2〕滕壬生:《楚系簡帛文字編（增訂本）》，湖北教育出版社 2008 年版，第 11 頁。

〔註3〕王力:《古代漢語》第二冊，中華書局 1962 年版，第 653 頁。

是比較多的。在本書中我們儘量選擇那些構字較多的偏旁來進行討論，這是爲了在研究過程中儘量排除一些偶然性的因素，使統計結果更趨於客觀科學，也使統計數據更能夠說明問題。根據滕壬生《楚系簡帛文字編（增訂本）》統計，該字編「邑」部共收錄了一百五十四個字。爲了更好地說明楚文字偏旁「邑」在字體中的位置特點，除楚系簡帛材料外，我們還羅列了幾種不同的文字材料以資對照，目的是爲了在比較中說明問題。

附：不同系屬文字材料中偏旁「邑」位置

	匯	包	郭	上	新	盟	睡	馬	說文
從「邑」之字	12	113	2	12	44	16	18	22	180
偏旁「邑」左置	11	111	2	9	44				
偏旁「邑」右置	1〔註4〕					16	17	22	173
偏旁「邑」下置		2		3			1		7

　　從上表對照、比較中我們不難發現：楚系文字與其它系屬文字偏旁「邑」的位置存在著明顯的差異。楚系簡帛中除六個字偏旁「邑」位於字形下部外，其餘一百四十八個字的偏旁「邑」皆位於字形的左部〔註5〕，占 96%。由此可見，楚系文字偏旁「邑」的位置有著高度的一致性。偏旁「邑」左置占絕對優勢，偏旁「邑」下置則較爲少見，而偏旁「邑」旁右置更爲罕見。就目前公佈的簡帛材料而言，只有一個「邦」字的偏旁「邑」可以有左、右兩置的情況。楚系簡帛文字偏旁「邑」左置的傾向同樣存在於楚系金文之中，《鄂君啓節》中十個由偏旁「邑」構成的字，其偏旁「邑」全都位於字形的左部。可以說偏旁「邑」位置上的特點不僅適用於民間手書文字，也適用於審愼典雅的官方文字，應該算得上普適性特點。

　　春秋戰國之交的《侯馬盟書》可以視爲晉系文字的代表，小篆以及睡虎地秦簡文字則可以分別看作是秦系文字的官方和民間的書寫形式。從文字系屬上說，晉系文字屬於東土文字，秦系文字則屬於西土文字。從時間上說，一爲春

〔註4〕簡文出現於江陵望山二號楚墓遣冊第九簡，原隸定從「邑」。因照片不甚清晰，是否從「邑」，待考。

〔註5〕「邦」，偏旁「邑」有左右兩置的情況，具體情況下文將予以討論。

秋戰國之交，一則遲至戰國末年和秦朝，時間跨度有兩百餘年。雖然兩者文字系屬不同，時間先後有別，但它們在偏旁「邑」的位置安排上卻有著驚人的一致性。與楚系文字不同的是，兩者偏旁「邑」位置幾乎都位於字體的右部。《侯馬盟書》從「邑」之字共十六個，偏旁「邑」全部右置。《說文》「邑」部收字一百八十個，偏旁「邑」右置的爲一百七十三字，占 96%。《睡虎地秦簡》從「邑」之字有十八個，其中偏旁「邑」右置的有十七個，占 94.5%。無論是晉系文字，還是秦系文字，偏旁「邑」右置占絕對優勢。與楚系文字相同的是，偏旁「邑」下置同樣也比較少見。可以這麼說，偏旁「邑」左置是典型的楚文字結構特徵，與之相反，偏旁「邑」右置則是中原文化圈文字的結構特徵。爲了有直觀的感受，羅列數例，以資對照。

楷　書	楚文字	資料來源	晉文字	資料來源	秦文字	資料來源
邦	𨜒	包・二二八	𨛫	盟・八五・二	𨛸	《說文》
都	𨜘	包・一六五	𨜗	盟・一五六	𨝀	《說文》
鄭	𨛖	曾・一六五			𨝔	《說文》
郢	𨞂	包・一四〇			𨝈	《說文》

關於偏旁「邑」下置，我們認爲，楚系文字中少數字偏旁「邑」下置的現象極有可能是受書寫材料影響所致。出土竹簡的寬度一般只在一釐米左右，在如此狹窄的竹簡上用毛筆進行書寫，遇到那些筆劃繁多、偏旁結構複雜的文字就不得不對固有的書寫習慣進行一些微小的調整。就偏旁「邑」而言，調整的結果，就是將原本應該左置的偏旁「邑」移到字體的下方。從我們觀察看，「邑」旁下置的「𦊆」「𦇆」「𦇋」「𦈃」「𦉰」等六個字多爲結構繁複的字。

就目前出土的楚系簡帛材料而言，「邦」字應該是楚文字中唯一一個偏旁「邑」既可以出現在字體的左部，又可以出現在字體右部的字。它既可以寫作「𨜒」，也可以寫作「𢀜」。對於偏旁「邑」右置這種有悖於楚系文字結構的現象，我們有必要對其進行具體細緻的考察。甲骨文「邦」寫作「𤯓」，它不是一個從「邑」從「丰」的形聲字。楚文字「邦」與其在形體上沒有因襲關係，因而也就沒有什麼可比性。《金文編（第四版）》收錄了「邦」字四十二個形體，其中偏旁「邑」右置的三十九形，偏旁「邑」左置的只有三形。儘管這不是金

文中「邦」字窮盡性的羅列，但大致的趨勢還是可以預見的。所舉三例偏旁「邑」左置的「（邦）」字來自於《國差𦉜》、《蔡侯鐘》以及《陳章壺》。這三件青銅器或屬於楚系青銅器，或受楚文化的影響。從中可以看出，金文中「邦」字偏旁「邑」右置佔有絕對的優勢，而偏旁「邑」左置則是一種弱勢結構。金文偏旁「邑」左、右兩置的情況實際上反映了兩種文化圈內人們的不同的書寫習慣。「邦」字偏旁「邑」右置體現的是中原文化圈的書寫習慣，而偏旁「邑」左置則的是楚系文化圈的書寫習慣。

附：「邦」字在楚系簡帛中出現情況及「偏旁邑」位置統計

「邦」	帛	信	九 M56	新	包	郭	上（一～七）	合　計
出現次數	5	1	5	1	13	15	114	154
偏旁「邑」左置		1	5	1	13	11	114	145
偏旁「邑」右置	5					4		9

上述楚系簡帛中「邦」字共出現了一百五十四次，其中偏旁「邑」旁左置的爲一百四十五次，約爲 94%；偏旁「邑」右置的爲九次，約占 6%。而且偏旁「邑」右置的「邦」字只集中出現於《楚帛書》和郭店簡《語叢（四）》中。

附：不同系屬文字材料中「邦」字「邑」旁位置統計

「邦」	楚系簡帛	盟	睡	馬
出現次數	154	229	42	4
偏旁「邑」左置	145			
偏旁「邑」右置	9	229	42	4

就單個字符「邦」而言，不同時間、不同地域的《侯馬盟書》、《睡虎地秦簡》、《馬王堆簡帛》中「邦」字的結構都有一個共同的特點，那就是偏旁「邑」都是右置的。與此不同的是，楚系簡帛中「邦」字的「邑」旁絕大多數是左置的，我們完全有理由說偏旁「邑」左置的「邦」是典型的楚系文字結構。我們同樣可以說，偏旁「邑」右置的「邦」不是典型的楚文字結構。

在楚系簡帛中出現非楚系結構的文字並不難以理解，它應該是不同地域人們相互交往、學習以及不同系屬文字相互影響、交融的結果。《孟子・滕文公下》：

「有楚大夫於此，欲其子之齊語也，則使齊人傳諸？使楚人傳諸？日：『使齊人傳之。』日：『一齊人傳之，眾楚人咻之，雖日撻而求其齊也，不可得矣。引而置之莊嶽之間數年，雖日撻而求其楚，亦不可得矣。』」這雖是一則比喻，但齊楚方言的差別是客觀存在的。不僅方言，不同系屬文字的差異也是事實。戰國時期各國廣攬人才，養士之風盛行，使得各國間人才流動極爲頻繁。人員流動的同時也促進了各國文化間的相互交流。楚系簡帛的書手眾多，他們不一定全都是土生土長的楚地之人，外來的書手在適應楚文字寫法的同時也會不經意間寫出自己系屬的文字。就算是土生土長的楚國人，他也可能不僅熟練掌握楚系文字，而且也可能瞭解其他系屬文字的寫法。

自戰國時期開始，楚系文字偏旁「邑」的位置就与中原文化圈有著明顯的不同，並由此顯現出楚系文字的地域特點。這一結構上的特點不僅具有明顯的區別特徵，而且具有相當的穩固性，這一結構特徵一直保持到了戰國晚期。

第二節　偏旁「心」下置

《說文》：「心，人心，土臟也，在人身之中。象形。」按照現代解剖科學的觀點，心臟只是爲人體血液循環提供動力的一個器官，不過古人認爲「心」是人體的主宰，它與思維、情感有著密切關係。《孟子・告子上》：「心之官則思。」既然我們的先人有了這樣的主觀認識，所以漢字中關乎人們德行、品質以及心理活動的字都跟「心」有了關聯。漢字偏旁「心」與「邑」一樣也是一個十分活躍的構字部件，在戰國文字中也是如此。柯佩君說：「『心』，金文作『』（師
望鼎）、『』（客鼎）之形。戰國文字承襲金文，多作『』（中山王壺）之形，橫向筆劃連接在一起，串穿『』形。楚系文字則多作『』（包山 247），中間『』形不開口，作水滴狀『』形，常分兩筆寫成，並置於字體的下方。」〔註6〕楚系文字「心」在形體上與金文的承襲關係或與他系文字的差異不在本書的討論範圍，我們關心的是作爲構字偏旁的「心」在字體中的位置。前文我們說楚系文字偏旁「邑」位置固定，偏旁「心」與「邑」相比位置則更加趨於固

〔註 6〕柯佩君：《上海博物館藏戰國楚竹書文字研究》，台灣高雄師範大學 2010 年博士學
　　　位論文，第 148 頁。

定，並且具有整齊劃一的規律性。我們根據《楚系簡帛文字編（增訂本）》統計，該字表收錄從「心」之字一百四十七個。

附：不同系屬文字偏旁「心」的結構位置對照表

	楚系簡帛	睡	馬	《說文》小篆
從「心」之字	147	40	66	265
偏旁「心」下置	147	31	47	105
偏旁「心」左置		8	13	157
偏旁「心」右置	1〔註7〕		1	1
偏旁「心」居中	1	1	1	2

　　從上表我們可以看出：楚系文字除「恥」字有「![字]」、「![字]」，「慶」有「![字]」「![字]」兩種書寫形式外，餘字偏旁「心」全都位於字形的下方，而且絕對沒有例外。與秦系文字，尤其是與小篆相比，楚文字偏旁「心」的位置是非常固定的，呈現出高度的一致性。

　　同為手書體的睡虎地秦簡，從「心」之字共四十個，其中偏旁「心」下置的有三十一個，占 77.5%；偏旁「心」左置的有八個，占 20%。我們可以這麼說，不僅是戰國楚系文字，就是秦系文字在日常使用的文字中偏旁「心」下置的結構方式也仍然佔據著主導地位，儘管下置的比例沒有楚系文字那麼高。不僅是秦系文字日常書體如此，就是在西漢初期民間使用的文字也大體如此。據《馬王堆簡帛文字編》統計〔註8〕，該字編心部收錄從「心」之字共六十六個，其中偏旁「心」下置的有四十七個，占 71%；「心」旁左置的有十三個，占 19.7%，其結構比例與睡虎地秦簡幾乎沒有什麼差異。這種比例上的一致性不是偶然的巧合，它至少可以說明從戰國一直到西漢初期文字在實際使用過程中的共有現象，那就是漢字偏旁「心」下置是占主導地位的。

　　《說文》心部從「心」之字二百六十五個，其中偏旁「心」下置的有一百零五個，約為 39%；左置的有一百五十七個，占 60%。小篆「心」旁下置的比例與楚系文字相比有很大的下降，就是與其同屬一系的時間相近的睡虎地秦簡

〔註7〕楚文字「恥」、「慶」有兩種書寫形式，分兩次統計。

〔註8〕陳松長：《馬王堆簡帛文字編》，文物出版社 2001 年版。

文字相比，「心」旁下置的比例由 77.5%下降至 39%。篆文中偏旁「心」左置結構已經取代下置結構成爲主要的結構方式。篆文與睡虎地秦簡這種結構上的差異說明了：作爲官方標準化的字形和民間日常使用的字形是有一定距離的，標準化字形所起的規範化作用是一個漸進的過程，而不是一蹴而就的。通過下面的例字能更清楚地看出秦楚兩系文字偏旁「心」位置上的差異。

附：秦楚兩系文字偏旁「心」位置差異對照表

楷　書	楚文字	資料來源	篆　文	資料來源
忻		上・二・容成氏・二五		《說文》
懷		郭・尊德義・三三		《說文》
悁		郭・性自命出・三四		《說文》
愉		郭・老子（乙）・二		《說文》
情		上・一・孔子詩論・一八		《說文》
惛		郭・性自命出・六四		《說文》
慍		郭・性自命出・三四		《說文》
悁		上・二・從政（甲）・二		《說文》
惻		郭・語叢（二）・四三		《說文》
恔		上・二・從政（甲）・八		《說文》
惙		郭・五行・一○		《說文》
懌		郭・老子（甲）・九		《說文》

漢字字形中有些位置，偏旁「心」是很少出現的。從研究中我們發現，上古時期漢字偏旁「心」位於整個字形右部的情況是非常罕見的，似乎只有「恥」、「沁」等少數幾個特例。作爲義符的「心」右置似乎只有一個「恥」字。《說文》：「恥，辱也。從心，耳聲。」篆文「恥」只有偏旁「心」右置一種書寫形式。楚文字「恥」有兩種書寫形式，一種是偏旁「心」位於字形的右部，寫作「󰀀」。

一種是偏旁「心」位於字形的下方，寫作「」。從楚系簡帛材料統計來看：「恥」共出現十三次，其中偏旁「心」右置的爲十次，下置的只有三次。可見，楚文字「恥」以偏旁「心」右置爲常見的書寫形式。

附：「恥」出現次數及偏旁「心」位置統計表

恥	郭	上（一～七）	合　計
出現次數	3	10	13
偏旁「心」右置	2	8	10
偏旁「心」下置	1	2	3

偏旁「心」位於字形中央這種形式也是非常罕見的，似乎也只有一個「慶」字。《說文》：「慶，行賀人也。從心攵，從鹿省。」小篆、睡虎地秦簡、馬王堆帛書「慶」字偏旁「心」，只有位於字形中央一種書寫形式。而楚文字「慶」有兩種書寫形式，一種是偏旁「心」位於字體的中央，寫作「」。一種是偏旁「心」位於字體的下方，寫作「」。看來，楚文字「」這種寫法應該是對金文「」的承襲，而偏旁「心」下置「」的這種寫法應該是在楚文字偏旁趨同作用下產生的特有寫法。楚系簡帛材料中「慶」共出現二十六次，偏旁「心」居中的爲十四次，偏旁「心」下置的有十二次，可見這兩種書寫形式在楚文字中都是常見的。

附：「慶」出現次數及偏旁「心」位置統計表

慶	望	曾	包	郭	上（一～七）	新	合　計
出現次數	1	1	19	2	2	1	26
偏旁「心」居中	1	1	9	1	1	1	14
偏旁「心」下置			10	1	1		12

上文我們從純粹的字體結構形式角度分析了楚系文字偏旁「心」位置特點，偏旁「心」作爲構字部件時絕大多數情況下是充當義符的。爲記錄語言中同一個語詞而造的字，不同系屬文字體系所造出的字可能並不相同，就是同一系屬文字也會有所差異。這中間有造字方法的差別，就是同樣用形聲造字法造出的字也並不能保證就會完全一樣。同一個字音，我們可以有多個聲符可供選擇。

由於意義相同或相近，漢字的義符許多是可以互相通用的。選擇什麼樣的義符作爲構字偏旁，不同系屬的文字，甚至同一系屬文字的內部也會有所差異。有些在其他系屬文字中並不從「心」的字，在楚文字中則選擇了義符「心」。如果僅從造字理據上看，我們認爲楚系文字的這種選擇可能更具合理性。

狂，狂妄之「狂」楚文字寫作「![字]」。晉文字寫作「![字]」，盟一五二·二；秦文字寫作「![字]」，睡·日書（甲）·二九。不管是思想上的狂妄，還是病態的發狂，都是人們內心世界的一種外在表現。楚文字從「心」，義符的表一功能得到了充分的體現。《說文》：「狂，狾犬也。從犬，![字]聲。![字]，古文從心。」段玉裁注曰：「叚借爲人病之稱。按此篆當從古文作『![字]』，小篆變爲從犬，非也。」篆文「狂」的本義爲狂犬，引申爲人類發狂之「狂」，也沒有什麼不當。段氏認爲「古文」是比小篆、籀文更早的字體，並且從「心」與詞義也更密合，所以說「小篆變爲從犬」。古文爲戰國時東方六國文字，小篆爲秦系文字，文字體系不同，我們很難說小篆一定是將古文偏旁「心」改爲「犬」。楚文字的「狂」與《說文》古文一樣都是從「心」的，寫作「![字]」，見於天星觀、包山、郭店簡。只不過「心」旁不是位於字體的左部，而是根據楚文字的書寫習慣置於字體的下方。

惥，勇敢之「勇」楚文字從「戈」寫作「戵」（郭·成之聞之·九），或從「心」寫作「![字]」，郭·尊德義·簡三三、三四：「不忠則不信，弗惥則亡復」。《說文》：「勇，气也。從力，甬聲。![字]，古文勇從心。」段玉裁注曰：「力者，筋也。勇者，气也。气之所至，力亦至焉。心之所至，气乃至焉，故古文勇從心。」段氏的解說是想說明「心」產生「氣」，「氣」產生「力」，目的是在調和篆文、古文從「力」從「心」的差異。睡虎地秦簡「勇」亦寫作「惥」，睡·爲吏之道·簡三四：「壯能衰，惥能屈。」按常理而言，一個人勇敢與否往往不在於他力氣的大小，而是在於他的精神，也就是他的內心世界。從構字理據上說，從「心」優於從「力」。篆文從「力」的字而楚文字常常從「心」。

易，難易之「易」楚文字有從「心」，寫作「![字]」，隸定爲「惕」或「愓」，見於包山、郭店、上博簡。據《說文》，「易」是蜥蜴的本字，記錄難易之「易」乃爲假借。難與易是相對的，不同的人得出的結果會不一樣。就是同一個人在不同的時間段認識也會有所差異，它表示的其實是人們對客觀世界的一種主觀上的認識。在假借字「易」的基礎上添加義符「心」也屬自然。

《說文》「心」部「懼」、「恐」、「恕」的古文與楚文字形體相同，附帶討論於下。

愳，《說文》:「懼，恐也。從心，瞿聲。，古文。」段玉裁:「䀠者，左右視也，形聲兼會意。」懼，上博簡寫作「」，隸定為「愳」。「懼」之古文與楚文字「愳」形體結構完全相同。馬王堆帛書「懼」仍然有寫作「愳」的，馬・老子甲・八〇:「奈何以殺愳之也？」

忎，《說文》:「恐，懼也。從心，巩聲。，古文。」楚文字寫作「」，隸定為「忎」。新甲三・簡一五:「唯蕩栗忎懼。」

恣，《說文》:「恕，仁也。從心，如聲。，古文省。」《集韻・莫韻》:「怒，《說文》:『恚也』，古作恣。」「（恣）」，《說文》認為是「恕」的古文，《集韻》認為是「怒」的古文，那麼，楚文字「恣」究竟是「恕」字還是「怒」字，僅憑傳統辭書的解釋我們是難以取捨的，必須結合簡文用例來進行判斷。

（1）凡有血氣者，皆有喜有恣（怒）。　　　　郭・語叢（一）・四五、四六

（2）惡生於性，恣（怒）生於惡。　　　　郭・語叢（二）・二四、二五

（3）未知牝牡之合而朘惹（怒）。　　　　郭・老子（甲）・三四

（4）喜惹（怒）哀悲之氣。　　　　上・一・性情論・一

楚簡中「恣」多記錄語詞「怒」。《說文》:「，古文省。」「恕」本從「如」得聲，許慎所謂「省」，指的是聲符「如」省略成「女」。不過段玉裁並不認為聲符有什麼省略，他說:「從女聲。」對於楚文字「恣」，我們認為完全可以把它看作是從心、女聲的形聲字。怒，魚部泥母；奴，魚部泥母；「怒」與其諧聲偏旁「奴」聲韻皆同。「女」也是魚部泥母字，用它作為聲符在音韻上是絕對沒有問題的。就簡文用例、諧聲關係而言，我們贊同《集韻》的看法，傾向於把「恣」看作是古文字「怒」字。《玉篇》「恕」未收古文「恣」。「恣」下云「恚也」，奴古切。「怒」下亦云「恚也」，奴古切。如此說來，《玉篇》中的「恣」、「怒」兩字雖然分列兩處，其實二者的音義完全相同，實為一字異體。我們說簡文「恣」即「怒」字只代表我們基於楚文字的一種認識，並不意味著我們否認《說文》的觀點。「恕」從「如」得聲，而「如」又從「女」得聲，以「女」作為「恕」的聲符，在語音上也是完全可能的。

附：「戚（恩）」、「思」、「忈」「忥（薏）」分佈及出現次數

	九 M56	包	郭	上（一～七）	新	合　計
戚		1	4			5
恩			1			1
思	1			4		5
忈	1				2	3
忥			3	3		6
薏			3	1		4

第三節　偏旁「鳥」左置

古人有關鳥的概念與現代是有所區別的，《爾雅・釋鳥》：「二足而羽謂之禽，四足而毛謂之獸。」也就是說有兩隻腳並且身上長著羽毛的動物都可以稱爲「禽」。並且根據其尾部的長短進一步分類，尾部較長的歸爲「鳥」，尾部短的歸爲「隹」。楚系文字偏旁「鳥」位置也是相對固定的。

附：不同材料中從「鳥」之字結構對照表

	楚文字	《說文》「鳥」部	馬
從「鳥」之字	25	115	10
偏旁「鳥」左置	22	29	3
偏旁「鳥」右置	2	65	4
偏旁「鳥」下置	1	21	3

由上表統計數據可以看出：

《說文》「鳥」部共收錄從「鳥」篆文一百一十五字，其中偏旁「鳥」左置的有二十九個，占 25.2%；右置的有六十五個，占 56.5%；下置的有二十一個，占 18.3%。可以看出，在小篆文字體系中偏旁「鳥」可以位於字體的左部、右部和下部，但偏旁「鳥」旁右置是該文字體系的一種強勢結構，它所占的比例比偏旁「鳥」左置和下置兩種結構方式之和還要高。

楚系文字體系與小篆系統在偏旁「鳥」位置上顯現出明顯的差異。楚文字從「鳥」之字共二十五個，其中偏旁「鳥」左置的有二十二個，占 88%；右置

的有二個，占 8%；下置的有一個，占 4%。由此可見，偏旁「鳥」在楚文字中位置也是比較固定的，偏旁「鳥」左置佔據著主導地位，是一種強勢結構。楚系文字與小篆在偏旁設置上有一個共同的取向，對兩者來說都是弱勢結構，那就是偏旁「鳥」很少位於字體的上部。

附：簡文與《說文》字形對照表

楚系文字	簡文	篆文	古文	籀文
雞				
鴻				
雄				
雌				
鳴				
雉				

　　雞，楚文字寫作「」，可以隸定爲「𪁖」。《說文》：「雞，知時畜也。從隹，奚聲。，籀文雞。」篆文從「隹」，不從「鳥」，不好比較。楚文字和籀文作一樣都是從「鳥」、「奚」聲的形聲字。兩者的區別在於偏旁「鳥」的位置不同，楚文字偏旁「鳥」左置，籀文則右置。

　　鴻，楚文字寫作「」，可以隸定爲「舡」。篆文寫作「」，《說文》：「鴻，鴻鵠也。從鳥，江聲。」篆文「𪁞」的或體寫作「𪃉」，《說文》：「𪁞，鳥肥大𪁞𪁞也。𪃉，𪁞或從鳥。」《集韻》、《正字通》認爲「𪃉」實爲「鴻」的異體字。《正字通‧鳥部》：「𪃉，同鴻。」同爲從「鳥」、「工」聲，楚文字偏旁「鳥」左置，篆文偏旁「鳥」右置。

　　鳴，楚文字和篆文都是從鳥、從口會意，但偏旁「鳥」位置不同。楚簡寫作「」，可以隸定爲「𪀉」，偏旁「鳥」左置。篆文寫作「」，偏旁「鳥」右置。睡虎地秦簡字形結構與篆文同，寫作「」，見睡‧日書（甲）‧四七（背）。

　　漢字偏旁從「鳥」、從「隹」是可以相通的，因爲兩者的表意功能是相同或相近的。《說文》：「鳥，長尾禽總名也。象形。」「隹，鳥之短尾總名也。象形。」根據《說文》的解釋，它們的差別也僅僅在於鳥的尾部長短不同而已。即使確

實如《說文》所的那樣，「鳥」、「隹」尾部有所不同，不過當它們爲構字偏旁時其尾部長短的差別也就顯得不再那麼重要了。王筠說：「然鳥訓長尾，隹訓短尾，亦就字形言之耳。雅、難尾皆不短，雉尾尤長，皆從隹也。鴛鴦鶴鷺水鳥之屬多短尾，皆從鳥也。」〔註9〕篆文「雞」、「雛」、「雕」、「雇」、「離」等字都從「隹」，籀文則從「鳥」。秦系文字中一些從「隹」的字在楚文字中也寫作「鳥」旁，如「雄」、「雌」。

雄，篆文寫作「𤰞」，《說文》：「雄，鳥父也。從隹，厷聲。」楚文字寫作「𪈹」，從鳥，厷聲。雌，篆文寫作「雌」，《說文》：「雌，鳥母也。從隹，此聲。」楚文字寫作「𪈹」，從鳥，此聲。「隹」旁在楚文字中一般是不出現於字的左部，而「鳥」旁一般也很少出現在字的右部。所以儘管秦系文字「雄」、「雌」兩字偏旁「隹」在楚文字中寫作「鳥」，但是在偏旁位置安排時不是簡單地替代，而是在替代的同時還要進行偏旁位置的調整，仍然將偏旁「鳥」置於字體的左部。

雉，簡文作「𪈹」，隸定爲「鸇」，見於天星觀、上博簡。

（1）鸇（雉）羽之刺。　　　　　　　　　　　　　　　天策

（2）昔高宗祭，有鸇（雉）雊於彝前，召祖己而問焉。　　上・五・競建內之・二

該字，滕壬生《楚系簡帛文字編》和李守奎《楚文字編》都將其置於「鵜」下，沒有作出說明，現在看來有修正和說明的必要。《說文》：「鵜，鵜胡，污澤也。從鳥，夷聲。𪇥，鵜或從弟。」在上博簡面世前，該文字之所以沒有被正確釋讀，一是由於字形與篆文「鵜」形體相近，二是因爲這是個專有名詞，沒有明確的語境，其確切所指不容易判斷。在上博簡中陳佩芬隸定爲「𪇥」，并說：「同雉。雉雊，雄雉鳴也。」〔註10〕簡文的內容與《書・高宗肜日》「高宗肜日，越有雉雊」所說的應爲同一件事。李守奎後來在其《上博文字編》中將其改置於「雉」下，釋讀爲「雉」應該是正確的。

楚文字「鸇」，可以分析爲從「鳥」，「𡎉」聲。「𡎉」即楚文字「夷」，「夷」下之「土」是沒有任何意義的加符。段玉裁說：「雉古音同夷。《周禮》『雉氏掌

〔註 9〕王筠：《說文釋例》，中華書局 1987 年版，第 209 頁。

〔註10〕馬承源：《上海博物館藏戰國楚竹書》（五），上海古籍出版社 2005 年版，第 169 頁。

殺艸』，故書作『夷氏』。大鄭從夷，後鄭從雉，而讀如鬏。今本《周禮》作『薙』者，俗製也。」〔註11〕段氏從傳世古籍的異文來證明古「雉」、「夷」讀音是相同的。音同恐未必，但二者古音相近應該是可信的。雉，脂部定母。夷，脂部以母。韻部相同，古以母、定母讀音相近。

《說文》：「雉，從隹，矢聲。𡵗，古文雉。」至於「雉」字古文形體，有學者做過精審的考辨。商承祚謂：「雉左旁象繪繳之形，後世以爲從夷，非也。或省繩作■，從矢，與篆文雉同。𡵗當是■之寫誤。」〔註12〕由楚文字「雉」形以及楚文字偏旁「鳥」的位置看，《說文》「雉」字古文的左邊位置上出現的應該是「鳥」而不是「隹」，「隹」形應該是「鳥」形的誤摹。

新蔡葛陵楚簡從「鳥」之字共有四個，其中「鶬」、「鵅」、「鳴」三字偏旁「鳥」位於字形的右部。

鶬，簡文寫作「■」，見新甲三‧四〇四，從「鳥」、「倉」聲，偏旁「鳥」右置。《說文》：「鶬，麋鴰也。從鳥，倉聲。雞，鶬或從隹。」

鵅，簡文寫作「■」，見新甲三‧三二二，從「鳥」、「各」聲，偏旁「鳥」右置。《說文》：「鵅，烏鸔也。從鳥，各聲。」

鳴，簡文寫作「■」，見新甲三‧二六三，從「鳥」、「口」會意，偏旁「鳥」右置。楚文字「鳴」的偏旁「鳥」雖然有左置、右置兩種寫法，但以偏旁「鳥」左置爲常見。

附：「鳴」出現次數及其偏旁位置統計

鳴	包	上（一～七）	新	合　計
出現次數	2	14	1	17
偏旁「鳥」左置	1	14		15
偏旁「鳥」右置	1		1	2

新蔡簡偏旁「鳥」的位置與整個楚文字偏旁「鳥」左置的結構不一致，而與秦系文字的結構方式類同，個中的原因值得關注。不過由於簡文中從「鳥」的字出現的數量不多，難見全貌，只能作一些推測。從時間上看，新蔡葛陵簡

〔註11〕段玉裁：《說文解字注》，上海古籍出版社1981年版，第142頁。

〔註12〕商承祚：《說文中之古文考》，上海古籍出版社，第32頁。

與簡曾侯乙墓簡相近，我們可以將二者作橫向比較。曾侯乙墓從「鳥」之字共三個，「（鸕）」出現三次，「（鸍）」出現十二次，「（鷖）」出現二次，偏旁「鳥」全都位於左部。看來楚文字內部這種結構上的差異與時間關係不大，或許與地域有關。

第四節　偏旁「羽」上置

《說文》：「羽，鳥長毛也。象形。」楚文字從「羽」之字，不僅包括羽毛製品和裝飾品用字，還包括一些與禽鳥有關的字。「羽」作爲構字偏旁，其位置也同樣具有高度一致性。

附：不同材料中偏旁「羽」的位置對照表

	楚系文字	《說文》「羽」部	馬
從「羽」之字	32	33	12
偏旁「羽」上置	32	12	9
偏旁「羽」下置		8	3
偏旁「羽」左置		2	
偏旁「羽」右置		11	

從上表我們可以看出：楚系簡帛文字中從「羽」之字共有三十二個，偏旁「羽」都無一例外的位於字體的上方。這說明楚系文字在偏旁安排時有著強烈的趨同性，至少在偏旁「羽」的安排上我們可以這麼認爲。目前，在楚系簡帛材料中，我們還沒有發現偏旁「羽」出現在字體的下部、左部或右部的例子。

小篆文字體系，偏旁「羽」可以位於字體的上部、下部和右部，並且這三種結構形式比較均衡，出現的比例比較接近。不過偏旁「羽」出現在字體左部的情況較少，據上表統計，僅約占6%。可以說，偏旁「羽」左置應該不僅是篆文，也是整個漢字的一種弱勢結構。經過標準化、統一化後的小篆，其偏旁「羽」上置的比例較楚文字有了大幅的降低，約爲36%。篆文結構的這種變化，恐怕還不足以代表當時或稍後時間段內文字在民間的使用情況。如，馬王堆簡帛書寫的年代約爲秦朝早期至西漢初年，與小篆的時間相近，其偏旁「羽」上置仍然爲主要結構形式，占75%。如「翔」寫作「翌」，馬・周易・簡四：「巧（考）其睘（旋）

翠」。「旝」寫作「霽」，馬・十六經・簡一〇四：「名之曰〔蚩〕尤之霽」。

　　楚文字偏旁「羽」不僅在結構位置方面有其自身特點，一些在他系文字中並不從「羽」的字，在楚系文字中卻是從「羽」的，這種現象同樣值得我們關注。篆文與旗幟有關的字多從「㫃」。《說文》：「㫃，旌旗之游㫃蹇之兒。」篆文從「㫃」的字，在楚文字中有些則從「羽」。這大概是古人常常用禽鳥的羽毛、犛牛的尾巴作爲旌旗或旗杆首部裝飾物的緣故。

　　古人有在旗竿頂端進行裝飾的習慣，《周禮・春官・司常》：「全羽爲旞，析羽爲旌。」鄭玄注：「全羽、析羽皆五采，系於旞旌之上，所謂注旄於干首也。」曾侯乙墓簡文有「翠首」（簡七二、八九）、「玄羽之首」（簡七九）、「墨毛之首」（簡四六）、「朱毛之首」（簡八六）和「白攸之首」（簡一〇、六九）。簡文中的「翠首」、「玄羽之首」說的就是用翡翠鳥的羽毛以及黑色羽毛裝飾旗杆的首部。裘錫圭謂：「『墨毛之首』、『朱毛之首』之『毛』和『白攸之首』之『攸』，疑皆讀爲『旄』，分別指用黑色的、朱色的和白色的犛牛尾繫於旗干之首。」〔註13〕「毛」、「攸」還可以寫作「翌」。

翌，簡文寫作「翌」，見於包山簡。

　蒙翌首。　　　　　　　　　　　　　　　　　　　包牘一（正）

　　簡文中的「首」是傳統文獻中的「竿首」或「干首」的簡稱，即旗竿的頂端。翌，李家浩認爲應讀爲「旄」，實即「旄」字的異體。「蒙旄」指的是雜色的旄〔註14〕。「蒙翌首」指的是用雜色的犛牛尾裝飾的竿首。「旄」本來是旌旗頂端的裝飾物，後來指有犛牛尾或鳥類羽毛裝飾的旗幟，又泛指一般的旗幟。《說文》：「旄，幢也。從㫃，毛聲。」段玉裁在注解中的精闢分析是對楚文字從「羽」的最好註腳，他說：「旄是旌旗之名，漢之羽葆幢，以犛牛尾注竿首，如斗，在乘輿左騑馬頭上。用此知古以犛牛尾注竿首，如斗童童然，故言干旄、言建旄、言設旄。有旄則亦有羽，羽或全或析。言旄不言羽者，舉一以晐二。其字從㫃從毛，亦舉一以晐二也。以犛牛尾注旗竿，故謂此旗爲旄。」《書・牧誓》：「王左杖黃鉞，右秉白旄以麾。」《經典釋文》：「馬云：『白旄，牦牛尾』。」文中的

〔註13〕湖北省博物館：《曾侯乙墓》，文物出版社1989年版，第509頁。

〔註14〕李家浩：《包山楚簡中的旌旆及其他》。《著名中青年語言學家自選集李家浩卷》，安徽教育出版社2002年版，第262頁。

「旄」應是用牦牛尾裝飾的一種旗幟。作為旌旗之名的「旄」，不僅有犛牛尾，還有羽毛裝飾，所以楚文字從「羽」、從「毛」會意。

羿，簡文寫作「羿」，隸定為「羿」，見於天星觀、郭店、上博簡。

（1）☑豹裏之羿☑	天策
（2）槁木三年，不必為邦羿。	郭・成之聞之・三〇
（3）東方之羿以日，西方之羿以月。	上・二・容成氏・二〇

除曾文字外，楚系文字旌旗之「旗」皆寫作「羿」，是一個從「羽」，「亓」聲的形聲字。《說文》：「旗，熊旗五游，以象伐星，士卒以為期。從㫃，其聲。《周禮》曰：『率都建旗』。」據《說文》及古代典籍注解，所謂「旗」就是在旗幟的正幅上畫有兇猛動物熊虎的形象，象徵士卒勇猛莫當，為軍中將領所建。從楚文字「羿」從「羽」來看，古代的「旗」與「旌」、「旃」、「施」一樣應該也是有羽旄作為裝飾的。從簡帛材料來看，古代的「旗」並不一定只畫有熊虎的形象，同時它還可以畫有日、月等不同的事物。

翯，簡文寫作「翯」，隸定為「翯」，見於望山、天星觀、包山簡。

（1）絑翯。	天策
（2）秦高之翯。	望二・一三
（3）其上載：絑翯。	包・二七六

除曾文字外，楚系文字旌旗之「旌」皆寫作「翯」，從「羽」、「青」聲。《說文》：「旌，游車載旌，析羽注旌首，所以精進士卒也。從㫃，生聲。」揚之水謂：「旌的正幅，不用帛，而只用羽毛編綴，便是旌。……江蘇江陰高莊戰國墓出土刻紋銅器上的車，車後置旗，旗上置干旄，旗則是長長地三根飄帶，每根飄帶上都編綴著穗子似的羽毛，這旗，便是旌，便是羽旄。」〔註15〕馬王堆帛書旌旗之「旌」有寫作「旌」的，也有寫作「翯」的，而「翯」當是楚文字的孑遺。如馬・十六經・簡一〇四：「翦其髮而建之天，名之曰〔蚩〕尤之翯。」

帮，簡文寫作「帮」，隸定為「帮」，見於包山簡。

（1）一罟，其帮朮。	包・二六九

〔註15〕揚之水：《詩經名物新證》，北京古籍出版社 2000 年版，第 463～465 頁。

（2）二翠，二帛，皆朮。　　　　　　　　　　　　　　　包・二七三

　　包山簡釋文：「帛，讀如巾，似指矛鞘外包裹的巾。」〔註16〕帛，讀如「巾」，恐不確。李家浩謂實即「斾」之楚文字寫法〔註17〕，可從。《說文》：「斾，繼旐之旗也，沛然而垂。從㫃，朮聲。」所謂「斾」指的是古代旌旗「旐」的末端用帛製成的的狀如燕尾的垂旒。揚之水謂：「狹而長的旒尾，續接更細長的一段帛，便是斾。」〔註18〕《左傳・定公四年》：「晉人假羽旄於鄭，鄭人與之。明日或斾以會。」孔穎達疏曰：「然則旄謂旒身，斾謂旒尾。晉人令賤人建此羽旄，施其旒斾於下，執之。」斾，即旌旗的一個部份，所以也從「羽」。

旝，簡文寫作「㫃」，隸定為「旝」，見曾侯乙墓簡。

（1）紫旝，驊首，驊頸。　　　　　　　　　　　　　　　曾・七二
（2）雛旝，驊首，貂定之頸。　　　　　　　　　　　　　曾・八九

　　曾國文字「旝」，字形可以分析為從「㫃」，「胥」聲，即「斾」字。《爾雅・釋天》：「因章曰斾。」郭璞注：「以帛練為旒，因其文章不復畫之。」《周禮・春官・司常》：「通帛為檀，雜帛為物。」鄭玄注：「通帛謂大赤，從周正色，無飾。」《說文》：「斾，旗曲柄也，所以斾表士眾。從㫃，丹聲。」綜合傳統典籍有關解釋，《漢語大字典》將「斾」定義為「古代赤色、無飾、曲柄的旗子」〔註19〕。斾的實物雖未曾出土，但由曾侯乙墓簡文材料可知，過去我們有關「斾」的認識存在著不少偏差，理應得到修正。

　　關於顏色，我們一直認為「斾」是赤色的，並與所謂的周代「正色」相附會。曾侯乙墓簡七二、七九有「紫斾」的記載，這至少可以說明戰國時期曾國旗幟「斾」不會全都是赤色的，它也可以是紫色的。關於所謂的「無飾」，郭璞的「因其文章不復畫之」恐也與事實不盡吻合。同墓簡四六、八六、八九都有「雛旝」的敘述，「雛」即「雛」字。所謂「雛旝」，極有可能就是在「斾」上有繪畫雛鳥之形。由此可見，戰國時期的「斾」不一定沒有裝飾。

〔註16〕湖北省荊沙鐵路考古隊：《包山楚簡》，文物出版社1991年版，第628頁。
〔註17〕李家浩：《包山楚簡中的旌斾及其他》。《著名中青年語言學家自選集李家浩卷》，安徽教育出版社2002年版，第262頁。
〔註18〕揚之水：同前，第462頁。
〔註19〕漢語大字典編輯委員會：《漢語大字典（縮印本）》，湖北辭書出版社，第912頁。

　　曾國文字有在楚國表旗幟的字形上另加義符「□」的習慣，我們推測從羽、丹聲的「羿」字很有可能就是楚國文字「旃」。

咎，楚文字寫作「𦏵」，隸定為「咎」，見於包山簡。

（1）五咎。　　　　　　　　　　　　　　　　　　　包・二六九

（2）二咎。　　　　　　　　　　　　　　　　　　　包・二七三

　　包山簡釋文注曰：「咎，讀如厹。《詩・秦風・小戎》：『厹矛鋈錞』，傳：『三隅矛也。』出土的實物中有一件矛，雙葉下延，成倒鉤狀，或許就是厹矛。」[註20] 揚之水：「矛通常是扁葉形的刺，三隅矛則矛葉細窄如柳葉，卻於細窄的葉上飛出三個小翼，斷面成三棱，故更具殺傷力。」[註21] 《說文》：「吿，高气也。從口，九聲。」段玉裁注曰：「《詩》『吿矛』，是此吿字。」段氏認為「吿」是「吿矛」的本字，「厹」是假借字。吿、厹都是幽部群母字，於音可通。楚文字「吿矛」之「吿」寫作「咎」，從「羽」，「吿」聲，可證段氏的推測是有道理的。

矛，簡文寫作𦏵，見於望山、天星觀、包山簡。

（1）耑矛猴▧　　　　　　　　　　　　　　　　　　望二・九

（2）▧二長矛▧　　　　　　　　　　　　　　　　　天策

（3）二翠矛。　　　　　　　　　　　　　　　　　　包・二七七

　　作為古代兵器的「矛」，楚文字除寫作「矛」外，也寫作「矛」的，二者應即一字之異體。至於楚文字為何要在象形字「矛」的形體上添加表意偏旁「羽」，商承祚說：「矛，從羽，從矛。矛與柄之間飾以短繐如羽，故作以示意。」[註22] 上古時期兵器「矛」有裝飾物是可以肯定的，《詩・鄭風・清人》有「二矛重英」、「二矛重喬」。毛傳：「重英，矛有英飾也。」「重喬，累荷也。」鄭玄箋：「二矛，酋矛、夷矛也，各有畫飾。」所謂的「英飾」和「畫飾」沒有說明是什麼具體的東西，商氏說「飾以短繐如羽」，很大程度上也只是推測之辭，用來說明表意偏旁「羽」尚屬勉強。段玉裁認為古人所說的

─────────────

〔註20〕湖北省荊沙鐵路考古隊：《包山楚簡》，文物出版社 1991 年版，第 627 頁。

〔註21〕揚之水：《詩經名物新證》，北京古籍出版社 2000 年版，第 268 頁。

〔註22〕商承祚：《戰國楚竹簡滙編》，齊魯書社 1995 年版，第 105 頁。

矛上的飾物，大概是在矛上懸掛鳥類的羽毛作爲裝飾〔註23〕。從楚文字「翆」的字形結構看，段氏比商氏的推測可能更接近事實的眞相。揚之水謂：「矛柄上，常用羽毛爲飾。詩中之『英』，指飾，毛傳釋作『矛有英飾』，是也。喬，韓詩作鷮，即雉羽。毛作『喬』爲借字，韓作『鷮』爲本字。矛有英飾，雉羽，即此飾矛之『英』。但『重英』、『重喬』，卻不是如同兩簇絲穗，垂懸於矛葉下端的鈕，若後世之紅纓槍，而是羽尖向上，纏縛在集竹矜上。河南汲縣山彪鎭戰國墓出土水陸攻戰紋鑒、成都百花潭戰國墓所出嵌錯銅壺，攻戰場面中，有矛也有戟，矛和戟的器柄上，正縛著兩重羽毛，並且羽尖向上，此矛，即『重喬』之矛。而同一時期的實物，更清清楚楚表明它的形制。湖北包山二號楚墓出土的三件小刺矛，矛有集竹矜，矜下有圓筒形的鐏，矜上一節一節依次縛紮著三束羽毛。」〔註24〕

翆，簡文寫作「![翆字]」，隸定爲「翆」，見於包山、郭店、上博簡。

（1）翆絕貧賤，而重絕富貴，則好仁不堅。　　　　　　郭・緇衣・四四
（2）古不可以褻刑而翆雀（爵）。　　　　　　　　　　上・一・緇衣・一五

　　《說文》：「輕，輕車也。從車，巠聲。」輕本來指的是一種輕便、速度快的車子。據桂馥的意見〔註25〕，古代輕車有兩種。一種是普通的供人乘坐的輕便、體積小的車子。另一種是戰車，它的作用主要用於在戰場上追逐敵人或陣前向敵方挑戰。《周禮》「車僕」的職司之一爲掌管「輕車之萃」，鄭玄曰：「輕車，所用馳敵致師之車也。」

　　由輕車後來引申爲表示抽象意義的輕重之「輕」，文字的義符「車」與詞義就已經沒有什麼直接的聯繫了。楚文字輕重之「輕」從「羽」，寫作「翆」，使文字的表意功能與所記錄的語詞意義更加密合。在古人看來羽毛是很輕的，所以會有「一羽之不舉爲不用力」、「福輕乎羽」的說法。楚文字輕重之「輕」從「羽」與輕重之「重」從「石」的構字理據完全一樣。

〔註23〕段玉裁：《說文解字注》，上海古籍出版社 1981 年版，第 719 頁。

〔註24〕揚之水：《詩經名物新證》，北京古籍出版社 2000 年版，第 281 頁。

〔註25〕桂馥：《說文解字義證》，齊魯書社 1987 年版，第 1252 頁。

第五節　偏旁「土」下置

　　楚文字「土」寫作「土」或「土」，是對金文「土」、「土」形體的承襲。《說文》：「土，地之吐生萬物者也。」由偏旁「土」構成的字包括有關土地、疆界、建築物等名稱，還有土地的性質以及對土地的動作行為的用字。楚系文字「土」作為構字偏旁其在字體中的位置同樣具有其自身的特點。

楚文字與篆文形體結構對照表

楷體	簡文	小篆	楷體	簡文	小篆
地			城		
堣			墠		
坪			堋		
均			禹		
隩			疆		
阪			塡		
壤			陳		
坿			野		

　　楚文字偏旁「土」在字體中的位置儘管沒有偏旁「邑」、「心」、「鳥」、「羽」等那樣固定，具有高度的一致性，但在偏旁安排上同樣具有自己的特點。通過上面《對照表》可以看出，如「地」、「堣」、「坪」、「均」、「塡」、「城」、「墠」、「堋」、「疆」、「坿」等字，它們在楚系文字和篆文中都是從「土」的，在篆文中偏旁「土」全都位於字體的左部，但是這些字在楚文字中其偏旁「土」都無一例外的位於字體下方，尤其是那些在這兩種文字體系中出現頻率高的字，其偏旁「土」位置的差異足以看出兩種文字體系在偏旁安排上的不同。

　　疆，篆文寫作「疆」。「疆」《說文》寫作「畺」。《說文》：「畺，界也。疆，畺或從彊從土。」楚文字寫作「疆」，包・簡一五三、一五四，隸定為「畺」。

　　薑，《說文》：「薑，御濕之菜也。從艸，彊聲。」楚文字寫作「薑」，包・二五八：「薑二筥。」從艸，畺聲。

　　楚系文字構字偏旁「土」，有些與字義字音完全沒有關聯，而是由於文字繁化累增而形成的。何琳儀說：「戰國文字之中也存在著大量的繁化現象。所謂『繁化』，一般是對文字形體的增繁。『繁化』所增加的形體、偏旁、筆劃等，對原來的文字是多餘的。因此有時『可有可無』。」〔註26〕駢宇騫在總結戰國楚系文字特點時談到了楚文字的繁化現象，他指出：「縱觀楚系簡帛文字繁化的現象，略可歸納爲如下三點：① 重疊形體。② 重疊偏旁。③ 增加偏旁。」〔註27〕在「增加偏旁」一條中指出楚文字有「加土者」這一現象。楚文字增加的偏旁「土」有兩種情況，有時是累加的義符，有時是無意義的純粹加符。那麼，究竟是義符，還是無意義的純粹加符，有時判斷起來也有一定的困難。從「阜」之字，自金文就有增加「土」符的傾向，楚系文字這種傾向表現得更爲明顯。

　　地，篆文寫作「坤」，楚文字寫作「𡎨」，與籀文形體相近。《說文》：「墬，籀文地。從阜、土，彖聲。」段玉裁謂：「從阜，言其高也。從土，言其平也。」段氏對爲什麼從「土」的解釋比較勉強。《說文》：「阜，大陸也，山無石者。象形。」古人把高且平的土地稱爲「陸」，沒有石頭的土山也叫做「阜」，可見「阜」與「土」在充當義符時其意義是相近的。如《說文·阜部》：「陂，阪也。從阜，皮聲。」《說文·土部》：「坡，阪也。從土，皮聲。」段玉裁曰：「是坡、陂二字音義皆同也。」「阯」亦寫作「址」，可見偏旁「阜」與「土」是可以相通的。楚文字「堡」、「陽」、「墜」、「墬」、「陸」、「堅」等字，既從「阜」，又從「土」。

　　陽，《說文》：「陽，高朙也。從阜，易聲。」楚文字寫作「𡎨」，隸定爲「陽」，見於包山、新蔡簡。字形可以分析爲，從阜、土，易聲。

　　墜，楚文字寫作「墜」，隸定爲「墜」，見於包山、新蔡簡。《說文》：「陳，宛丘也，舜後嬀滿所封。從阜，從木，申聲。」金文作 ，見齊陳曼匜。《金文編》注曰：「从土，金文嬀陳作敶，齊陳作墜。」〔註28〕楚文字「墜」都是作爲姓氏用字，絕大部份前面沒有國名，我們無法判斷是嬀陳，還是齊陳。不過可以確定的是齊國的陳氏在楚文字中的確寫作「墜」。包·簡七：「齊客墜豫賀

〔註26〕何琳儀：《戰國文字通論（增訂本）》，江蘇教育出版社 2003 年版，第 213 頁。

〔註27〕駢宇騫：《二十世紀出土簡帛綜述》，文物出版社 2006 年版，第 151 頁。

〔註28〕容庚：《金文編》，中華書局 1985 年版，第 942 頁。

王之歲。」新甲三・簡二七：「齊客陞異至福於王之歲，獻▱」

陞，楚文字寫作「▩」，隸定爲「陞」，見於上博簡。《說文》：「隰，阪下濕也。從阜，㬎聲。」段玉裁注：「阪形固高，而其四周窊濕處亦謂之隰也。」

陸，楚文字寫作「▩」，隸定爲「陸」，見於楚帛書以及包山、郭店、上博、新蔡簡。《說文》：「陵，大阜也。從阜，夌聲。」金文有從「土」作「▩」，陳猷釜。

障，楚文字寫作「▩」，隸定爲「障」，見於上博簡。《說文》：「障，隔也。從阜，章聲。」

陞，楚文字寫作「▩」，隸定爲「陞」，見於上博簡。《說文》：「階，陛也。從阜，皆聲。」

隙，楚文字寫作「▩」，隸定爲「隙」，見於上博簡。《說文》：「隙，壁際也。從阜、𡭴，𡭴亦聲。」

坁，簡文寫作「▩」，隸定爲「坁」，見於上博簡。《說文》：「阪，坡者曰阪。從阜，反聲。一曰澤障也，一曰山脅也。」上・三・周易・簡五〇：「鴻漸於坁，飲食衎衎，吉。」馬・周易・八六作「坂」，今本作「磐」。王弼曰：「磐，山石之安者。」今本《漸》卦《初六》「鴻漸于干」，《六二》「鴻漸于磐」，《九三》「鴻漸于陸」。干，涯岸。陸，高平之地。磐石之「磐」與「干」、「陸」不類。簡本《初六》「鴻漸于澗」，《六二》「鴻漸于坁」，《九三》「鴻漸于陸」，鴻鳥由「澗」之「坁」，由「坁」之「陸」，漸次升高。從這一點上說，簡本作「阪」、帛書本作「坂」要優於今本作「磐」。

《經義述聞》：「今案《史記・孝武紀》、《封禪書》、《漢書・郊祀志》並載武帝詔曰『鴻漸于般』。孟康注曰：『水涯堆也。』其義爲長……許氏《說文》稱『《易》孟氏，古文也。』而其書有般無磐，則古文《周易》作『般』不作『磐』可知。祇以後漢注家解爲磐石，故其字遂作磐。所謂說誤於前，文變於後……般之言泮也、阪也。其狀陂陀然高出涯上，因謂之般焉。」〔註29〕《說文》：「般，辟也。象舟之旋，從舟，從殳。𣐹，古文般從攴。」〔註30〕就算古文《周易》作「般」，也不是本字本用，而只能看作是假借用法，其本字很可能就是「阪」。

〔註29〕王引之：《經義述聞》，江蘇古籍出版社 1985 年版，第 30 頁。

〔註30〕「攴」，原作「支」，從段玉裁校改。古文「般」右部與楚文字「攴」形相同。

般，元部並母。阪，元部並母。二者聲韻皆同，可以相通。

　　不僅楚系文字如此，他系文字也有此習慣。篆文「陸」的或體作「」，從土、從阜。「防」的或體作「」以及「陛」、「陧」都是從阜、從土。地，在侯馬盟書中寫作「」，也從「阜」、從「土」。

　　楚文字中有一「」字，隸定爲「隹」，其字從「隹」從「土」。望 M2・簡三：「隹翠、白市」。商承祚謂：「隹，即《說文》之𨸏，『小阜也。象形。』段注：『𨸏，俗作堆。』今得楚簡，知堆字由來已久，堆之本義爲小土堆，引申之則有累疊、堆積義。」〔註31〕《望山楚簡》：「『隹』即『堆』字，在此疑當讀爲『綏』。古代稱旌旗上所加的羽旄之類的裝飾爲綏。」〔註32〕李守奎《楚文字編》、滕壬生《楚系簡帛文字編》都將「隹」字置於字頭「堆」下，並注曰：「廣韻灰韻有堆字。」

　　將「隹」視爲「堆」字，解釋爲「累疊、堆積」或讀爲「綏」，我們認爲都不夠準確。楚文字「難」從「隹」，楚文字寫作「難」（曾一七四），從「隹」。曾侯乙墓簡有一「雕」字，數見，從「鳥」從「隹」。「雕旆，墨毛之首」（曾四六）。雕，實即《說文》之「雔」。《說文》：「雔，祝鳩也。從鳥，隹聲。」所謂「雕旆」就是旌旆之上畫上「雕」的形狀。其實「雕」與「隹」記錄的應該是同一個語詞，「雕」是在「隹」的字形上增加義符「鳥」而成的。商氏之所以將「隹」誤認爲「堆」，就是把本爲加符的「土」看成了義符。

附：增加「土」符示例

隸　定	簡文（一）	簡文（二）	隸　定	簡文（一）	簡文（二）
難			量		
萬			臧		
奠			丘		
朋			靁		

〔註31〕商承祚：《戰國楚竹簡滙編》，齊魯書社 1995 年版，第 101 頁。

〔註32〕湖北省文物考古研究所、北京大學中文系：《望山楚簡》，中華書局 1995 年版，第121 頁。

　　什麼樣的情況可以稱之爲「加符」，著眼於不同的文字系統，得出的結果恐怕也不一致。字符是否有增加，必須要有所比較。而比較的時候就必須要設定一個標準或者通用的字形，以此來作爲參照物。從整個戰國文字系統來說，楚文字「▨（丙）」下部的「口」可以看作是加符。從甲骨文、金文直至小篆以寫作「▨」、「▨」、「丙」爲常見，這可以作爲我們進行比較的參照字。與歷時的甲金文字以及共時的戰國他系文字相比，楚文字「丙」的確增加了「口」。但是就楚系文字範圍內部而言，我們恐怕很難再將丙字下部的「口」視爲加符，因爲在楚系簡帛中「丙」無論是作爲單字使用，還是充當構字偏旁，一律寫作「▨」。既然楚文字沒有不從「口」的「丙」字，那麼把「口」看作「加符」就缺乏依據了。目前古文字學者們討論「加符」問題時比較混亂且分歧也多，究其原因就在於混淆了不同地區、不同層次的文字系統。我們認爲有必要限定所討論的範圍。

　　上表中所說的「加符」，嚴格限定在楚文字系統內。簡文（二）的形體都是在簡文（一）字形基礎上增加「土」符而成的。就目前楚系簡帛材料來看，我們很難說這種類型偏旁「土」在構字上有什麼理據。它既與造字之義無關，也與字音無涉。至於爲何要增加「土」符，有學者認爲具有裝飾、美化的作用。無論其具有什麼功能，都不影響我們考察楚系文字在「土」符安排上的一些取向。前文我們說楚系文字中作爲義符時偏旁「土」有下置的傾向，不僅如此，就是作爲「可有可無」的加符「土」也同樣具有這一特點。

附：楚文字「昚（丙）」分佈及出現次數

	九 M56	望	包	合　計
昚	7	3	28	38

第六節　偏旁「石」上置

　　「石」金文寫作「▨」，戰國其他系屬文字多承襲金文的寫法。楚文字「石」常常在「厂」的上下增加橫畫寫作「▨」、「▨」。楚文字「石」不僅在形體上有著自身的特色，在作爲構字偏旁時其位置也有一定的規律。

附：偏旁「石」在字形中位置對照

	楚文字	《說文》「石」部	馬
從「石」之字	20	47〔註33〕	8
偏旁「石」上置	14		
偏旁「石」下置	4	12	2
偏旁「石」左置	2	35	6

為了更直觀地瞭解楚文字與篆文於「石」旁安排上的差別，引用一些具體的字形予以對照。

楷　體	簡　文	小　篆	楷　體	簡　文	小　篆
庶			席		
磧			礜		
礪			磨		
砧			厚		
底					

　　由上表我們可以看出，楚系文字以「石」作為偏旁的共二十字，其中有十四字偏旁「石」位於字體的上方，占 70%。《說文》「石」部從「石」之字有四十七個，其中偏旁「石」左置的有三十五字，占 75%。馬王堆簡帛由於出現字數較少，統計百分比不一定能準確說明問題的實質，但是其偏旁「石」位置的大體趨勢應該還是可以看出的，應該與秦系文字一樣都是以位於字體左部為主的結構方式。由上表的統計數據我們可以得出如下一些認識：

　　在楚文字體系中，偏旁「石」以位於字體上部和下部為常見，其中又以偏旁「石」上置作為其主要結構方式。受簡帛材料以及本人統計可能還不太全面的限制，如果我們說楚文字「石」旁從來不位於字體的左部，恐怕會失之武斷。如果我們說楚文字偏旁「石」很少位於字體的左部，應該與客觀事實的本相相差不遠。當偏旁「石」位於字體上部的時候，其形體往往有部份省略。如「砡」、

〔註33〕注：「磊」字從三「石」，因位置不好統計，沒有計入。

「㕥」、「䃺」「䃺」、「䂠」、「䃟」等字的偏旁「石」就寫作「⿱」。

在秦系文字體系中，偏旁「石」〔註34〕以位於字體的左部和下部爲常見，其中又以偏旁「石」左置作爲主要結構方式。楚系文字中偏旁「石」上置的強勢結構，在小篆中已經難覓其蹤跡。準確的說，當偏旁「石」作爲義符時就根本不會出現在字體的上部，至少在《說文》「石」部中可以體現小篆這種偏旁安排上的取向。

楚系文字和小篆在偏旁安排上有一個共同的特點，那就是偏旁「石」，尤其是充當義符時很少出現在字體的右部。目前我們發現楚系簡帛中只有少數字的偏旁「石」右置，如「䃺」，新甲三‧三一五。「柘」，曾‧一二三。篆文中偏旁「石」右置也較爲少見，並且都是充當聲符的。如：《說文》：「跖，足下也。從足，石聲。」「拓，拾也。從手，石聲。」

從偏旁「石」表義功能上看，楚文字與秦系文字一樣，常常與偏旁「厂」相通。《說文‧石部》：「石，山石也，在厂之下，口象形。」《說文‧厂部》：「厂，山石之崖巖，人可凥。象形。」王筠說：「厂之峭直者山之體，橫出者匡之形。」〔註35〕許慎將「厂」解釋爲「山石之崖巖」無疑是正確的，但是其「人可凥」的解釋，在今天看來恐怕只是許氏根據字形所作的想像之詞。檢《說文》「厂」部，共收錄二十七個字，除首字「厂」釋爲「人可凥」外，其餘二十六個字沒有一個字的語義是與人的「凥處」有關的。《說文》「厂」部的「厓」、「厜」、「厱」、「厬」等五個字，與「山」、「泉」有關。「底」、「厝」、「厥」、「㕓」、「厺」等十四個字的釋文直接與「石」相關。在我們看來，篆文偏旁「厂」與「石」在表意功能上應該沒有什麼差別，甚至可以說是完全一樣的。

高鴻縉《中國字例》：「厂字本象石岸之形。周秦或加干爲聲符作屵，後又或於屵加山爲義符作岸，故厂、屵與岸實爲一字。」我們認爲高氏的說法，是基於「厂」的籀文形體所做出的。「象石岸之形」，更是臆測之詞。我們認爲篆文「厂」作爲構字偏旁時實際上就是「石」的變形，也就是「石」的省略形式。當偏旁「石」位於字體的左部、右部和下部時寫作「石」，而位於字體上部的時候寫作「厂」。《說文》「石」部，偏旁「石」只位於字體的左部和下部；《說文》

〔註34〕因只統計「石」部字，此處的「偏旁」實則爲「義符」，爲行文統一姑且稱「偏旁」。

〔註35〕王筠：《說文釋例》，中華書局 1987 年版，第 30 頁。

「厂」部除「厂」、「户」、「」三字外，餘字都可以看做是上下結構，「厂」位於上部。這也可以說明「厂」、「石」兩部不僅在意義上一致的，而且在結構位置上也構成互補關係。可以這麼說，「厂」、「石」本是同一個偏旁，只是由於在字體中的位置不同而產生了分化。關於篆文偏旁「厂」、「石」兩者間的關係，楚系文字恐怕是最好的證明。楚文字偏旁「石」位於字體上方時常常有所省略，省略後的形體與篆文「厂」近似。楚文字一些從「石」的字，在篆文中就是從「厂」的。

厎，楚文字寫作「![字形]」，從「石」省，「氐」聲，上下結構。《說文》：「厎，柔石也。從厂、氐聲。𥐫，厎或從石。」「厎」、「砥」異體，上下結構從「厂」，左右結構從「石」。

厲，楚文字寫作「![字形]」，從「石」，「萬」聲，上下結構。或寫作「![字形]」，從「石」省，「萬」聲。《說文》：「厲，旱石也。從厂，蠆省聲。，或不省。」《說文新附》：「礪，䃺也。從石，厲聲。」「厲」與「礪」都是指的石質較粗的磨刀石，應是一字異體，上下結構從「厂」，左右結構從「石」。

厭，楚文字寫作「![字形]」，包・二一九、新乙三・四二。《說文》：「厭，笮也。從厂，猒聲。」楚文字「厭」，從「石」省、「猒」聲。篆文從「厂」，「猒」聲。

䃺，簡文寫作「![字形]」，包・一八一。滕壬生《楚系簡帛文字編》、李守奎《楚文字編》置於字頭「䃺」下。《說文・石部》：「䃺，石磑也。從石，麻聲。」「厂」部有一個「厤」，《說文》：「厤，治也。從厂，秝聲。」由「厤」的義符「厂」可以推知，其本義應該是治理玉石。王筠曰：「此治玉、治金之治，爲磨厲之也。」〔註36〕從楚文字偏旁「石」與篆文「厂」的對應關係看，我們認爲「![字形]」即篆文「厤」，是一個從「石」省、「![字形]」聲字。「![字形]」疑即「秝」字，《說文》：「秝，稀疏適秝也。從二禾。」字的本義指的是是指莊稼稀疏，從二禾會意。字義與農作物有關，楚文字「![字形]」在字形「秝」上添加與之意義相關聯的義符「田」是可能的。另《改併四聲篇海・田部》引《類篇》「畩，音麻。」《字彙補・田部》：「畩，明巴切，義闕。」從楚文字「![字形]」的聲符「![字形]」看，「畩」讀如「麻」恐不確，極有可能仍讀如「秝」，爲「秝」的異體。

有幾個由偏旁「石」構成的字有討論的必要。

〔註36〕王筠：《說文句讀》，中華書局 1988 年版，第 354 頁。

「庶」與「炙」，楚系簡帛中記錄語詞「庶」、「炙」字形有：

① **與篆文「庶」形體近似，寫作「」（郭・緇衣・簡四〇）、「」（上・柬大王泊旱・簡二），隸定為「庶」。**

用來記錄庶民、庶人之「庶」：

（1）庶言同。　　　　郭・緇衣・四〇

用來記錄炙烤之「炙」：

（1）龜尹智王之庶於日而病疥。　　　　上・四・柬大王泊旱・二

② **從「石」從「火」，寫作「」（九 M56・簡四七）「」（包・二五八）、「」（包・二五七）、「」（上・緇衣・簡二〇），隸定為「⿱石火」。**

用來記錄庶民、庶人之「庶」：

（1）黃帝〇〇⿱石火民。　　　　九 M56・四七

（2）⿱石火言同。　　　　上・一・緇衣・二〇

（3）不⿱石火語。　　　　上・四・內禮・八

（4）⿱石火人勸於四肢之藝。　　　　上・四・相邦之道・三

用來記錄炙烤之「炙」：

（1）⿱石火豬一箕。　　　　包・簡二五七

（2）⿱石火雞一箕。　　　　包・簡二五七

（3）⿱石火雞一笲。　　　　包・簡二五八

（4）⿱石火雞。　　　　包・簽牌・十八

（5）日出～（炙）。　　　　九 M56・五三

③ **從「石」從「人」，寫作「」（上・魯邦大旱・簡二），隸定為「⿱石人」。用來記錄庶民、庶人之「庶」：**

（1）⿱石人民智敓之事鬼也。　　　　上・二・魯邦大旱・二

（2）毆亡女⿱石人民可。　　　　上・二・魯邦大旱・六

庶，《說文》：「庶，屋下眾也。從广、炗，炗古文光字。」上博簡用「庶」記錄語詞「炙」應屬於假借。炙，鐸部章母。庶，鐸部書母。二者韻部相同，聲爲旁紐。假「庶」爲「炙」，在音理上是可行的。

關於「炗」，《包山楚簡》注曰：「即庶字（于省吾、陳世輝：《釋庶》，《考古》1959 年第 10 期），借作炙，炙豬即烤豬。」〔註37〕李守奎認為：「從火、石聲之『炗』構意可能與『炙』類同。」〔註38〕至於「炗」的構形，我們認為可以分析為從火、從石，石亦聲，即楚文字「炙」。上博簡《緇衣》、《昔者君老》、《內豊》、《相邦之道》「炗」讀為「庶」，應屬假借用法。

焛，從石、從从。《說文》：「从，眾立也。從三人。」楚文字「焛」可以分析為從「从」、「石」聲，應即「庶」的楚文字特有寫法。「庶」與「焛」為一字異體。

附：「庶」、「炗」、「焛」分佈及出現次數

	九 M56	包	郭	上（一～七）	合　計
庶			1	5	6
炗	2	4			6
焛				2	2

迖，楚文字寫作「迖」，隸定為「迖」，見於包山、九店、上博楚簡。

（1）▱客監迖（蹠）楚之歲。　　　　　　　　包・一二〇

（2）既，以迖（蹠）郢。　　　　　　　　　　包・一二八・反

（3）迖（蹠）四方野外。　　　　　　　　　　九・五六・三二

（4）發駬迖（蹠）四疆，四疆皆熟。　　　　　上・四・束大王泊旱・十六

（5）有一君子，喪服曼廷，將迖（蹠）閨。　　上・四・昭王毀室・一

李守奎謂：「疑為遮字異體。見《龍龕手鑒》。」〔註39〕查《龍龕手鑒・辵部》：「迖，俗；迠，正。邂迠也。」《龍龕手鑒》收錄的「迖」其實是邂迠的「迠」的俗體字，與楚簡的「迖」字音義都沒有什麼關係。李氏「疑為遮字異體」也不確，後來他在《上海博物館藏戰國楚竹書文字編》中改為「或當釋為『蹠』」。陳劍謂：「睡虎地秦簡作『遮』，皆應讀為『蹠』，訓為『適』。」

〔註37〕湖北省荊沙鐵路考古隊：《包山楚簡》，文物出版社 1991 年版，第 60 頁。

〔註38〕李守奎：《上海博物館藏戰國楚竹書（1～5）文字編》，作家出版社 2007 年版，第 442 頁。

〔註39〕李守奎：《楚文字編》，華東師範大學出版社 2003 年版，第 110 頁。

〔註40〕

從字形結構上看，「迵」是一個形聲字，從辵，石聲。蹠，從足，庶聲。古文字從辵、從足每每無別，楚系文字也是如此。庶、石古音皆在鐸部，且典籍中「蹠」也可以寫作「跖」。《史記・伯夷列傳》：「盜蹠日殺不辜。」索隱：「蹠及注作跖。」簡文「迵」實即楚文字「蹠」。

從字義上看，《說文・足部》：「蹠，楚人謂跳躍爲蹠。」由此看來，「蹠」原本就是一個地地道道的楚地方言語詞。《廣雅・釋詁》：「蹠，行。」《淮南子・原道》：「自無蹠有，自有蹠無。」高誘注：「蹠，適也。」有一些學者將「迵」釋爲「蹠」，但讀爲「適」。既然古代辭書、典籍中「蹠」有「適」這一義項，也就根本沒有必要再去改讀。

楚簡中的「迵」其語義皆爲「適」、「往」。結合字形結構、簡文用例和古代辭書，將「迵」認定爲楚文字「蹠」應該是沒有問題的。

附：「迵」分佈及出現次數

	九 M56	包	上（一～七）	合　計
迵	2	2	1	5

第七節　偏旁「力」左置

楚文字「力」寫作「力」，從字形上說是對金文「」的承襲而略有變化。作爲構字偏旁時「力」以位於字體的左部和下方爲主，與小篆相比有自己的特點。

附：楚文字與小篆偏旁「力」位置比較

	從「力」之字	左　置	右　置	下　置
楚文字	23	13	1	9
《說文》「力」部	39	1	28	10

從上表中我們可以看出：楚文字偏旁「力」以位於字體的左部和下部爲常見，在二十三個從「力」的文字中，偏旁「力」左置的有十三個，占 56.5%；「力」

〔註40〕陳劍：《上海竹書《昭王和龔之》和《柬大王泊旱》讀後記》，簡帛研究網 2005 年 2 月 15 日。

旁下置的有九個，占 39%。《說文》「力」部從「力」之字三十九個，其中「力」旁右置的有二十八個，占 72%；「力」旁下置的有十個，占 25.6%。

楚文字以偏旁「力」左置爲主要的結構形式，偏旁「力」很少出現在字體的右部。就所見楚文字資料而言，僅有一個「勅」字，見於包山簡一一八。與之相反的是，小篆偏旁「力」以右置爲主要的結構形式，並且「力」很少出現在字體的左部，僅有一個「加」字。通過具體文字偏旁位置的差異，更容易看出這種結構上的趨勢。

勁，楚文字寫作「」，隸定爲「⿰力巠」，見於包・四二、八二、一九三。篆文作「」，《說文》：「勁，彊也。從力，巠聲。」

券，楚文字寫作「」，隸定爲「⿰力关」，見於包山、新蔡簡。篆文作「」，《說文》：「券，勞也。從力，弞聲。」《周禮・考工記・輈人》：「終日馳騁，左不楗。」鄭玄注曰：「書楗或作券。玄謂：券，今倦字也。輈和則久馳騁，載在左者不罷倦。尊者在左。」段玉裁謂：「據此則漢時倦行而券廢矣。今皆作倦，蓋由與契券從刀相似而避之。」〔註 41〕段氏謂「漢時倦行而券廢」恐過於絕對，事實應該是漢時多寫作「倦」，罕作「券」。阮元《校勘記》引《九經古義》曰「漢涼州刺史魏君碑云『施舍不券』。」〔註 42〕可見漢代倦怠之「倦」仍有寫作「券」的。

「券」楚文字亦寫作「」，隸定爲「⿰亻关」，見於上博、新蔡簡。《說文》：「倦，罷也。從人，卷聲。」段玉裁注曰：「罷者，遣有罪也。引申爲休息之稱。倦與力部券義少別。鉉等於券下注曰：『今俗作倦』，蓋不檢人部固有倦耳。」段氏讀「罷」爲罷黜之「罷」，不確。「罷」應該讀爲罷倦之「罷」，《說文繫傳》：「罷，疲字也。」

以文字是否見諸於《說文》來判定正俗，實屬偏見。從楚文字看，從「人」之「⿰亻关（倦）」和從「力」之「⿰力关（券）」都是「券」的楚文字寫法，是異體字，無所謂孰正孰俗。「鹽⿰亻关以長剌爲」（新甲三・二三五），人名「鹽⿰亻关」亦寫作「鹽⿰力关」，「鹽⿰力关以長」（新甲三・二六）。

動，楚文字有寫作「⿰力坴」的，見包一六三、一八〇。偏旁「力」左置。《說文》：「動，作也。從力，重聲。」偏旁「力」右置。

〔註 41〕段玉裁：《說文解字注》，上海古籍出版社 1981 年版，第 700 頁。

〔註 42〕阮元校刻：《十三經注疏》，中華書局 1980 年版，第 920 頁。

第八節　偏旁「見」左置

根據大多數古文字學者的意見，楚文字「見（見）」、「視（視）」不僅字形是有所不同，意義和用法也不一樣。在楚系簡帛文字中它們應該是兩個不同的字，可以分別隸定爲「見」和「視」。作爲構字偏旁時多寫作「視」，並且在結構安排上也顯示出與其他系屬文字的不同，顯示出楚系文字的特點。

附：楚文字、小篆偏旁「見（視）」位置比較

	從「見（視）」之字	左　置	右　置	下　置
楚系文字	19	17		2
《說文》「見」部	44	1	37	6

從上表中我們可以看出：楚系文字偏旁「視」以位於字體的左部爲主要結構形式，在十九個從「視」的文字中，偏旁「視」左置的有十七個，占 89%。可以說楚系文字偏旁「見」左置爲主要結構形式。《說文》「見」部從「見」的字共有四十四個，其中偏旁「見」右置的有三十七個，占 84%；而偏旁「見」左置的只有一個「瞡」字。篆文則以右置爲主要結構形式。睡虎地秦簡從「見」之字有「視」、「觀」、「覺」、「親」。覺，偏旁「見」下置。視、觀、親，偏旁「見」皆右置。〔註43〕由此，我們可以說，秦系文字偏旁「見」也是以右置爲主要結構形式。

晉系文字資料侯馬盟書中從「見」之字有「視」、「覩」。覩，寫作「覩」，偏旁「見」右置。視，共出現二百六十五次，其中二百六十三次寫作「視」，偏旁「見」右置；只有兩次寫作「視」，偏旁「見」左置。〔註44〕可以說晉系文字偏旁「見」也以右置爲主要結構形式。

馬王堆簡帛從「見」之字有「視」、「靚」、「親」、「覺」、「觀」、「䠙」。〔註45〕覺，偏旁「見」下置。「視」、「靚」、「親」、「䠙」偏旁「見」皆右置。觀，共出現九次，偏旁「見」左置，二次；右置，七次，可見「觀」也是以偏旁「見」右置爲常見形式。

篆文偏旁「見」楚文字多寫作「視」（視），至於偏旁位置則左置與右置分

〔註43〕據張守中：《睡虎地秦簡文字編》，文物出版社 1994 年版。

〔註44〕據張含等：《侯馬盟書字表》，山西古籍出版社 2006 年版。

〔註45〕據陳松長：《馬王堆簡帛文字編》，文物出版社 2001 年版。

別井然。如：

觀，楚文字寫作「🔲」，包・簡二三一：「觀緟以長霝。」篆文作「觀」，《說文》：「觀，諦視也。從見，藋聲。」

親，楚文字寫作「🔲」，上・四・曹沫之陣・簡二七：「君如親率。」篆文作「親」，《說文》：「親，至也。從見，亲聲。」

覜，楚文字寫作「🔲」，郭・老子（甲）・簡一：「絕巧棄利，覜賊無有。」篆文作「覜」，《說文》：「覜，諸侯三年大相聘曰覜。覜，視也。從見，兆聲。」

覒，楚文字寫作「🔲」，上・一・緇衣・簡一四：「覒民非用霝，折以刑，作五虐之刑，曰澟。」篆文作「覒」，《說文》：「覒，擇也。從見，毛聲，讀若苗。」

覿，楚文字寫作「🔲」，上・三・周易・簡五二：「晶（三）歲不覿，凶。」篆文作「覿」，《說文新附》。「覿，見也。從見，賣聲。」

覷，楚文字寫作「🔲」，上・二・容成氏・簡一○：「余穴覷焉，以求賢者而讓焉。」篆文作「窺」，《說文》：「窺，小視也。從穴，規聲。」覷，滕壬生《楚系簡帛文字編》單獨列為字頭，不確。李守奎《上博文字編》列在字頭「窺」下，並按：「當即《說文》之『窺』。」〔註46〕可從。

覘，楚文字寫作「🔲」。上・一・緇衣・簡二一：「人之好我，覘我周行。」今本作「示」。篆文作「視」，《說文》：「視，瞻也。從見，示聲。」段玉裁謂：「凡我所為使人見之亦曰視。古作視，漢人作示。」〔註47〕

楚文字不僅偏旁「🔲（視）」的位置安排有著自身的特點，就是在義符的構成上同樣有著鮮明的特色。表示「視」這一動作行為的字，篆文多從「見」，或從「目」，楚文字則多從「🔲」。《說文》：「見，視也。從目、儿。」「視，瞻也。從見，示聲。🔲，古文視。🔲，亦古文視。」從「見，視也」的解釋中似乎看不出「見」、「視」語義和使用上的差別。在傳世典籍以及出土文獻中兩者的差異還是較為明顯的。段玉裁注曰：「析言之有視而不見者，聽而不聞者。渾言之則視與見、聽與聞一也。」段氏的意思是：籠統的說，「見」與「視」是意義相

〔註46〕李守奎：《上海博物館藏戰國楚竹書（1～5）文字編》，作家出版社 2007 年版，第424 頁。

〔註47〕段玉裁：《說文解字注》，上海古籍出版社 1981 年版，第 407 頁。

同、相近的。準確的說，「見」與「視」是有區別的。區別在於，「見」是「視」這一動作行爲的結果，而「視」僅涉及動作行爲的本身，無關乎結果。

顧，《說文》：「顧，還視也。從頁，雇聲。」「顧」其本義是回頭看，因爲需要轉動頭部，所以從「頁」。「頁」即人頭。「顧」由本義「還視」引申爲一般的「視」。無論是回頭看，還是一般的看，都重在「視」這一動作行爲，楚文字從「𥄂（視）」，寫作「𥄏（𥄏）」，字形與字義結合的更加緊密，表意偏旁得到了更好的體現。

瞻，《說文》：「瞻，臨視也。從目，詹聲。」楚文字寫作「𥄏」，郭店《緇衣》簡一六：「赫赫師尹，民具爾瞻。」從「目」，強調的是「視」的器官；從「𥄂（視）」，則側重動作行爲的本身。

望，《說文》：「望，出亡在外，望其還也。從亡，朢省聲。」作爲盼望、望視之「望」，楚文字寫作「𥄏（𥄏）」，也是從「𥄂（視）」的。郭‧緇衣‧簡三：「爲上可𥄏而知也。」

睹，《說文》：「睹，見也。從目，者聲。覩，古文從見。」段玉裁注曰：「按《篇》、《韻》皆不言覩爲古文。」段氏的言外之意是「覩」爲「睹」古文的說法並不可信。楚文字寫作「𥄏（𥄏）」，包‧一九，簡文用作人名。由楚文字看，許愼說「覩」爲「睹」的古文不爲無據。

上文我們考察了楚系文字「邑」、「心」、「鳥」、「羽」、「石」、「土」、「力」、「𥄂（視）」這八個偏旁在字體中的位置。通過與戰國其他系屬文字以及篆文的比較，我們認爲這些偏旁的位置在楚系文字中是相對固定的，並且有著自身的特點。爲更清楚地說明問題，我們將由這些偏旁構成的文字數量、強勢結構以及所占的百分比置於下表。

附：強勢結構比較表

偏 旁	楚文字	強勢結構	百分比	小 篆	強勢結構	百分比
邑	154	左置，148	96%	180	右置，173	96%
心	147	下置，145	98.6%	265	左置，157	59%
鳥	25	左置，22	88%	115	右置，65	56.5%
羽	32	上置，32	100%	33	上置，12	36%

石	18	上置，14	78%	47	左置，35	74.5%
力	23	左置，13	56.5%	39	右置，28	72%
見、𦥼（視）	19	左置，17	89%	44	右置，37	84%

第九節　基於偏旁位置分析的幾點認識

一、楚系文字一些偏旁位置安排有著鮮明的地域特色

　　從整體上看，戰國時期不同系屬文字的偏旁位置絕大多數情況下是一致的。與前面說到的戰國文字單個字符形體差異相比，不同系屬文字偏旁位置安排上的差別顯然要小得多。何琳儀說：「戰國文字經歷長期簡化、繁化、異化的演變過程，儘管存在大量的『文字異形』現象，然而從整體上看，各系文字的基本偏旁、偏旁位置相當穩定。」〔註48〕就楚系文字而言，據我們觀察只有上述「邑」、「心」、「鳥」、「羽」、「石」、「土」、「力」、「𦥼（視）」這八個偏旁的位置與其他系屬文字差別比較大。偏旁位置差別不大，並不意味著它不重要，甚至在戰國文字研究中可以不被重視。恰恰相反，理應得到個更多地關注。因為一個構字偏旁往往涉及的不是一個單個的字符，而是關係到含有這一偏旁的許多文字。偏旁位置安排的一致性能夠充分體現一種文字系統在偏旁設置上的趨勢和規律。楚系文字偏旁「邑」、「鳥」、「力」、「（視）」以位於字體的左部為強勢結構，而秦系文字則以位於字體的右部為強勢結構。楚系文字偏旁「石」以位於字體上部為主要結構形式，秦系文字則以位於字體左部為主。楚系文字偏旁「心」以字體下部為主要結構形式，秦系文字則以位於字體左部為主。如楚文字偏旁「邑」左置為強勢結構，占96%。而作為晉系文字代表的《侯馬盟書》則以偏旁「邑」右置為強勢結構，占100%，作為秦系文字的小篆也以偏旁「邑」右置為強勢結構，占96%。一左一右，涇渭分明。楚文字偏旁「心」下置為強勢結構，占98.6%。而小篆偏旁「心」左置則為強勢結構，占59%。雖然同為強勢結構，但所占的比例還是有不小的差距。從這一點上說，楚系文字偏旁「心」在位置上的設置比小篆更為固定，更加一致。

　　李運富說：「作為總體事物的『特點』『特色』應該具有兩個條件：一是總

〔註48〕何琳儀：《戰國文字通論（訂補）》，江蘇教育出版社2003年版，第249頁。

體內部的普遍性，二是總體外部的區別性。就是說，對內，總體特點要適應於每一個個體或大多數個體。對外，總體特點為別的事物所無或為別的事物所罕見。」〔註49〕如此而言，上述論及的這幾個構字偏旁應該可以算得上「總體事物的『特點』『特色』」。就偏旁「邑」來說，對內而言，除「邦」字偏旁「邑」可左、右兩置外，楚文字偏旁「邑」一律位於字體的左部，可以說完全「適用於每一個個體或大多數個體」。對外而言，楚文字偏旁「邑」左置是晉系、秦系文字所罕見。

書中所討論的楚系文字的幾個偏旁，就我們看，它們在結構位置上應該是符合李運富所提出的兩個條件。我們將此看作是楚系文字偏旁安排上的「特點」應該也是可以成立的。如果說單個字符的差異還不能體現文字系統整體特色的話，那麼這種偏旁位置的趨同性應該是文字體系系統性的最好表現。整個戰國時期，跨越兩個多世紀，時間不可謂短；以楚國作為中心的楚文化圈，其地域包括楚、吳、徐、宋、蔡這樣的大國以及漢水、淮水間眾多的小國，地域範圍不可謂小；迄今為止，楚系簡帛材料出土有二十多批次，資料不可謂不豐；其中的書手不可謂寡；楚文字由這幾個偏旁構成的字幾近四百二十，不可謂少。如果不是楚系文字系統性的作用，我們很難設想在長時間、多地域且成於眾人之手這些偏旁位置會呈現出如此的高度一致。楚文字這種系統性的偏旁位置設置應該可以稱得上文字體系的地域特色。

二、楚系文字對構字偏旁的選擇是有特點的

我們以上討論的楚系文字幾個偏旁，它們絕大多數情況下都是作為產生新字的構件。戰國時代形聲造字法已經成為新字產生的最主要途徑，上述幾個偏旁也多是作為形聲字的表意偏旁來使用的。受固有的地域傳統文化和風俗習慣的影響，一個新的形聲字的產生究竟選擇什麼樣的構字偏旁，不同系屬的文字體系在選擇上有時會有所差別。我們發現楚系文字與秦系、晉系文字在一些形聲字義符的選擇上表現出差異，而且有時呈現出局部的規律性。

關注事物外部區別性與內部差異性的不同。當一個偏旁成為多個字的表意構字部件時，那麼這個偏旁在文字系統中就起到了一個標誌性符號的作用。這個符號具有雙重功能，即概括性和區別性。所謂的概括性，就是說對於一群由

〔註49〕李運富：《楚國簡帛文字構形系統研究》，嶽麓書社 1997 年版，第 88 頁。

同一表意偏旁構成的文字而言，意味著它們具有相同或相近的屬性。所謂區別性，對外憑藉同一表意偏旁相區別。譬如與旗幟有關的字，秦系文字一般都選擇「㫃」來作為表意偏旁，楚系文字多數情況下也是選擇「㫃」的，但也有為數不少的字選擇表意偏旁「羽」，如「𦏧（旌）」、「𦏻（旗）」、「帮（施）」、「𦐇（旄）」等。就文字系統性而言，表示同類事物的文字其表意偏旁的選擇應該是一致的。在這一點上，楚系文字似乎不及秦系文字。但這也恰恰說明了楚系文字在構字偏旁選擇上的特點，藉此我們可以看出造字者關注的焦點是什麼。同為旗幟的「旌」、「旗」、「施」、「旄」沒有選擇「㫃」，而是選擇「羽」，楚文字系統不僅關注事物外部區別性，而且注意到事物的內部差異。因為這幾種旗幟都有不同於一般旌旗的區別特徵，即都有羽毛裝飾物。不僅是旌旗之字從「羽」，而且有些兵器用字也從「羽」，如「𦐈（弎）、」「𦐈（矛）」。

三、小篆是對「文字異形」的戰國文字的規範

《說文·敘》：「始皇帝初兼天下，丞相李斯乃奏同之，罷其不與秦文合者。斯作《倉頡篇》，中車府令趙高作《爰歷篇》，大史令胡毋敬作《博學篇》，皆取史籀大篆，或頗省改。」　秦王朝在「書同文」的歷史過程中不僅廢止了非秦系文字中的數量眾多的異體字，確定了得到官方認可的標準字形，而且對偏旁的位置也應該做了一定程度的調整，作為秦國標準字體的小篆，其偏旁位置已經相對固定。楚文字偏旁「鳥」左置為強勢結構，占 88%。而在小篆中偏旁「鳥」左置這種結構我們已經難覓其蹤跡，取而代之的是偏旁「鳥」右置這一強勢結構。

作為文字標準化結果的小篆，不僅對非秦系文字作了規範，就是對秦系文字內部的異體字、變動不居的偏旁位置也同樣進行了規範。《說文·敘》：「秦書有八體，一曰大篆，二曰小篆，三曰刻符，四曰蟲書，五曰摹印，六曰署書，七曰殳書，八曰隸書。」這雖然說的是小篆確立以後的秦國文字狀況，但我們認為，小篆之前的秦國文字實際狀況應該與之相去不會太遠。戰國時秦系文字的字體有上承宗周故地的大篆，有作為官方統一標準并予以推廣的小篆，也有民間日常生活、政府公文中廣泛使用的隸書，再加上文字施諸不同的書寫材質，其間字形和結構就不能不出現一些差異。睡虎地簡文「愚」寫作「惗」，偏旁「心」左置。篆文「愚」，偏旁「心」下置。睡虎地秦簡文字與小篆在時間上很

接近，而在字體結構上卻存在著不小的差異。這可以從一個側面說明秦在建國後不僅對山東六國形體不同、結構不一的文字，而且對秦文字日常使用的字體也進行過整理。小篆的字體應該是有組織地系統整理、規範、統一的結果，我們認為《說文・敘》的說法應該是可信的。

四、文字規範的效果是漸顯的

如果說小篆是對形體分歧嚴重的戰國文字的一種規範的話，那麼這種規範所起的作用不是立竿見影的，其作用是一個逐步顯現的過程。在印刷術還遠沒有出現的先秦時期，除特殊用途外，文字傳播一般都採取手抄的形式。儘管有規範的字體，書寫者受固有書寫習慣的影響，在一定的時間內仍然會出現一些在字形、結構方面與規範文字形體相左的字，我們現在能看到的馬王堆簡帛文字就是一個很好的例證。李學勤說：「秦至漢初的書籍亦以隸屬抄寫，取代了已被廢止的古文和書寫困難的篆書。馬王堆簡帛向我們展示了這一轉化時期的種種文字現象。例如可能寫於秦始皇二十五六年的帛書《式法》（舊題《篆書陰陽五行》），保存了大量楚國古文的寫法，又兼有篆、隸的筆意。大約是一位生長於楚，不很嫻熟秦文的人的手跡。」〔註50〕以由偏旁「心」構成的字為例，楚文字由偏旁「心」構成的字近一百五十，偏旁「心」幾乎全都位於字體的下方。經過規範、統一的篆文，由偏旁「心」構成的字有二百六十五個，偏旁「心」下置的字有一百○五個，只占 40%。而馬王堆簡帛由偏旁「心」構成的字有六十六個，偏旁「心」下置為四十七個，占 71%，比例遠高於小篆。譬如馬王堆簡帛的「恥」、「情」、「懼」、「悔」等字的偏旁「心」與楚文字一樣也位於字體的下方。馬王堆簡帛文字偏旁「心」下置的比例足以說明，文字的規範不會一蹴而就，使用它的人們需要一個逐漸熟悉、適應的過程，在上古時代尤為如此。

〔註50〕陳松長：《馬王堆簡帛文字編》，文物出版社 2001 年版，第 3 頁。

第四章　楚系簡帛文字異體字研究

在一九五五年《第一批異體字整理表》公佈實施以前，我國歷史上數量龐大的傳抄、刻印的傳世典籍中一字多體的現象應該說是比較常見的。《國語·晉語四》：「野人舉塊以與之。」同樣的一句話，在《漢書·律曆志》中則寫作「壄人舉凷以與之」。短短的一句話，其中的「壄」與「野」、「凷」與「塊」的寫法不同，它們都是同一個字的不同寫法。我國歷史上對文字進行系統整理的可以上溯到秦代，從某種意義上說，秦代的篆文就是「書同文」之後的產物，是一種具有官方色彩的並予以推行的標準化字體。即便如此，許慎在九千三百多個篆文之外，另收有古文、籀文、或體一千一百六十三文，異體約占總字數的八分之一，這種比例應該說是不低的。經過整理規範的字書尚且如此，作為古人用字真實反映的甲骨文、金文以及戰國簡帛文字，其異體歧出也就在所難免。許嘉璐說：「漢字並非造於一時，也並非出自一手。歷史悠久，疆域廣大，眾多無名造字者沒有受過後代文字學訓練，常常從便於達意、方便書寫出發，並不時時『瞻前顧後』、『左顧右盼』，每造一字，既不一定考究歷史上造字是不是依照了什麼『理據』，也不可能協商於決策之前，更遑論預測後世將產生什麼新字體……就造字者和使用者而言，還是不自覺的。」〔註1〕在「諸侯力政，不統於王」的戰國時代，一字異形的現象應該說更為突出。異體歧出的現象不僅存在

〔註 1〕張書巖主編：《異體字研究》，商務印書館 2004 年版，第 3 頁。

於不同系屬文字之間，也時常見於同一系屬文字的內部。同一系屬文字，不同地域間有差異，就是同一地域也有不小的差別。馬國權在談到楚系簡帛文字異體現象時說：「地區之間頗有分歧，同地區之間也有很多殊異，形符、聲符和偏旁位置不固定……在結構方面，地區的分歧是觸目可見的……至於同地區的殊異，最突出的是同一批竹簡，一個字的寫法先後往往不同。這反映了當時異體字的繁多與書寫上的隨便。」〔註2〕

戰國眾多異體字的形成，除了政治割據、地域文化影響外，更多的恐怕還是文字系統內部因素在起作用。漢字造字方法多種多樣，為人們在造字之時提供了多種選擇。為記錄語言中同一個詞而造的字，不同的時代、同一時代的不同地域以及不同的人可能會選擇不同的造字方法。進入戰國，用形符和聲符來合成一個新的形聲字已經成為漢字的主要造字方法。但是，即使是同為形聲，義符、聲符的選擇及其配合形式也有多種可能。漢語自古及今方言分歧嚴重，書手常常根據自己的方音來選擇甚至改換形聲字的聲符。自甲骨文出現至戰國時代，歷時千有餘年，文字輾轉抄寫，形體訛變恐怕也是異體字產生的一個不可忽略的因素。

在研究、討論楚系簡帛異體字之前，我們有必要明確什麼是異體字。在現代學者中對異體字做過界定並且產生過巨大影響的要數王力和裘錫圭。王力認為只有當「兩個（或兩個以上）字的意義完全相同，在任何情況下都可以互相代替」〔註3〕才可以稱為異體字。裘錫圭給異體字下的定義為：「異體字就是彼此音義相同而外形不同的字。嚴格的說，只有用法完全相同的字，也就是一字的異體，才能稱為異體字。但一般所說的異體字往往包括只有部份用法相同的字。嚴格意義的異體字可以稱為狹義異體字，部份用法相同的字可以稱為部份異體字，二者合在一起就是廣義的異體字。」〔註4〕我們在論文中對異體字的認定將依照王力關於異體字的界定及裘錫圭的狹義異體字的概念，因為二者在這方面是一致的。

古代典籍、辭書中存在著數量驚人的異體字，其實這麼多的異體字並都不是共存於同一個歷史層面之上，而是由不同的歷史時期逐漸積澱而成的。它們

〔註2〕馬國權：《戰國楚簡文字略說》。《古文字研究》第三輯，第153～155頁。

〔註3〕王力：《古代漢語》，中華書局1962年版，第155頁。

〔註4〕裘錫圭：《文字學概要》，商務印書館1988年版，第205頁。

中的絕大多數是「即生即滅」的，只存在於某一個歷史時期，只不過由於古代典籍、辭書的流傳而得以保存並逐漸積累而增多。研究異體字問題，不可避免的會涉及歷時和共時兩個方面。劉志基說：「無論是理論研究中對異體字的概念界定，還是整理規範工作中對異體字的實際認定，都必須注重『時』的分析。否則，必將把原本客觀存在的層次差異人為地抹殺，不僅在理論上露出破綻，實踐中更難免出現尷尬。」〔註5〕討論戰國楚系文字的異體字情況，理想的做法當然應該把戰國時期的楚系簡帛細分為若干時段來進行研究。不過，理想歸理想，要想在實際操作中來實行恐怕還有很多問題難以解決。因為楚系簡帛能真正準確判定年代的畢竟是少數，大多數只是依據墓葬的形制、隨葬品的器形、文飾所做的推斷，我們很難完整而又準確地按時間先後將它們排成一個時間序列。我們通常所說的戰國早、中、晚期也只是一個相對寬泛的概念。本文在論述楚系簡帛異體字時將不考慮「時」的概念，因為我們討論的是楚系簡帛文字，時間範圍限定在戰國時期，確切地說，除曾侯乙墓、新蔡簡外，簡帛材料主要集中在戰國中晚期。在漢字漫長的發展演變歷史上，把戰國這一時間段看作成一個相對靜止的共時平面應該是可行的。對楚系簡帛文字異體字情況學者關注得較多，對異體字形成的原因及其構成的方式論述也很充分，論文將不再涉及這些內容。文章的重點將放在兩個方面。一就是恢復，恢復那些被誤認為其他關係的異體字本來面貌。二是要排除，排除那些我們容易把它看作異體字而實際上並不是真正意義上的異體字。楚系文字因時間、地域、書手的不同，同一個字往往會有許多不同程度差異的變體，這就給我們判定異體字帶來了不少困難。形體多變只是困難的一個方面，更為困難的是簡文辭例的搜集、研讀並確定其意義、詞性以及語法功能。只有把字義、用法完全弄清楚了，我們才可能作出客觀的判斷。對於那些通常被看作是異體字的字，但由於簡文辭例過少，我們將闕而不論，以免失之偏頗。

第一節　母字與分化字不能視為異體字

　　漢字系統中用一個字記錄語言中幾個語詞或一個語詞的幾個義項，這是一

〔註5〕劉志基：《應當注重異體字的歷時性》。張書巖編：《異體字研究》，商務印書館 2004.年版，第 245 頁。

種十分常見的現象，在早期漢字中尤爲突出。如果一個字所承擔的職責過多，無疑會影響交際的效果以及表達的準確性。隨著文字體系的不斷完善以及系統內部的逐漸調整，人們會另造新字來分化那些記錄語詞或義項過多的字。爲記錄原有文字的本義、引申義或假借義而產生的新字，我們稱之爲「分化字」，原來的那個字稱之爲「母字」。至於母字與分化字兩者之間的關係，章瓊曾經指出：「不管是那一種分化字，從純文字學角度來看，它們與相應的母字大都不是異體字關係。在記詞功能上，分化字既經造出，便與母字各有分工，除非分化失敗，母字一般不再用來記錄該分化義；而母字所記錄的分化義以外的意義，也是分化字所不具備的。」〔註 6〕我們贊同章氏關於母字與分化字不構成異體字的觀點，但是我們覺得對「分化字既經造出，便與母字各有分工」的觀點有闡釋的必要。我們認爲當母字與分化字「各有分工」、各司其職時也就意味著文字分化過程的最終結束。文字的分化是一個過程，在這個過程中，母字與分化字之間存在著一些較爲複雜的關係。在分化過程中存在著這樣一個過渡階段，分化字和母字共同具有某種職能，即用同記錄某個詞或某個義項。在論文中我們把處於這個階段的分化字叫做「不完全分化字」，把已經取代了母字部份職能的分化字稱爲「完全分化字」。對「完全分化字」而言，既然母字各有所司，也就理所當然地不存在異體關係。對「不完全分化字」來說，分化字與母字在職能上存在著包含與被包含的關係，也不能看作是異體字。

在楚系簡帛文字研究的文章、專著以及文字編中常常使用「專用字」這一術語。專用字，應該是爲某一特定的概念而專門造的字，並且只用於這一專門概念。從文字孳乳的角度看，其實專用字也是文字的一種分化。「專用字」這一術語，是從造字的目的和使用範圍方面說的，對說明文字之間的相互關係幫助不大，我們不準備採用這一術語。

一、「行」與「𧗸」

𧗸，簡文寫作「」，隸定做「𧗸」，見於望山、包山、九店簡。

（1）舉禱宮、𧗸一白犬、酉（酒）食。　　　　包・二一○

〔註 6〕章瓊：《漢字異體字論》。張書巖編：《異體字研究》，商務印書館 2004.年版，第 28 頁。

（2）賽禱綒一白犬。　　　　　　　　　　　　　包・二一九

（3）利以祭門、綒。　　　　　　　　　　　　　九 M56・二八

（4）以祭門、綒。　　　　　　　　　　　　　　九 M56・二七

　　《包山楚簡》注曰：「綒，行字。」〔註7〕嚴格地說，無論是字義還是文字的使用範圍，楚文字中「綒」不完全等同於「行」。「綒」在楚簡中只有一個用法，那就是用來記錄專有名詞，指的是路神。

行，簡文寫作「㣔」，見於楚帛書以及曾侯乙墓、包山、天星觀、郭店、上博、新蔡簡。

（1）賽於行一白犬、酉（酒）食。　　　　　　　包・二〇八

（2）就禱行一犬。　　　　　　　　　　　　　　新乙一・二八

（3）帝夋乃爲日月之行。　　　　　　　　　　　帛甲・七・四

（4）不型於內冑之行。　　　　　　　　　　　　郭・五行・一

（5）則民至行己以悅上。　　　　　　　　　　　郭・性自命出・一

（6）古君子寡言而行。　　　　　　　　　　　　上・一・緇衣・一四

　　「行」在楚系簡帛中有以下用法：① 記錄專有名詞，指路神，例（1）、（2）。② 表示抽象道德名詞，例（4）。③ 動詞，實行、運行，例（3）、（5）、（6）。關於「綒」，李守奎謂：「路神專用字，異文作行。」〔註8〕滕壬生謂：「行字異文，路神之專用字。」〔註9〕這裡的兩個概念有闡述的必要，文字學上的「異文」，是「通假字和異體字的統稱。」〔註10〕如果我們沒有理解錯誤的話，李、滕二位的「異文」應該指的是異體字。如果他們採用的是廣義的異體字標準的話，將「綒」稱之爲「行」的異體字也沒有什麼不當。我們在本書中採用的是狹義的異體字概念，也就是只有音義完全相同，可以互相替代的字才可以稱爲異體字。按照這一標準，我們認爲「綒」和「行」不能稱之爲異體字，因爲它們的語義範圍有廣狹，語法功能也不完全相同。作爲專有名詞的「路神」的「綒」

〔註7〕湖北省荊沙鐵路考古隊：《包山楚簡》，文物出版社 1991 年版，第 55 頁，注 407。

〔註8〕李守奎：《楚文字編》，華東師範大學出版社 2003 年版，第 16 頁。

〔註9〕滕壬生：《楚系簡帛文字編（增訂本）》，湖北教育出版社 2008 年版，第 32 頁。

〔註10〕辭海編輯委員會：《辭海》（縮印本），上海辭書出版社 1999 年版，第 2021 頁。

只是記錄了「行」的一個義項。從文字學角度，將「㣤」看作是「行」的分化字更容易看出文字間的關係。

分化字從母字中產生到完全取代母字的某一義項，並形成明確的分工應該是一個漸進的過程，不是一蹴而就的。而在這一過程中，應該還存在著這樣一種狀態，那就是分化字記錄而不是取代母字的某一義項，母字仍然可以記錄這一義項。母字與分化字共同記錄某一義項的這種過渡階段現象在楚系簡帛中就較爲普遍地存在著。如包山簡中「㣤」記錄「行」的「路神」這一義項，但同時「行」也還表示「路神」這一意義。對於這種形式的分化字，我們將之稱爲「不完全分化字」。在一種文字體系內文字分化的進程不是整齊劃一的，分化的進程會因時間、地域的差異而呈現演變不均衡現象。如包山、望山、九店簡已經從「行」開始分化出㣤」，而新蔡簡表示「路神」的詞只寫作「行」，這說明還沒有出現分化。

劉釗說：「專字指用於某一專門概念的字。甲骨文中的專字很多，都具有特指性。」〔註11〕將「㣤」稱爲「專用字」是沒有問題的，它的確是楚文字中專門爲了記錄「路神」這一名稱而造的字。既然把它稱作「專用字」，又說是「行字異文」，就有矛盾之嫌了，無論是詞義，還是運用的範圍兩者都是不同的。對於楚文字中類似「行」與「㣤」這種文字間的關係我們都將之視爲「母字」與「分化字」的關係。

二、「立」、「位」與「祍」

祍，簡文作「」，隸定為「祍」，見於包山、天星觀、新蔡簡。

(1) 邵吉為祍，既禱至福。	包‧二〇五
(2) 邵吉為祍。	包‧二〇六
(3) 祖祍。	天卜
(4) 卜筮為祍，既	新甲三‧一八九

《包山楚簡》注：「祍，讀如位。《周禮‧春官‧肆師》：『凡甸師用牲於社宗，則爲位』，孫詒讓云：『位』與『辨方正位』同。」〔註12〕注者用「讀如」不夠恰當，訓詁學術語「讀如」一般只是用來注音的。注者引用《周禮》明顯

〔註11〕劉釗：《古文字構形學》，福建人民出版社2006年版，第64頁。

〔註12〕湖北省荊沙鐵路考古隊：《包山楚簡》，文物出版社1991年版，第55頁，注389。

是想說明「位」、「祪」兩字間的關係，而兩字之間又不是本字與假借字的關係。簡文中的「祪」指的是祭祀時的壇位，這一意義在戰國其他系屬文字或傳統文獻中一般都寫作「立」或「位」。《尚書·金縢》：「公乃自以爲功，爲三壇同墠，爲壇於南方北面，周公立焉，乃告太王、王季、文王。」

位，簡文作「位」，見於包山、天星觀、郭店簡。

（1）臧敢爲位，既禱至命。	包·二二四
（2）臧敢爲位，既禱至命。	包·二二五
（3）盲祭惠公於口之位，戠豢饋之。	天卜
（4）則以哀悲位（祪）之。	郭·老子（丙）·一○
（5）共以位（祪）之。	郭·緇衣·二五

上述例（1）、（2）、（3）的「位」與「祪」的語義完全一樣，都是「祭位、祖位」的意思。例（4）、（5）的「位」，劉釗：「『位』讀爲『祪』。」〔註13〕

立，簡文作「立」，見於信陽、望山、包山、郭店、上博簡。

（1）吉，至九月喜雀立（位）。	包·二○四
（2）見於絕無後者與漸木立（位）。〔註14〕	包·二四九
（3）故君子之立（莅）民也。	郭·成之聞之·三
（4）是故君子愼六立（位）以巳天常。	郭·成之聞之·四○
（5）蜀（獨）立不亥（改）。	郭·老子（甲）·二一
（6）而立爲天子。	上·二·容成氏·九

楚文字「立」可以記錄：① 名詞，位置、爵位、神位，例（1）、（2）、（4）。② 動詞，臨視，治理，例（3）。③ 動詞，站立、建立，例（5）、（6）。

甲骨文、金文「立」、「位」還沒有分化。古代典籍中也有「位」寫作「立」的，《周禮·春官·小宗伯》：「小宗伯之職，掌建國之神位，右社稷，左宗廟。」鄭玄：「故書作立。鄭司農云：『立讀爲位。』古者立、位同字。古文《春秋經》『公即位』爲『公即立』。」

〔註13〕劉釗：《郭店楚簡校釋》，福建人民出版社2003年版，第41頁。

〔註14〕王穎：「曾憲通疑讀爲『暫木立』，大概是指一些臨時用木製牌位安置的神靈。」見《包山楚簡詞彙研究》，廈門大學出版社2008年版，第9頁。

從楚系簡帛材料來看，「立」、「位」的分化應該是比較晚的。楚文字雖然在「立」的基礎上產生了分化字「位」、「祂」，但是這種分化是不徹底的。「祂」雖爲專門記錄「神位、祭位」而造，但在楚簡中「立」和「位」也仍然可以記錄這一語義。可以這麼說，「位」是「立」的分化字，而「祂」又是「位」的分化字，當然它們都是不完全的分化，尚處於分化過程之中。那麼，嚴格地說，「立」、「位」、「祂」這三個字不構成異體字關係。

三、「禟」與「嘗」

禟，簡文寫作「禓」，隸定爲「禟」，見於天星觀、望山、九店、包山、郭店、上博簡。

（1）禟祭☑   望一・八六

（2）冬夾至，禟戠牛。   天卜

（3）殤囚其禟生。   包・二二二

（4）利以折（製）衣禟。   九 M56・二〇（下）

（5）弦望齋宿，是謂川（順）天之禟。   上・五・三德・一

《包山楚簡》注：「禟，借作嘗。《爾雅・釋天》：『秋祭曰嘗』。」〔註15〕用假借來說明兩字間關係，不僅不夠準確，同時也忽視了楚文字的特點。受當時出土材料的限制，這樣的偏頗難以避免，不能以現在的認識來苛求注者。禟，是一從示、尙聲的形聲字。從義符「示」和祭禱類簡文用例看，應該就是古代嘗祭之「嘗」的楚文字寫法。李守奎謂：「嘗祭之嘗專字。」〔註16〕禟，簡文中還用來記錄經常之「常」，衣裳之「裳」，這應該屬於文字上的假借。嘗，陽部禪母；常、裳，陽部禪母；三者韻部、聲紐皆同。

嘗，簡文寫作「嘗」，見於郭店簡。

（1）聖以遇命，任以逢時，未嘗遇☑   郭・唐虞之道・一四

（2）夫爲其君之故而殺其身者，嘗有之矣。 郭・魯穆公問子思・五

《說文》：「嘗，口味之也。從旨，上聲。」段玉裁：「引申凡經過者爲嘗，

〔註15〕湖北省荊沙鐵路考古隊：《包山楚簡》，文物出版社 1991 年版，第 57 頁，注 443。

〔註16〕李守奎：《楚文字編》，華東師範大學出版社 2003 年版，第 18 頁。

未經過為未嘗。」就出土的楚系簡帛材料而言，我們未見嘗祭之「嘗」寫作「嘗」的。未見不一定就能肯定楚文字嘗祭之「嘗」就只寫作「棠」而不寫作「嘗」，出土的文字資料畢竟有限，不可能完整地反映當時的文字使用情況。不過可以肯定的是，楚文字「棠」是「嘗」的分化字。是完全分化，還是不完全分化，目前不好判斷。

四、「上」與「𧺆」、「辻」

𧺆，簡文寫作「𧺆」，隸定為「𧺆」，見於包山、郭店、新蔡、上博簡。

（1）既腹心疾以𧺆氣，不甘飲，久不瘥，毋有祟。	包・二三六
（2）由𧺆之弗身也。	郭・成之聞之・六
（3）𧺆句昌之，則民鮮不從矣。	郭・成之聞之・九
（4）間屮謀始，皆𧺆皆下。	上・四・逸詩・交交鳴鳥・三
（5）及江，𧺆逾取√	新乙四・九

李守奎謂：「『上』字異寫，多用為動詞。辵部別有『辻』字，亦當為異體。」〔註17〕「多用為動詞」這一語法特徵，符合楚文字使用的實際情況。但「上」、「𧺆」、「辻」是否就是一字異體，必須結合簡文具體使用情況才能確定。

辻，簡文寫作「辻」，隸定為「辻」，見於包山簡、鄂君啟節。

（1）自鄂市，逾油，辻灘（漢）。	鄂君啟節・舟節
（2）辻江，內（入）湘。	鄂君啟節・舟節
（3）辻江，就木關，就郢。	鄂君啟節・舟節

包山簡「辻」為地名用字，其字義、功能不好判斷，所以只好引用楚系金文材料來說明。從簡文、金文用例來看，「𧺆」、「辻」可以記錄語言中的兩個詞語，① 名詞，位置在上的人。② 動詞，向上。楚文字「止」部與「辵」部往往相同，如「來」有從「止」寫作「埭」，也有從「辵」寫作「逨」的。「𧺆」、「辻」為一字異體應該是可信的。

〔註17〕李守奎：《楚文字編》，華東師範大學出版社 2003 年版，第 7 頁。

上，簡文寫作「⿰」，見於天星觀、包山、新蔡、上博簡。

（1）其上載：朱旌，一百⿰四十⿰翠之首。	包・二六九
（2）其在民上也，民弗厚也。	郭・老子（甲）・三
（3）則民至行己以悅上。	上・一・緇衣・七
（4）古上不可以褻刑而輕爵。	郭・緇衣・二八
（5）下之事上也，不從其所命，而從其所行。	郭・尊德義・三六
（6）禪也者，上德受賢之謂也。	郭・唐虞之道・二十

楚文字「上」可記錄：① 名詞，位置在上的人。② 方位詞，與「下」相對。③ 動詞，尊重、重視。楚文字「上」、「⿱」、「辻」有一個共同的義項，都可以表示「位置在上的人」。「上」表示方位是「⿱」、「辻」不具備的，「⿱」、「辻」表示「向上」這一動作也是「上」所不具備的。由此看來，楚文字「⿱」、「辻」應該是「上」的分化字，它們記錄「上」的部份義項。準確的說，「⿱」與「辻」是一對異體字，它們與「上」是母字與分化字的關係。

五、「己」與「㠭」

己，簡文寫作「⿺」，見於天星觀、望山、包山、新蔡、郭店、上博簡。

（1）九月己亥。	包・一八五
（2）己巳內齋。	望一・一○六
（3）⟍起己酉禱之⟍	新甲三・一四四
（4）不義而加諸己。	郭・語叢（三）・五
（5）昏（聞）道反己，修身者也。	上・一・性情論・二五

通過對楚系簡帛材料的觀察，絕大多數情況下，「己」在楚系文字中是用來記錄干支之「己」。用「己」記錄自己之「己」少見，僅見於郭店和上博簡少數篇章。

㠭，簡文寫作「⿱」，隸定為「㠭」，見於郭店、上博簡。

（1）是故君子之求者㠭也深。	郭・成之聞之・一○
（2）來言傷㠭。	郭・語叢（四）・二
（3）則民至行㠭以悅上。	上・一・緇衣・七

　　李守奎謂：「楚之昌當爲己之異寫。」〔註18〕滕壬生亦謂：「楚之昌，皆爲己之異寫。」〔註19〕如果我們理解的不錯的話，兩位所說的「異寫」應該指的是一個字的不同寫法，即異體字。楚文字「昌」僅用作自身代詞，把它看作是「己」的異體恐怕欠妥。楚文字「己」和甲金文字一樣既可以作爲干支用字，又可以記錄語詞自己之「己」。楚文字「昌」應該是爲了分化「己」的「自己」這一義項而後造的。可以說「昌」是「己」的分化字，確切地說是不完全分化字，不是嚴格意義上的異體字。

六、「𤼲」與「𨍷」

𤼲，簡文寫作「」，隸定爲「𤼲」，見於信陽、天星觀、郭店、新蔡簡。

（1）一𤼲田車。	天策
（2）番亥𤼲西陽君之軒	天策
（3）𤼲生於怒，忌生於𨍷。	郭・語叢（二）・二六
（4）舉禱一𤼲大路黃絹。	新甲三・二三七
（5）北方祝禱𤼲良馬。	新乙四・一三九
（6）𤼲龜尹速卜。	上・四・東大王袚旱・二

　　除例（3）、（6）爲假借用法外，簡文「𤼲」可以記錄：① 動詞，乘坐之「乘」，例（2）。② 量詞，例（1）、（4）。③ 數詞，駕一輛車的馬匹數，通常爲四匹，例（5）。「𤼲」應該是「乘」的楚文字寫法。

𨍷，簡文寫作「」，隸定爲「𨍷」，見於曾侯乙、天星觀、望山、包山、郭店、上博簡。

（1）左尹葬。用車一𨍷軒。	包・二六七
（2）敗車一𨍷。	望二・五
（3）大凡四十𨍷又三𨍷。	曾・一二一
（4）凡大官之馬十𨍷。	曾・一五九
（5）武王乃出革車五百𨍷。	上・二・容成氏・五一

〔註18〕李守奎：《楚文字編》，華東師範大學出版社 2003 年版，第 76 頁。

〔註19〕滕壬生：《楚系簡帛文字編》，湖北教育出版社 2008 年版，第 1216 頁。

「䡞」除未見用作動詞外，其餘義項與「奔」同。《廣韻‧蒸韻》：「䡞，車一乘也。」李守奎謂「䡞」為「車乘之乘」〔註20〕。在楚系簡帛中「䡞」的確只記錄「車乘之乘」。從文字學角度角度看，「奔」是「乘」的楚文字寫法，而「䡞」是「奔」的分化字。母字與分化字還同時記錄某一個義項，尚處於分化過程之中。作為車的量詞既可以寫作「一奔」，又可以寫作「一䡞」。「奔」、「䡞」自然也就不能看作是異體字。

七、「屮」與「賨」、「奔」、「莌」

賨，簡文寫作「」，隸定為「賨」，見於九店、郭店、上博簡。

（1）賨於午▱。	九M56‧九六
（2）凡賨日▱▱少日必□。	九M56‧九七
（3）甚愛必大費。厚藏必多賨。	郭‧老子（甲）‧三六
（4）持與賨孰病？	郭‧老子（甲）‧三六
（5）好昌天從之，好賨（旺？）天從之。	上‧五‧三德‧一八

《說文》：「亡，逃也。」由「逃跑」引申為「遺失」。《易‧旅》：「射雉一矢亡。」除例（5）「賨」的用法有爭議、語義難以確定外，其餘皆為失去、遺失的意思。劉釗謂：「『賨』即『亡』，受上文『賞』的影響亦類化為從『貝』作。」〔註21〕說「賨」即「亡」，從整個漢字系統來看是沒有問題的。但是從戰國楚系文字本身固有的體系來說則顯得不夠精確，因為楚文字中還有一個「（亡）」字，它絕大多數情況下都用來表示「無」。楚系文字中「亡」、「賨」其意義、用法有著明顯區別，而且絕少相混。且劉氏說郭‧老子（甲）‧簡三六中的「賨」字從「貝」是受上文類化的影響也不夠準確，除此處前文有從「貝」的「費」字外，九店、上博以及郭店其他簡文中「賨」上文都沒有從「貝」之字，也就無所謂偏旁「貝」是受上文類化的影響。「賨」字可以分析為從亡、貝，亡亦聲。從「貝」可能是為了著重強調財物的丟失吧。「賨」實即楚文字亡佚之「亡」。

〔註20〕李守奎：《楚文字編》，華東師範大學出版社2003年版，第339頁。

〔註21〕劉釗：《郭店楚簡校釋》，福建人民出版社2003年版，第25頁。

屰，簡文寫作「![字形]」，隸定為「屰」，見於九店、郭店、上博簡。

（1）屰倀子。　　　　　　　　　　　　　　　九 M56・四六

（2）古心以體廢，君以民屰。　　　　　　　郭・緇衣・九

（3）曹之屰，其必此乎？　　　　　　　　　上・五・弟子問・四

（4）初九：悔屰=馬，勿由自復。　　　　　上・三・周易・三二

（5）改邑不改井，亡屰亡得。　　　　　　　上・三・周易・四四

（6）旅焚其次，屰其僮人。　　　　　　　　上・三・周易・五三

　　簡文「屰」可以記錄：① 喪亡，例（1）。② 滅亡，例（2）、（3）。③ 亡佚，例（4）、（5）、（6）。關於「屰」字的形體結構，學者間看法頗有分歧。劉釗謂：「『屰』即『芒』字省體，讀爲『亡』。」〔註 22〕而李守奎將此字置於字頭「喪」字之下，並讀爲「喪」。他說：「按：『亡』旁上部之『屮』，當是『桑』字之省譌。」〔註 23〕如果說到字形省略的話，我們贊同劉釗的看法，因爲「屰」與「芒」兩者形體相近。芒，寫作「![字形]」；屰，寫作「![字形]」；只是屮、艸的差異，況且楚文字從屮、從艸每每相通。但省略的動機、目的是什麼，則值得思考。「芒」字形體本來就不繁複，如果說省略只是爲了書寫簡便的話，理由似乎不是很充分。我們認爲，省「艸」爲「屮」，目的可能是爲了在文字的形體上形成差異，產生一個新的字體以便來記錄語詞喪亡、亡佚之「亡」。文字體系具有系統性，當一個字的語義、功能發生變化，就有可能引起文字系統的局部調整，楚文字也不例外。楚文字以「亡」來記錄語詞「無」，且使用頻率很高。如此，文字系統就有必要用另一個字來記錄語詞「亡」。我們與其將「屰」看作是「芒」的省體，假「屰（芒）」爲「亡」，還不如將「屰」看作是爲了記錄語詞「亡」通過簡省原有文字而產生的一個新字「屰（亡）」。信陽、新蔡簡「芒」字不省，其記錄的語詞與「屰」有別。信二・簡一八：「一寢筕、一寢筵，屯結芒之純。」商承祚說：「結芒，草名。結芒之純，謂仿芒草花紋衣料以緣邊。」〔註 24〕

〔註 22〕劉釗：《郭店楚簡校釋》，福建人民出版社 2003 年版，第 55 頁。

〔註 23〕李守奎：《上海博物館藏戰國楚竹書（一～五）文字編》，作家出版社 2008 年版，第 66 頁。

〔註 24〕商承祚：《戰國楚竹簡滙編》，齊魯書社 1995 年版，第 34 頁。

至於李守奎說「㡳」上部的「屮」是「桑字之省譌」，對此我們覺得可能性不大。檢楚文字「桑」，寫作「𣥂」「𣥂」「𣥂」諸形，「𣥂（喪）」寫作「𣥂」。說到「省」，由字形複雜的「桑」省略爲「屮」，這中間的跨度也實在是太大了；說到「譌」，一般而言只是形體近似才容易產生訛誤，由「桑」而訛誤成「屮」，這種訛誤也實在是太離譜。我們覺得李守奎之所以會持這種看法，恐怕是過於遷就傳世文獻的結果。上例簡文《周易》「㡳」，今本皆寫作「喪」。如何處理出土文獻與傳世文獻二者間的關係，裘錫圭曾有過闡述。他以簡本《老子》爲例，說：「不能濫用假借的方法去追求簡本《老子》與舊本的統一，否則所有新發現的本子都可以通轉到舊本上去了。」〔註25〕眾所周知，表達相同或相近的思想，未必要使用相同的詞語，完全可以選擇同義詞或近義詞。一種語言中大量同義詞的存在，正是這種語言豐富、成熟的體現。

其實，簡本《周易》中的「㡳」無需處理爲假「𣥂」爲「喪」，讀成「㡳（亡）」，一樣文從字順，語義沒有什麼改變。簡文「初九：悔㡳=馬勿由自復」，今本《睽》卦作「初九：悔亡，喪馬勿逐，自復」。李守奎將簡文讀爲「初九：悔亡，喪馬勿由自復」〔註26〕。李氏將簡文「=」看作是合文符號，我們覺得應看作重文符號。簡文可讀爲「初九：悔㡳（亡），㡳（亡）馬勿由（逐），自復」。由，幽部以母；逐，覺部定母。韻部爲陰、入對轉，古以母（喻四）與定母音近，可以相通。在「由（逐）」後加句讀，是考慮到韻腳。「由（逐）」、「復」皆覺部。

從文字的義項上說，「賔」不具有「㡳」的義項① 喪亡、② 滅亡，所以「賔」與「㡳」不是嚴格意義上的異體字。「賔」只記錄「㡳」的「亡佚」這個義項。

㲋，簡文寫作「　」，隸定爲「㲋」，見於上博簡。

上·四·昭王毀室·簡一：「有一君子，㲋服曼廷，將跖閨。」㲋，李守奎讀爲「喪」，並註釋道：「按：從來源上說，右側偏旁源自『𣥂』。然書寫

〔註25〕邢文、李縉云：《美國「郭店《老子》國際研討會」綜述》，《中國哲學》第二十輯，第頁。1999 遼寧出版社。

〔註26〕李守奎：《上海博物館藏戰國楚竹書（一～五）文字編》，作家出版社 2008 年版，第 832 頁。

者可能已經與『（芒）』混譌。故增義符『歹』。」〔註27〕「混譌」之說，可能性同樣不大，有關辯證的觀點已見前文，此處從略。我們認爲簡文中的「殁」，從字形來源上說，應該是在「亾（亡）」的形體上增加義符「歹」而成的。如上所述，「亾（亡）」可以表示① 亡佚之「亡」。② 喪亡之「亡」。③ 滅亡之「亡」。爲了強調某一語義，在原字形上增加義符，不僅在楚文字，就是在整個古文字範圍內都是一種常見的現象。將「殁服」讀爲「喪服」，在很大程度上是受我們固有閱讀習慣的影響。古代隨葬物品後世一般稱作「明器」，《釋名·釋喪制》說：「送死曰明器，神明之器，異於人也。」《釋名》的解釋更多的基於後世的推測和文飾，多不可信從。望二·簡一：「九亡童，其四亡童皆緹衣，其三亡童皆丹秋之衣，其二亡童皆紫衣。」商承祚謂：「亡童，或稱明童，盲童，即木製童俑。」〔註28〕既然古人作爲「慎終追遠」的「明器」木俑，楚人都可以稱爲「亡童」，那麼將「喪服」稱爲「殁（亡）服」也不是不可理解。

薨，簡文寫作「薨」，隸定爲「薨」，見於上博《鮑叔牙與隰朋之諫》。

（1）及其薨也，皆爲其容。　　　　　　　　上·五·鮑叔牙與隰朋之諫·一

（2）鈿其所以衰薨也，爲其容，爲其言。　　上·五鮑叔牙與隰朋之諫·二

（3）儼然將薨，公弗詰。　　　　　　　　　上·五·鮑叔牙與隰朋之諫·五

簡文「薨」表示喪亡、滅亡的意思。字形可分析爲，從「死」、「芒」聲。「殁」與「薨」可以稱得上嚴格意義的異體字。綜上所述，「寘」只表示亡佚之「亡」。「殁」義爲「喪亡」，但用例太少。不過其義符從「歹」，可能是專門用來表示喪亡之「亡」。所以我們認爲，「寘」與「亾」，「寘」、「亾」與「殁」、「薨」不構成異體字關係。

八、「因」與「裀」

因，簡文作「因」，見於曾侯乙墓、信陽、望山、郭店、上博簡。

（1）一丹□之因（裀）。　　　　　　　　　望二·二

（2）紫因（裀）之席。　　　　　　　　　　曾·七六

〔註27〕李守奎：《上海博物館藏戰國楚竹書（一～五）文字編》，作家出版社 2008 年版，第 66 頁。

〔註28〕商承祚：《戰國楚竹書滙編》，齊魯書社 1995 年版，第 98 頁。

（3）一柜頁因（茵）。　　　　　　　　　　　　信二・二一

（4）豊因人之情而謂之節文者也。　　　　　　　郭・語叢一・三一

（5）禹乃因山陵平隰之可封邑。　　　　　　　　上・二・容成氏・一八

　　金文「因」作「」、「」，楚文字「」的形體是承襲金文而來的。前三例「因」記錄語詞「茵」，商承祚謂：「因，即茵，乃褥子，爲牀、車上所用。」〔註29〕例（4）、（5）「因」是「憑藉、憑依」的意思。《說文》中「因」、「茵」二字分列不同的部首且意義也不同。《說文》：「因，就也。從囗、大。」《說文》：「茵，車重席。」「因」義爲依靠、憑藉，「茵」是車上的墊褥。就楚簡材料來看，楚文字「因」兼有篆文「因」、「茵」的功能，它們還沒有分化。除篆文外，在先秦古文字中我們還沒有見到從艸、因聲的「茵」字，其字直到漢簡中才出現。從字形和楚簡用例來看，「因」應該是「茵」的初文，記錄語詞「茵」屬於本字本用。「囗」正像茵席的外形，而「大」在古文字中就是人的形狀，它表示人坐臥於茵席之上。後二例「因」表示「依靠、憑藉」的語義應由本義引申而來。茵席是人民坐臥、憑依的物件，由此引申出「依靠、憑藉」也就自然不過了。

袽，簡文寫作「」，僅見於信陽簡。

（1）一縉紫之寢袽，縉綠之裏。一錦伾（坐）袽緗。　　　　　信二・一七

　　《廣雅・釋器》：「複襂謂之袽。」王念孫疏曰：「此《說文》所謂重衣也。襂與衫同。《方言》以衫爲襌襦。其有裏者則謂之袽。袽，猶重也。」不過信陽簡中的「袽」與《廣雅》中的「袽」記錄的不是同一個語詞。簡文中的「袽」與「因」同，即「茵」的另一種楚文字寫法。《說文通訓定聲・坤部》：「茵，字亦作袽。」商承祚謂：「此簡有兩袽字，從行文來看，卻含有二義：寢袽即寢茵，此處之袽應當釋作坐褥解……下文之袽，釋爲衣物。」〔註30〕商氏將「伾」隸定爲「任」，並讀爲「紝」，所以把同簡中後一個「袽」解釋爲「衣物」，現在看來可能比較勉強。現據滕壬生將「任」隸定爲「伾」〔註31〕，那麼簡文中的兩

〔註29〕商承祚：同前，第102頁。

〔註30〕商承祚：《戰國楚竹簡滙編》齊魯書社1995年版，第32頁。

〔註31〕滕壬生：《楚系簡帛文字編（增訂本）》，湖北教育出版社2008年版，第773頁。

個「裀」就只有一個意義，即「茵褥」，只不過一種是人們睡覺時用的「寢裀」，一種是作爲墊褥用的「坐裀」。從「因」、「裀」字形、簡文用例來看，「裀」應該是在象形字「因」的基礎上添加義符「衣」而產生的分化字，專門記錄「茵褥」這一語義。楚文字中「因」與「裀」是母字與分化字的關係，二者也就不能看作嚴格意義上的異體字。

九、「去」、「迲」與「故」

去，簡文寫作「**夆**」，見於郭店、上博、新蔡簡。

（1）夫唯弗居也，是以弗去也。　　　　　　　郭・老子（甲）・一七、一八

（2）不悅，可去也。　　　　　　　　　　　　郭・語叢（三）・四

（3）凡目毋遊，定視是求。毋欽，毋去。　　　上・五・君子爲禮・六

《說文》：「去，人相違也。從大，凵聲。」違，離也。「去」的本義是表示人離開某地，由此可以引申爲一般的離去。

迲，簡文寫作「**徛**」，見於天星觀、九店、郭店、上博簡。

（1）◿期中迲處以是故敚◿　　　　　　　　　天卜

（2）是以智而求之不疾，其迲人弗遠矣。　　　郭・成之聞之・二一

（3）欲行之而不能，欲迲之而不可。　　　　　上・君子爲禮・三

從簡文用例上看，「去」與「迲」沒有差別，應即異體字。迲，是在「去」的形體上增加義符「辵」而產生的，儘管增添了義符，但字義並沒有改變。《說文》：「辵，乍行乍止也。從彳從止。」按照王筠的說法，「辵」與行走之「行」意義相同。

故，簡文寫作「**敓**」，隸定爲「故」，見於楚帛書、新蔡簡。

（1）敘（除）故不義。　　　　　　　　　　　帛・丙・一○

（2）◿尚敘（除）故◿　　　　　　　　　　　新零・一四八

去，除「離去」之義外，還可以引申「除去」。王筠謂：「去，『人相違也』。而『蠤』下引《詩》『去其螟螣』，則以知『去』之借義爲『除去』也。」〔註32〕

────────────

〔註32〕王筠：《說文釋例》，中華書局 1987 年版，第 110 頁。

楚文字「敊」，從去，從攴。《說文》：「攴，小擊也。從又，卜聲。」從攴的字也並不都是打擊的意思，更多的還是表示某種動作或行爲。攴可以看作是「手」的一個分支，作爲義符一般都在字體的右部，多寫作「攵」，楚文字也是如此。從楚系簡帛文例上看，「敊」只表示「除去」之義，不表示「離去」的語義。「迲」是爲了強化文字形體的表意功能在「去」上增加義符「辵」而產生的異體字，「敊」是爲了分化「去」的「除去」這一義項而產生的分化字。

一〇、「坨」與「埅」

坨，簡文寫作「」，見於包山、郭店簡。

（1）霝坨一邑。	包·一二九
（2）山無墮則坨，城無蓑則坨。	郭·語叢（四）·二二

埅，簡文寫作「」，隸定爲「埅」，見於天星觀、望山、包山、郭店、新蔡、上博簡。

（1）賽宮埅宔一、賽於行一白犬。	包·二〇八
（2）賽禱宮埅☑	望一·一〇九
（3）天埅之相合也，以逾甘露。	郭·老子（甲）·一九
（4）☑公北、埅宔各一青犧。	新乙一·一五
（5）昔者天埅之差舜而右善。	上·二·容成氏·一六、一七

李守奎《楚文字編》在字頭「地」下收「坨」、「埅」二字，並於「坨」下注曰：「《玉篇》土部有坨字，楚之地作埅、墜。坨或爲異體。」〔註33〕李氏認爲「坨」可能是楚文字「地」的異體。包山簡「霝坨」爲地名，其字義不好判斷。《郭店楚墓竹簡》隸定爲「坨」，讀爲「陁」。《說文》：「陁，小崩也。從阜，也聲。」簡文「坨」字形雖然與「地」的小篆形體「埅」相近，但與楚文字「地」的通行寫法「埅」不一致。從整個楚系文字系統來看，「坨」是楚文字「地」的可能性不大，極有可能即《說文》之「陀」字。楚文字「地」皆寫作「埅」，與《說文》「地」的古文形體相近，從其使用的普遍性看，是一個典型的楚系文字。「坨」、「埅」不是異體字，現在的文字編將二者同置於字頭「地」下，似不夠妥當。

〔註33〕李守奎：《楚文字編》，華東師範大學出版社 2003 年版，第 763 頁。

十一、「大」、「祆（祇）」與「大」

大，簡文寫作「」，隸定為「大」，見於望山、包山、新蔡簡。

（1）大、侯土、司命、司、大水、二天子。	包・二一五
（2）賽禱大備玉一環。	包・二一三
（3）墨禱大備玉一環。	望一・四五
（4）有祟見於大	新甲三・一七七
（5）賽禱大一。	新乙二・二

　　楚簡中的「大」是神祇名，在不同地域的祭禱簡文中出現的頻率很高，應該是一位在楚人心目中很重要的神靈。李零根據簡文中祭祀時眾神排列的位置，認為應該是傳世文獻中的「太一」。至於神祇「大」究竟是「太一」，還是與傳世文獻中別的一位什麼具體神靈相對應，與文字討論的關係不大。對於文字構形，有一點我們可以確認，「大」字應該是為專門記錄這一神祇名稱在「大（太）」字的形體上添加標識性符號而形成的一個分化字。

祆（祇），簡文作「」，少數情況下也寫作「」，見於天星觀、望山、包山、新蔡簡。

（1）墨禱祆一膚。	包・二一八
（2）墨禱祆一靜羊。	天卜
（3）墨禱於祆一環。	望一・五五
（4）祆一羊。	望一・五六
（5）墨禱於祆一精。	新甲三・一四六

　　「祆」、「祆」與「大」在簡文中指的是同一位神祇，而且這三個字都只用來記錄這一神祇，毫無疑問它們是一組異體字。從文字構形上看，「祆」、「祆」應該分別是在「大」、「大」的形體上添加義符「示」而形成的。這樣做的目的無非是為了使文字的表意功能得到了增強，神靈的氣氛更濃，這也是文字系統偏旁類化的一種必然結果。

大，簡文寫作「」，見於曾侯乙、天星觀、包山、新蔡、郭店、上博簡。

（1）有大罪而弗誅之，行也。	郭・五行・三五
（2）是故小人亂天常以逆大道。	郭・成之聞之・三二

（3）大子朝君，君之母弟是相。　　　　　　　上・二・昔者君老・一

（4）各大牢，百◿　　　　　　　　　　　　　新乙一・一三

（5）大一生水，水反輔大一，是以成天。　　　郭・大一生水・一

　　例（5）「大一」，注者謂：「在此爲道的代稱。《莊子・天下》『建之以常無有，主之以太一』成玄英疏：『太者，廣大之名，一以不二爲稱』。」〔註34〕由此看來「大一」指的是作爲宇宙生成的最爲初始的「道」，與「大」所指的應該不是同一對象。古文字「大」、「太」同字，江沅《說文釋例》：「古只作『大』，不作『太』。《易》之『大極』，《春秋》之『大子』、『大上』，《尚書》之『大誓』、『大王王季』，《史》、《漢》之『大上皇』、『大后』，後人皆讀爲太。或徑改本書，作『太』及『泰』。」楚文字中「大」、「太」也還沒有分化，都寫作「大」。楚文字「大」的作用：① 具有大小之「大」的全部功能 ② 具有「太」字全部功能。

　　雖然從字形上說，「大」、「𡗶」、「𥄫」是由「大」直接或間接分化而形成的，但是它們在語義上沒有交叉重疊的部份，也沒有包含與被包含的關係。由此看來，這一分化過程已經完成，分化字已經取代了母字的部份義項。「大」不用來記錄神祇名「大」，「大」、「𡗶」、「𥄫」也不記錄「大」的義項。「大」也就理所當然的不能與「大」、「𡗶」、「𥄫」構成異體字了。

第二節　異體字的來源及使用的頻率有所不同

　　戰國楚系文字無疑也是直接承襲商周文字的，有繼承就會有變革，繼承與變革是辯證統一的。當然，繼承是首要的，改變的只是個體字符變化以及文字系統的局部調整。楚系文字中存在著爲數不少的異體字，就異體字的構成而言，其中的情況比較複雜。要想用一種分類標準將其整齊劃一地區分開來，還眞是一件不容易的事情。以下幾個節次對異體字的分類及其論述，更多的是著眼於文章闡述的方便，其中難免有相互交叉、可此可彼的現象。

　　說到來源的問題，楚文字中絕大多數字形及其結構方式應該是對先前固有文字的繼承，但也包含不少具有楚地獨特書寫形式的字體。在承襲先前文字固有寫法的同時又新創出具有楚地特色的書寫形式，於是異體也就產生了。如下

〔註34〕荊門市博物館：《郭店楚墓竹簡》，文物出版社1998年版，第125頁注1。

文討論的「緉」與「裏」、「任」與「妊」、「襚」與「袿」、「敝」與「彫」、「歸」與「遉」、「師」與「帀」就屬於這種情況。有時幾個異體字都是楚文字的特有寫法，由於它們都是在繼承的基礎上做了不同形式的改變，從而形成了一字多體，我們把它放在這裡一併敘述。如「稷」「禝」與「祼」、「戜」與「敤」、「瑗」與「瑗」、「圅」與「酓」。

一、「稷」、「禝」與「祼」
稷，簡文寫作「」，隸定為「稷」，見於上博簡。

（1）句稷之見貴也，則以文武之德也。　　　　　　上・一・孔子詩論・二四

（2）句稷之母，又詞是之女也。　　　　　　　　　上・二・子羔・一二

（3）乚是句稷之母也。　　　　　　　　　　　　　上・二・子羔・一三

　　傳世文獻中專有名詞后稷之「稷」，簡文寫作「稷」。《說文》：「稷，穧也，五穀之長。從禾，畟聲。」稷是上古時期我們先民的主要食物，周代的先祖「棄」因在稼穡方面有突出的貢獻，被後人尊稱爲「后稷」。楚文字「稷」將「稷」的聲符「畟」下部改換成了「女」。

禝，簡文寫作「」，隸定為「禝」，見於郭店、上博簡。

（1）句禝之藝地，地之道也。　　　　　　　　　　郭・尊德義・七

（2）句禝治土，民足養乚　　　　　　　　　　　　郭・唐虞之道・一〇

（3）乃立句禝以爲緹。　　　　　　　　　　　　　上・二・容成氏・二八

（4）句禝既已受命，乃飮於壄。　　　　　　　　　上・二・容成氏・二八

（5）得其社禝百眚而奉守之。　　　　　　　　　　上・二・子羔・六

　　由上述例句看，后稷之「稷」可以寫作「禝」，社稷之「稷」也可以寫作「禝」。從上博簡看，「稷」、「禝」兩字的用法應該沒有差別。楚文字「禝」不僅將「畟」的下部改換成「女」，而且將義符「禾」變成了「示」。

祼，簡文寫作「」，隸定為「祼」，見於九店、新蔡簡。

（1）立社祼。　　　　　　　　　　　　　　　　　九 M56・一三

（2）邕一祼一牛。　　　　　　　　　　　　　　　新甲三・三三五

（3）亓社祼乚　　　　　　　　　　　　　　　　　新零三・三八

李守奎在「禝」、「視」後面註釋說：「社稷之稷專字。」〔註35〕從楚簡材料
看，這種說法可能與實際使用情況有出入，「禝」、「視」同樣可以用來記錄后稷
之「稷」。楚文字「稷」、「禝」、「視」應該是一組異體字，造成形體差異可能與
地域有關。九店、新蔡簡只寫作「視」，郭店只寫作「禝」，上博簡則「稷」、「禝」
兩種寫法兼有。

附：「稷」「禝」「視」分佈及出現次數

	九 M56	郭	上（一～七）	新	合　計
稷			4		4
禝		2	4		6
視	1			6	7

二、「戜」、「敨」與「誅」

戜，簡文寫作「」，隸定為「戜」，見於郭店、上博簡。

（1）竊鉤者戜，竊邦者爲諸侯。　　　　　　　　　　郭・語叢（四）・八
（2）今受爲無道，聞諸百眚，至結諸侯，天將戜焉。　上・二・容成氏・五〇
（3）絕種侮姓，土玉水酒，天將戜焉。　　　　　　　上・二・容成氏・五三（正）

裘錫圭謂：「『戜』字從『戈』『豆』聲，『豆』『朱』古音相近，此字應即『誅』
字別體。《五行》篇『誅』字亦從『戈』從『豆』。」〔註36〕案：檢《五行》圖
版三八，其字從「豆」從「攴」，應隸定爲「敨」。

敨，簡文寫作「」，隸定為「敨」，見於包山、郭店、上博簡。

（1）以其反官自敨於新大廄之古。　　　　　　包・九九
（2）有大罪而弗大敨也，不行也。　　　　　　郭・五行・三八
（3）東敨之海，荊州、揚州始可居也。　　　　上・二・容成氏・二六
（4）東敨之河，於是於，徐州始可居也。　　　上・二・容成氏・二六、二七

〔註35〕李守奎：《楚文字編》，華東師範大學出版社 2003 年版，第 19 頁。
〔註36〕荊門市博物館：《郭店楚墓竹簡》，文物出版社 1998 年版，第 218 頁，裘按。

劉釗：「『敨』字從『豆』聲，讀爲『誅』，古音『豆』在定紐侯部，『誅』在端紐侯部，聲爲一系，韻部相同，可以相通。」〔註37〕用一個字聲符的聲紐、韻部來說明與另一個字通假，在音理上似乎不妥。「凡同聲必同部」，這是公認的古音定律；但「同聲」並不一定會同紐，這也是事實。如果要說明「敨」、「誅」二者語音上的關係，應該用聲符「豆」、「朱」來論證。豆，侯部定紐；朱，侯部端紐；二者韻部相同，聲爲旁紐，語音相近。再說簡文「敨」字即楚文字「誅」字，何來假借一說。上博簡《容成氏》中的「敨」皆讀爲「注」，我們傾向於這是假借用法。敨（誅），侯部端母；注，侯部章母；韻部相同，章母上古音與端母非常接近。我們這麼說並不排除《容成氏》中「敨」即楚文字「注」的可能性。簡文強調的是禹使這些河流注入河、海，人的動作行爲十分明顯，不從「水」而從「攴」，於理也通。如果是這樣，「敨（誅）」與「敨（注）」即爲同形字。

至於「戜」、「敨」是一字異體，還是用法有別，則需辨明。李守奎謂「戜」爲「誅殺之誅」〔註38〕，恐怕更多的是從義符「戈」作出的判斷。從「戈」也未見得就一定表示誅殺，簡文「戜」也不是絕對要解釋爲「誅殺」。理解爲「懲罰」也未嘗不可，只是懲罰的程度有輕有重而已。殺戮也不一定非得從「戈」，楚文字「殺」既不從「戈」，也不從「殳」，而是從「攴」。從楚文字構字理據上看，從「戈」從「攴」無甚分別，我們認爲「戜」、「敨」應是異體字的關係。

誈，簡文寫作「䚤」，見於信陽、天星觀、九店、包山、上博簡。

（1）誈僕命速爲之斷。	包・一三七（反）
（2）嘉事命以王命誈之正。	包・一六一
（3）誈事。	九M56・一六（下）
（4）舉天下之名，虛誈，習不可以誃也。	上・三・亙先・十
（5）◹毋誈而賞，毋罪百姓而改其將。	上・四・曹沫之陣・二七
（6）其賞淺且不中，其誈重且不察。	上・四・曹沫之陣・四五

〔註37〕劉釗：《郭店楚簡校釋》，福建人民出版社2003年版，第83頁。

〔註38〕李守奎：《楚文字編》，華東師範大學出版社2003年版，第148頁。

詎，《說文》未收，《玉篇》：「詎，詎讘。」形容人不能說話的樣子。楚文字「詎」與《玉篇》中的「詎」應該只是同形字。陳偉謂□「似可讀作屬，表示上級官長將訟獄交付給下級官員辦理」〔註39〕。郭店《老子（甲）》簡二「屬」寫作「豆」，由此看，「詎」是在假借字「豆」的基礎上添加義符「言」而成的一個形聲字。由信陽、天星觀、九店、包山簡看，「詎」似可認定爲楚文字「屬」。上博《曹沬之陣》簡二七、四五「詎」應讀爲「誅」，是本字本用，還是假「詎（屬）」爲「誅」，從造字理據上看難以辨明。從構字理據上說，誅伐之「誅」可以從「言」，囑咐下級官員也可以從「言」。從整個楚系簡帛用例看，假「詎（屬）」爲「誅」的可能性要大一些。本著這一觀點我們認爲：「戜」「敊」是一字異體，而「詎」與「戜」「敊」不構成異體關係。

附：「敊」、「戜」分佈及出現次數

	郭	上（一～七）	合　計
敊	3	5	8
戜	1	3	4

三、「絓」、「裏」與「裛」

絓，簡文寫作「」，隸定爲「絓」，見於仰天湖、包山簡。

（1）鄡昜公一紡衣，綠絓之。　　　　　　仰 M25・一

（2）一紫錦之席，黃絓。　　　　　　　　　　　仰 M25・七

（3）又縞絓，錦純。　　　　　　　　　　　　　仰 M25・一六

（4）丹黃之絓。　　　　　　　　　　　　　　　包・二六八

裏，簡文寫作「」，見於曾侯乙墓、信陽、望山、天星觀、包山、上博簡。

（1）一紡裙，與絹紫裏。　　　　　　　　　　　信二・四

（2）一丹秋之因，綠裏。　　　　　　　　　　　望・五

裛，簡文寫作「」，隸定爲「裛」，見於信陽簡。

（1）二紡絹帛裛。　　　　　　　　　　　　　　信二・一三

〔註39〕陳偉：《包山楚簡初探》，武漢大學出版社 1996 年版，第 30 頁。

（2）一紅介之留衣帛裏。　　　　　　　　　　　信二・一五

　　楚文字「緉」、「裏」都是「裏」的異體。《說文》：「裏，衣內也。從衣，里聲。」《玉篇・糸部》：「緉，文。」其意義爲「紋理」。楚文字「緉」指的是物品的內裏，沒有「紋理」的意思。關於楚文字「緉」，商承祚有詳細的說明，他指出：「緉，簡文凡三見：此作綠緉，第七簡作黃緉，一五簡作縞緉〔註40〕，爲裏的異體字，從衣從糸的字過去每相通用。」〔註41〕作爲具有楚地特色的「緉」是將「裏」的義符「衣」更換爲「糸」。楚文字「裏」則是「裏」的省略形式。

　　從統計數字看，「緉」、「裏」、「裏」三字使用的地域範圍有大小之別，出現的次數也有多有少。「裏」使用的地域最廣，出現的頻率也最高，它出現於曾侯乙墓、信陽、望山、天星觀、包山以及上博簡中，共出現三十次。而作爲「裏」的省略形式的「裏」，只見於信陽簡中，共出現七次。「緉」則只見於仰天湖、包山簡，共出現四次。

附：「裏」、「裏」、「緉」分佈及出現次數

	仰	信	望	天策	曾	包	上（一～七）	合　計
裏		2	10	2	10	5	1	30
裏		7						7
緉	3					1		4

四、「瑻」、「瑻」與「緵」

瑻，簡文寫作「」，隸定爲「瑻」，見於新蔡簡。

（1）舉禱於二天子各兩羘，瑻之以秋玉▱　　　新甲三・一六二、一六六

（2）舉禱於楚先各一羘，瑻之以秋玉。　　　新乙三・四一

（3）瑻之以秋玉。　　　　　　　　　　　　新乙一・一七

　　在討論簡文之前，有必要對篆文「賏」、「嬰」、「緵」作一番梳理。《說文》：「賏，頸飾也，從二貝。」「嬰，繞也。從女、賏。賏，貝連也，頸飾。」〔註42〕

〔註40〕注：檢原書，實爲簡一六。

〔註41〕商承祚：《戰國楚竹書滙編》，齊魯書社1995年版，第60頁。

〔註42〕從段玉裁校改。

「纓，冠系也。從糸，嬰聲。」段玉裁注曰：「各本作『頸飾也』，今正。《山海經》『嬰以百圭百璧』，謂陳之以環祭也。又『燕山多嬰石』，言石似玉，有符采嬰帶也。凡史言『嬰城自守』，皆謂環繞而守也。」《說文釋例》：「賏下云『頸飾也』，加『女』爲『嬰』，再加『糸』爲『纓』，冠系也，此男子之纓。《儀禮·士昏禮》：『親說婦之纓。』則女子之纓也。鄭注：『其制未聞。』又樊纓之『纓』，靲也。靲，靼也。凡名纓者皆在頸，則女子可知也。恐『賏』即『纓』之古文也。鄭注《昏禮》曰：『蓋以五采爲之。』然則即以之系兩貝矣。」〔註43〕

《說文》中篆文「賏」、「嬰」、「纓」分屬於「貝」、「女」、「糸」三個不同的部首，釋義也有所差別，不過三者的關係還是很近的。從字形上看，正如王筠所說，「纓」是在「嬰」上增「糸」，「嬰」在「賏」上增「女」。我們認爲不僅「賏」是「纓」的古文，也是「嬰」的古文。從字義上看，它們之間也有著密切的聯繫。從某種意義上說，「冠系」也是一種「頸飾」。而「頸飾」總是「繞」在頸部的。古漢語中動名同形極爲常見，我們推測最初語詞「賏」可能具有動詞「繞」、名詞「頸飾」的雙重屬性。

新蔡簡文中的「瓔」或「瑒」記錄的是古代一種常見的祭祀儀式，即環祭。楚文字「瓔」，我們認爲可以分析爲從「玉」、「嬰」省聲的一個形聲字。以玉來祭祀，爲了突出祭品的特性，楚文字增加義符「玉」，省「賏」爲「貝」可能是爲了利於偏旁空間上的安排。由此而言，簡文「瓔」即楚文字「嬰」。至於其異體字「瑒」，乃是將聲符中的「女」這一部件改換成聲符「晏」。楚文字中以「晏」爲聲符，並不罕見。

瑒，簡文寫作「![字形]」，隸定爲「瑒」，見於曾侯乙墓、新蔡簡。

（1）六瑒（纓）。　　　　　　　　　　　　　　　　曾·五七
（2）瑒之以盽玉。　　　　　　　　　　　　　　　　新乙一·二四

新蔡簡中的「瓔」又寫作「瑒」。瑒，從玉，晏聲，實即「瓔」的省略形式，爲一字異體應該沒有問題，也是「嬰」的楚文字寫法。例（1）「瑒」記錄語詞「纓」，爲假借用法。「纓」、「瑒」都是耕部影母字，於音可通，且古代典籍中兩字也常通用。孫綽《遊天台山賦》：「方解纓絡，永託茲嶺。」李善：「纓絡，以喻世網也。《說文》曰：『嬰，繞也。』纓與嬰通。」

〔註43〕王筠：《說文釋例》，中華書局1987年版，第200頁。

緓，簡文寫作「✦」，隸定為「緓」，信陽、望山、仰天湖、天星觀、新蔡簡。

（1）一青緅緓組。	信二・一五
（2）一純緓席。	仰・九
（3）相尾之器所以行：一桂冠、組緓。	包・二五九
（4）◿之日薦大一靜，緓之以枓玉，旒之。	新甲三・一一一
（5）◿就禱三楚先各一牂，緓之枓◿	新乙三・四一

　　楚簡遣冊中「緓」皆記錄語詞「纓」，實即楚文字「纓」字。小篆從「嬰」得聲的字，楚文字常從「晏」得聲。《包山楚簡》注：「緓，讀如纓。組纓，以組帶作的冠系。」所謂「冠系」，通俗的說就是帽子的帶子。新蔡簡假「緓」為「瑗」。由本義「冠系」引申為纏繞、環繞，義上兩者意義相近，語音上聲韻皆同，常相通用。根據楚簡用例並結合《說文》，尤其是段玉裁關於「嬰」的考辨，我們認為「緓」與「瑗（瑗）」不能簡單地看作異體字。「緓」的本義為組纓之「纓」，引申有「環繞」之義。當用玉環繞祭祀時又寫作「瑗」、「瑗」、「瑗」，可以說「瑗」、「瑗」、「瑗」是「緓」的分化字。

附：「瑗」、「瑗」、「緓」分佈及出現次數

	仰	望	信	曾	包	新	合　計
瑗						6	6
瑗			1			1	2
緓	1	4	1		6	5	17

五、「絭」與「纍」

絭，簡文寫作「✦」，隸定為「絭」，見於信陽、新蔡、上博簡。

（1）◿絭為◿	信一・六六
（2）◿絭聖二殺。	新甲三・三二七
（3）時、眛、攻、絭、行，祝於五祀。	上・四・內豊・八
（4）方絭毋伐。	上・五・三德・一四
（5）聖（聽）其絭，百事不述，慮事不成。	上・五・三德・一五

例（1）辭例不明，（2）、（3）假「縈」爲「禜」，（4）、（5）假「縈」爲「營」。不過從文字構形上看，應即楚文字「縈」，各文字編也是這樣處置的。

纍，簡文寫作「纍」，隸定爲「纍」，見於郭店簡。

郭店《老子（乙）》簡五、六：「人寵辱若纓（驚），貴大患若身。可（何）胃寵辱？寵爲下也，得之若纓（驚），失之若纓（驚），是胃寵辱纓（驚）。」《郭店楚墓竹簡》注曰：「纓，簡文從『糸』從『賏』。『纓』讀作『驚』。」裘按：「簡文此字從『賏』從『縈』，『賏』『縈』皆影母耕部字。如『縈』的『糸』旁兼充全字的形旁，此字仍可釋爲『纓』。」〔註44〕釋爲「纓」，從文字系統性說，則顯得不夠妥帖。「纓」楚文字以寫作「緓」爲常見。劉釗將「纍」隸定爲「纍」，并解釋說：「『纍』字從『賏』從『縈』，疑是『縈』字繁體，即在『縈』字上累加『賏』聲而成。古音『縈』、『賏』皆在影紐耕部，於音可通。『縈』在簡文中讀爲『驚』。」儘管在簡文字形的隸定以及分析上學者間頗有分歧，但將「纓」讀爲「驚」幾乎沒有什麼疑議。這大概因爲：一是語音上可以說得通，「纓」、「賏」都是耕部影母字，「驚」是耕部見母字，韻部相同，聲紐牙喉音相近。二是因爲有今本《老子》「寵辱若驚」可資佐證。今本《老子》這一章，歷來解說歧出，魏源曾感慨此章謬解不一。其中一個主要原因就是我們難以處理文中多個「驚」字，同一個「驚」有「驚恐」、「驚喜」、「驚憂」等多種解釋。相對於今本，如果簡本中「纓」並不讀爲「驚」的話，可能會有助於我們探討《老子》這一章的本旨。

關於字形，我們認爲無論是從「糸」「賏」聲，還是從「縈」「賏」聲，都不影響我們對字義的解讀。我們傾向於贊同劉釗的意見，將此字看作是楚文字「縈」的異體。但是我們認爲沒有必要讀爲「驚」，可以讀如本字。讀如本字，不僅不會影響簡文的語義，而且更切合道家一貫的哲學主張。《說文》：「縈，收卷也。從糸，熒省聲。」〔註45〕段玉裁曰：「收卷長繩，重疊如環，是爲縈。」縈的意思就是纏繞、縈繞。《詩經·周南·樛木》：「南有樛木，葛藟縈之。」毛傳：「縈，旋也。」

「人寵辱若纓（縈），貴大患若身。可胃寵辱？寵爲下也，得之若纓（縈），

〔註44〕荊門市博物館：《郭店楚墓竹簡》，文物出版社1998年版，第119頁。

〔註45〕從段玉裁改，見《說文解字住》，上海古籍出版社1981年版，第657頁。

失之若纓（縈），是胃寵辱纓（縈）。」王弼說：「大患，榮寵之屬也。」基於「爨」為「縈」的異體，在不讀破的前提下，我們認為簡文可作如下理解：人們的榮寵就像（繩索）一樣纏縛著，因為把榮寵看得如同身體一樣貴重。什麼叫做「寵辱」？榮寵是卑下的，得到它像（繩索）一樣纏縛著，失去它像（繩索）一樣纏縛著，這就叫做「寵辱縈」。

附：「縈」、「爨」分佈及出現次數

	信	包	郭	上（一～七）	新	合　計
縈	1	1		3	1	6
爨			4			4

六、「任」、「妊」與「貢」

任，簡文寫作「」，見於上博簡。

（1）凡憂患之事谷（欲）任，樂事谷（欲）後。　　　上・一・性情論・三一

（2）善則從之，不善則止之，止之而不可，則隱而任。　上・四・內豊・六

妊，簡文寫作「」，隸定為「妊」，見於郭店簡。

（1）凡憂患之事谷（欲）妊，樂事谷（欲）後。　　　郭・性自命出・六二

「妊」應該就是「任」的異體字。劉釗註釋說：「『妊』字從『力』、『壬』聲，讀為『任』。」〔註46〕《說文》：「任，保也。從人，壬聲。」段玉裁：「引申之凡儋何曰任。」簡文中的「任」、「妊」皆為擔荷義。具有楚地特色的「妊」將義符「人」變換為「力」。從「人」，側重於「抱負」、「擔荷」這種動作行為是由人這一主體來承當的；從「力」，則表示「擔荷」是需要人們付出氣力的。「任」為古文字的常見形體，「妊」是具有楚地特色的寫法。

貢，簡文寫作「」隸定為「貢」，見於郭店、上博簡。

（1）夫有六位也，以貢此〔六職〕也。　　　　　郭・六德・一〇

（2）貢德以秬。　　　　　　　　　　　　　　上・六・愼子曰恭儉・三

〔註46〕劉釗：《郭店楚簡校釋》，福建人民出版社2003年版，第106頁。

　　滕壬生《楚系簡帛文字編》、李守奎《楚文字編》將「貢」至於字頭「賃」下。《說文》:「賃,庸也。從貝,任聲。」「庸」即「傭」,用金錢雇傭別人勞動叫做「賃」。簡文「貢」從貝、壬聲,應即「賃」的楚文字寫法。雖然用它來記錄語詞「任」,應屬假借用法,與「任」、「妊」不是同一個字。

附:「任」、「妊」、「貢」分布及出現次數

	郭	上（一～七）	合　計
任		2	2
妊	1		1
貢	3	1	4

七、「絰」與「袿」

絰,簡文寫作「」,隸定為「絰」,見於郭店簡。

（1）君衰絰而處位,一宮之人不勝其〔哀〕。　　　　　　郭·成之聞之·八

　　裘錫圭謂:「『衰』下一字,其下部即『麻』字所從之『𣏟』,其上部疑是『至』之省寫。此字似當釋『絰』。麻絰為喪服。」〔註47〕如前文所述,「𣏟」即楚文字「麻」。《說文》:「絰,喪首戴也。從糸,至聲。」絰,應該是一個從「𣏟（麻）」,「至」聲的形聲字。古代喪服衰絰是由苴麻製成的,用「𣏟」來作為表意偏旁,於理可通。

袿,簡文寫作「」,隸定為「袿」,見於郭店簡。

（1）昛縭衣臬褐冒袿蒙巾,釋板築而佐天子,遇武丁也。　郭·窮達以時·三

　　《郭店楚墓竹簡》隸定為「袿」,讀為「絰」。《字彙補·衣部》:「袿,衣裙上的折紋。」簡文「袿」與《韻會補》「袿」應該只是同形字。簡文「袿」與「絰」應該是一對異體字,衰絰是古人居喪時所穿戴的一種服飾,所以亦可以從「衣」。「絰」、「袿」都是「絰」楚文字寫法,只是義符有從「糸」與從「麻」、從「衣」之別。

〔註47〕劉釗:《郭店楚墓竹簡》,福建人民出版社2003年版,第169頁。

八、「桺」、「桮」與「酭」

桺，簡文寫作「」，隸定為「桺」，見於望山、天星觀、包山、九店簡。

（1）乙桺之日。	望・九〇
（2）己桺之日。	天卜
（3）辛桺之日。	包・九九
（4）申、桺、戌、亥。	九 M56・二六

桮，簡文寫作「」，隸定為「桮」，見於天星觀、包山簡。

（1）八月癸桮之日。	包・二七
（2）己桮之日。	天卜

酭，簡文寫作，隸定為「酭」，見於新蔡簡。

（1）辛酭之日禱之。	新甲三・四二
（2）⚄戊申以起己酭禱之⚄	新乙二・五

　　楚文字「酉」多用來記錄語詞「酒」，而干支「酉」則多寫作「桺」、「桮」、「酭」諸形。有人認為「桺」、「桮」是「柳」的異體，我們覺得這只是根據「木」所作的一種推測而已，沒有簡文材料可以證明。從文字構造上看，不同寫法的楚文字干支「酉」有一個共同的特點，就是以「酉」的字形為基礎，在此之上增加偏旁「木」或添加飾筆「彡」。增加的偏旁「木」，不一定具有義符的作用，更大程度上可能為了使其與「酉」（酒）在形體上有所區別。新蔡簡干支「酉」，有寫作「酉」的，也有寫作「酭」的，「酭」實際上是「酉」的分化。從這種意義上說，我們完全可以把「桺」、「桮」也視為「酉」的分化字。

　　從統計數字上看：「桺」的範圍最廣，見於望山、天星觀、九店、包山簡；「桮」次之，見於天星觀、包山簡；「酭」的範圍最小，只見於新蔡簡。從文字的統一性上看，望山、九店簡只寫作「桺」，新蔡簡只寫作「酭」，而天星觀、包山簡則有「桺」、「桮」兩種書寫形式。

附：「桮」、「桺」、「酭」分佈及出現次數

	望	天卜	九 M56	包	新	合　計
桮		1		7		8

卤	1	1	6	25		34
酓					12	12

九、「唇」、「晨」與「唇」

唇，簡文寫作「」，隸定為「唇」，見於楚帛書、天星觀、九店、包山、新蔡簡。

（1）日月星唇。　　　　　　　　　　　　　　　帛乙・一

（2）十月庚唇之日。　　　　　　　　　　　　　天卜

（3）建於唇。　　　　　　　　　　　　　　　　九 M56・一三

（4）甲唇之日。　　　　　　　　　　　　　　　包・八〇

（5）壬辰唇之日禱之∠　　　　　　　　　　　　新甲三・二〇二

晨，簡文寫作「」，見於包山簡。

（1）甲晨之日。　　　　　　　　　　　　　　　包・四六

（2）八月戊晨。　　　　　　　　　　　　　　　包・一八七

唇，簡文寫作「」，見於上博簡。

（1）孝唇（辰），方為三佸，救聖之紀。　　　　上・二・容成氏・三一

（2）而得失行於民之唇（辰）也。　　　　　　　上・二・容成氏・五二

「唇」，李守奎謂：「下部之口為飾符，與《說文》『唇』同形。」〔註48〕「唇」、「晨」、「唇」是楚文字干支「辰」的不同書寫形式。從文字的構成上看，「唇」、「晨」、「唇」都是在「辰」的形體上增加「日」或「口」而形成的具有楚地特色的書寫形式，其中以加「日」為常見。就使用的範圍而言，「唇」最廣，出現於楚帛書、天星觀、九店、包山、新蔡簡。而「晨」與「唇」只分別出現於包山和上博簡。可以說「唇」是楚文字干支「辰」的通用和常用字形，而「晨」、「唇」只是由於書手或地域原因而產生的異體。

〔註48〕李守奎：《上海博物館藏戰國楚竹書（一～五）文字編》，作家出版社 2008 年版，第 648 頁。

附：「唇」、「晨」、「唇」分佈及出現次數

	帛	天卜	九 M56	包	上(一~七)	新	合　計
唇	2	2	9	17	1	17	46
晨				21			21
唇					2		2

一○、「敊」與「彫」

敊，簡文寫作「敊」，隸定為「敊」，見於望山、包山簡。

（1）一少敊羽翣。　　　　　　　　　　　　望二・五

（2）二醬白之膚，皆敊。　　　　　　　　　包・二五三

　　敊，包山簡釋文注曰：「敊，讀如彫。」〔註49〕包山簡「敊」凡三見，望山 M2 遣冊凡七見，商承祚隸定為「敊」，雖字形隸定不夠準確，但他的闡釋仍具有合理性，他說：「敊字屢見，係某一漆器顏色之名稱，出土物中有彩繪漆耳杯若干枚，即此簡所云敊杯。敊羽翣，殆指施漆的羽翣，即古籍所謂畫翣。」〔註50〕

彫，簡文寫作「彫」，隸定為「彫」，見於信陽簡。

（1）一彫鼓，二橐，四梘。　　　　　　　　信二・七

（2）二方濫（鑒），屯彫裏。　　　　　　　信二・一一

　　彫，信陽簡凡九見。《說文》：「彫，琢文也。從彡，周聲。」商承祚謂：「簡文彫作彫，右從彡，不從彡。彫鼓，為飾以彩繪之鼓。」〔註51〕「彡」，楚文字皆寫作「彡」。彫，從「彡」，楚文字也都寫作「彡」。從簡文看，「敊」、「彫」為異體字應該沒有什麼疑問。不過簡文中的「敊」、「彫」沒有雕琢、雕刻之義，指的是在物體上用彩色畫以文飾，與《荀子・大略》「天子彫弓」之「彫」意義相同。從構字理據上說，楚文字「彫」與篆文「彫」的形體只有細微的差別，造字時它們都側重於「文飾」。「敊」從「攴」，則側重於「文飾」這一動作行為的本身。

〔註49〕湖北省荊沙鐵路考古隊：《包山楚簡》，文物出版社 1991 年版，第 59 頁注 499。

〔註50〕商承祚：《戰國楚竹簡滙編》，齊魯書社 1995 年版，第 102 頁。

〔註51〕商承祚：《戰國楚竹簡滙編》，齊魯書社 1995 年版，第 25 頁。

附：「敗」、「彫」分佈及出現次數

	信	望	五	包	合　計
敗		8	1	4	13
彫	9				9

十一、「歸」與「適」

歸，簡文寫作「」，見於天星觀、新蔡簡。

（1）八月歸備玉於巫丁，占之，吉。　　　　　天卜

（2）八月辛巳之夕，歸一璧於◿　　　　　　新甲三・一六三

《說文》：「歸，女嫁也。從止、婦省，𠂤聲。𢘋，籀文省。」甲骨文、金文寫作「」、「」，從「帚」，「𠂤」聲。天星觀、新蔡簡「歸」的形體與甲金文字一脈相承，與篆文形體結構一致，可以分析爲，從止、帚，𠂤聲。

適，簡文寫作「」，隸定爲「適」，見於望山、包山、郭店、上博簡。

（1）◿適備玉一環束大王◿　　　　　　　　望一・二八

（2）擇良月良日適之。　　　　　　　　　　包・二一八

（3）◿賞慶焉，知其以有所適也。　　　　　　郭・六・一一

　　望山、包山、郭店、上博簡的「歸」，從「辵」、「帚」。作爲表意偏旁，「辵」、「止」是相通的，楚文字尤爲如此。從統計數字看：「適」比「歸」分佈的地域要廣得多，「歸」只見於天星觀、新蔡簡，而「適」則見於望山、九店、包山、郭店、上博、新蔡簡。由此可見，「適」是一個具有楚地特色的字形，同時也是楚文字的一個常用字形。

附：「歸」、「適」分佈及出現次數

	望	天卜	九 M56	包	郭	上（一～七）	新	合　計
歸		2					7	9
適	3		2	21	4	3	1	34

十二、「師」與「帀」

師，簡文寫作「」，見於新蔡簡。

（1）∠至師〔於陳〕之歲。　　　　　　　　　　　新甲三・三七

　　師，僅見於新甲三・簡三七、簡四九和新零・簡五二六。師，金文作「」，篆文、睡虎地秦簡形體與之近似。新蔡簡的這種寫法「師」與金文、戰國秦系文字的形體一脈相承。在某種程度上，可以說楚文字「師」具有秦系文字的色彩。

帀，簡文寫作「」，隸定為「帀」，見於楚帛書、曾侯乙墓、天星觀、九店、包山、郭店、上博、新蔡簡。

（1）莫囂昜為晉帀戰於長∠　　　　　　　　　　　新甲三・二九六

　　這種寫法的「帀」與金文「」、《說文》「師」的古文形體近似，應是典型的戰國東方文字。在新蔡簡中「師」出現二次，「帀」出現三次，可見這兩種寫法在新蔡簡中沒有什麼輕重之別。楚帛書以及曾侯乙墓、天星觀、九店、包山、郭店、上博簡只寫作「帀」，不寫作「師」。從整個楚系簡帛材料看，楚文字「師」以寫作「帀」為常見。

　　從時間上說，曾侯乙墓簡與新蔡葛陵簡相近，都屬於戰國早期，且曾侯乙墓還要略早一點。曾文字只作「帀」不作「師」，而新蔡簡「帀」、「師」互見，這種情況的出現應該與時間的關係不大，我們只能用不同的地域差別來予以解釋。

附：「師」、「帀」分佈及出現次數

	帛	天卜	九M56	曾	包	郭	上（一～七）	新	合　計
師								2	2
帀	4	1	1	3	31	4	43	3	100

十三、「涅」與「溫」

呈，簡文寫作「」，目前在楚系簡帛材料中僅見於郭店簡。

（1）保此道者不欲尚呈。　　　　　　　　　　　郭・老子（甲）・一〇

　　劉釗謂：「『呈』讀為『盈』，古音『呈』在定紐耕部，『盈』在喻紐耕部，

聲為一系，韻部相同，於音可通。」〔註52〕與傳世文獻相對照，簡文「呈」記錄語詞「盈」是沒有問題的。但「呈」是不是一定即「呈」字，由於簡文的用例實在太少，不大好判斷。如果說作一番推測的話，我們反倒覺得「呈」是「呈」的可能性極大。楚文字中常以「呈」作為構字偏旁，「郢」、「涅」、「經」都是從「呈」得聲的，它們都是耕部以（喻四）母字。而篆文中從「呈」得聲的字，「醒」、「裎」、「程」，耕部定母；「逞」、「桯」，耕部透母（「郢」在睡虎地秦簡也是從「呈」的）。它們有一個共同的特點，那就是聲母都是舌頭音。古音以母讀音與端、透、定比較接近，皆為舌音。

涅，簡文寫作「𡉈」，隸定為「涅」，見於包山、郭店、上博簡。

（1）金玉涅室，莫能守也。	郭老子（甲）・三八
（2）罷缺罷涅，以己為萬物經。	郭・太一生水・七
（3）云=相生，信涅天地。	上・三・互先・四
（4）水之東流，將可（何）涅？	上・六・凡物流形（甲）・十

《玉篇》：「涅，泥也，澱也。」《廣韻・靜韻》「涅」以整切。楚文字「涅」字形、語音與之雖然相近，但從意義上看，兩字似乎沒有什麼聯繫，應該是不同的歷史時期造字時偶然同形。「涅」在楚文字中皆記錄語詞「盈」，應即楚文字「盈」。就字形而言，「涅」是在「呈」字形體上添加義符「水」而成的一個形聲字。其本義應指水滿，例（4）中「涅」用的就是本義。

溋，簡文寫作「𥁕」，隸定為「溋」，見於九店、上博簡。

（1）居之不溋志。	九 M56・四七
（2）唯（雖）溋必虛。	上・五・三德・八
（3）有孚溋〔註53〕缶，終來有它，吉。	上・三・周易・九

簡文「溋」也都是記錄語詞「盈」。關於此字，滕壬生《楚系簡帛文字編（增訂本）》沒有作出說明，李守奎《上海博物館藏戰國楚竹書（一五）文字編》注曰：「按：從皿，涅聲。」〔註54〕這兩部文字編都將「呈」、「涅」、「溋」

〔註52〕劉釗：《郭店楚簡校釋》，福建人民出版社 2003 年版，第 11 頁。

〔註53〕此簡「溋」字形體略異。

〔註54〕李守奎：《上海博物館藏戰國楚竹書（一～五）文字編》，作家出版社 2008 年版，第 268 頁。

三字分別置於「口」部、「水」部和「皿」部，對三字之間關係沒有作出說明。從字形上看，「溋」是在「浧」字上累加義符「皿」而成的一個形聲字；從語義上看，兩字記錄語詞的意義完全相同；我們認爲「浧」、「溋」是一對異體字，即「盈」字的楚文字寫法，應該是可以成立的。滿盈之「盈」，楚文字以寫作「浧」爲常見。包山、郭店簡只作「浧」，九店簡寫作「溋」，上博簡則「浧」、「溋」互現。至於「呈」與「浧」、「溋」間的關係，是假借字與本字的關係，抑或是異體關係，受簡文辭例的限制，只好付之闕如，以期新的出土材料證明。

附：「浧」「溋」分佈及出現次數

	九 M56	包	郭	上（一～七）	合　計
浧		2	8	8	18
溋	1			2	3

十四、「贜」、「臧」、「藏」、「墢」

贜，簡文寫作「贜」，隸定爲「贜」，見於仰天湖、五里牌、郭店、上博簡。

（1）皆贜於一匣之中。　　　　　　　　　　　仰 M56・三六

（2）屯贜一∠ [註55]　　　　　　　　　　　五 M406・一六

（3）甚愛必大費，厚必贜多亡。　　　　　　郭・老子（甲）・三六

（4）是故太一贜於水，行於時。　　　　　　郭・太一生水・六

（5）《贜大車》之嘼也，則以爲不可女可也。　上・一・孔子詩論・二一

（6）贜公或問曰：三軍之捷果有幾乎？　　　上・四・曹沫之陣

上博簡兩例分別假「贜」爲「將」和「莊」。仰天湖、郭店簡皆記錄語詞「藏」，實即貯藏之「藏」的楚文字寫法。關於這一點，商承祚早有考辨，他說：「贜，從貝、臧聲。臧從口，與金文鈢同，漢以來易口爲臣作臧而臧廢。臧訓善，故從口。贜從貝，有藏貝之意，爲藏之初體。」 [註56]

臧，簡文寫作「臧」，隸定爲「臧」，見於上博簡。

[註55] 隸定的「屯」實即「中」字。

[註56] 商承祚：《戰國楚竹書彙編》，齊魯書社 2003 年版，第 73 頁。

（1）《木瓜》有臧愿而未得達也。　　　　　　上・一・孔子詩論・一九

　　李守奎謂：「『贊』與『臧』當是貯藏之『藏』。」〔註57〕從字形結構上說，兩字的義符一從「貝」，一從「宀」。從「貝」顯示貯藏物品的特性，從「宀」顯示的是貯藏的處所。「贊」、「臧」為一字異體應該是可信的，也可以得到簡文用例的證明。

藏，簡文寫作「」，隸定為「藏」，見於上博簡。

（1）藏於頒，凶。　　　　　　　　　　　　上・三・周易・三八
（2）姤：女藏，毋用取女。　　　　　　　　上・三・周易・四〇
（3）拯馬藏，吉，悔亡。　　　　　　　　　上・三・周易・五四

　　簡文中「藏」皆記錄語詞「壯」。濮茅左注曰：「同『藏』，讀為『壯』，同聲符。『拯馬藏』，意以拯濟之馬，救天下之澳。」〔註58〕假「藏」為「壯」從音理上說是可能的。藏，陽部從母；壯，陽部莊母。韻部相同，聲紐上古音相近。就字形而言，「藏」與小篆「藏」近似，應即藏匿之「藏」的楚文字寫法。

壐，簡文寫作「」，隸定為「壐」，見於上博簡。

（1）壐辠則釋之以罰，小則贊之。　　　　上・五・季庚子問於孔子・二十
（2）壐辠刑之，小辠罰之。　　　　　　　上・五・季庚子問於孔子・二十二

　　濮茅左注曰：「『壐』，字亦見於《包山楚簡》（一七六、二〇五），從土，臧聲，讀為臧。《後漢書袁安傳》：『政號嚴明，然未曾以臧罪鞠人。』」〔註59〕

臧，簡文寫作「」，隸定為「臧」，見於楚帛書、包山、郭店、上博簡。

（1）臧嘉。　　　　　　　　　　　　　　　包・一六六
（2）出為令尹，遇楚臧也。　　　　　　　　郭・窮達以時・八
（3）魯臧公將為大鐘。　　　　　　　　　　上・四・曹沫之陣・一

〔註57〕李守奎：《上海博物館藏戰國楚竹書（一～五）文字編》，作家出版社 2008 年版，第 34 頁。

〔註58〕馬承源主編：《上海博物館藏戰國楚竹書》（三），上海古籍出版社 2003 年版，第 210 頁。

〔註59〕馬承源主編：《上海博物館藏戰國楚竹書》（五），上海古籍出版社 2005 年版，第 231 頁。

（4）不臧（臧）凶。　　　　　　　　　　上・三・周易・七

　　簡文中的「臧」，包山簡多用作人的姓氏或人名，上博簡則多用來記錄莊王、莊公之「莊」。上博《曹沫之陣》「臧」出現二十二次，皆記錄莊公之「莊」。李守奎謂：「楚文字之『臧』與《說文》之『臧』功能相同。」〔註60〕《說文》：「臧，善也。從臣，戕聲。」段玉裁：「凡物善者，必隱於內也。以從艸之藏爲藏匿字，始於漢末。改易經典，不可從也。又贓私字，古也用臧。」段氏認爲藏匿之「藏」，貪贓枉法之「贓」，上古皆寫作「臧」。我們不得不爲段氏的卓識而折服，戰國秦系文字藏匿之「藏」，贓私之「贓」都寫作「臧」。直至馬王堆簡帛，「藏」也還寫作「臧」。

　　至於楚文字「臧」，形體與小篆「臧」近似，但它的功能是否與其相同我們很難做出判斷。目前所見楚簡材料中「臧」字既沒有「善」的意思，也沒有「藏」和「贓」的用法。

　　楚文字藏匿之「藏」雖然有多種不同的寫法，但它們都是在「臧」的基礎上添加義符而形成的。添加「宀」、「貝」、「土」、「艸」等符號，從而形成了「寑」、「賷」「壁」、「藏」多種寫法。

附：「寑」、「藏」、「賷」「壁」、「臧」分佈及出現次數

	帛	五	仰	包	郭	上（一～七）	合　計
臧	1			20	2	22	43
賷		1	1		2	2	6
藏				2	1	3	6
壁				2		2	4
寑						1	1

第三節　文獻或辭書中不同的字楚文字爲異體關係

　　本節論述的楚系文字中的異體字，都可以在傳世文獻或古代辭書中找到相對應的字形。不過在傳世文獻中它們的用法有所不同，或者根據古代辭書的解

〔註60〕李守奎：《上海博物館藏戰國楚竹書（一～五）文字編》，作家出版社 2008 年版，第 165 頁。

釋它們的意義也有所差別。對於這種情況，我們堅持認爲：既然我們現在討論的是楚系文字的異體字，就不能僅僅依靠傳世文獻和古代辭書來進行判斷，哪怕它是多麼的具有權威性。我們必須要立足於楚系文字的本身，始終把它看作是一個完整的系統。作爲一個系統，它就肯定具有一些在文字的形體以及使用方面的特點。正是這些細微的特點，才構成了楚系文字有別於其他系屬文字的特質。判斷一組字是否構成異體關係，我們除了要參考傳世文獻或古代辭書外，更爲重要的是要根據它們在簡帛材料中的實際使用情況來做出判斷。因爲只有這樣作出的判斷，才有可能接近事實的眞相。

一、「喜」與「憙」

喜，簡文寫作「![喜]」，見於包山、新蔡簡。

（1）喜君司敗卜善受期。	包・五四
（2）喜人之州加公黃監。	包・一六三
（3）喜池人宋丹。	包・一七〇
（4）將又喜。	新甲三・二五

包山簡中「喜」的用法較爲固定，都用來記錄地名、人名。作爲地名時又寫作從「邑」、「喜」聲之「![字]」（包・二〇）。新蔡簡則用來表示喜事之「喜」。

憙，簡文寫作「![憙]」，見於天星觀、望山、包山、郭店、新蔡、上博簡。

（1）憙之子庚一夫居鄢里。	包・七
（2）至九月，憙雀立（位）。	包・二〇四
（3）三歲之中將有大憙於王室。	天卜
（4）憙怒哀悲之氣。	郭・性自命出・二
（5）玄憙之迷。	新甲三・三一四

《說文》：「喜，樂也。從壴，從口。」「憙，說也。從心、喜，喜亦聲。」段玉裁：「說者，今之悅字。樂者，無所箸之詞；悅者，有所箸之詞。『口』部嗜下曰：『憙欲之也』，然則憙與嗜義同，與喜樂義異。淺人不能分別，認爲一字，喜行而憙廢矣……古有通用喜者。」按照我們的理解，段氏所作的分別在於，「喜」即是高興的意思，而「憙」則是喜歡的意思，一爲形容詞，一爲動詞。

古代辭書中對兩字所作區分，並不一定能代表歷史上文字實際使用的狀況，正如段氏所說，傳世典籍中多「通用喜」。傳世典籍中通用「喜」，這也間接說明了傳世文獻中「喜」、「憙」在歷史上沒有什麼分別。

　　楚文字中的「喜」、「憙」的關係與傳世文獻相比可能比要複雜一些。從地域上看，同時出現「喜」、「憙」的只有包山、新蔡簡，使用情況也略有差異。新蔡簡「又喜」、「玄憙」中的「喜」與「憙」在意義上沒有分別，「喜」、「憙」互用。而在包山簡中「喜」、「憙」似乎有所分別，表示地名的可以寫作「喜」、「憙」，表示喜樂之「喜」只用「憙」。這種不同地域用字的分歧，正是一種文字體系內部差異性的具體表現。從整個楚系簡帛來說，表示喜樂之「喜」多寫作「憙」。如果忽略包山簡的微殊，將「喜」、「憙」看作一字異體也未嘗不可。從下表中可以看出：作為異體字，楚文字「憙」的分佈範圍比「喜」廣，出現的頻率也比「喜」要高。

附：「喜」、「憙」分佈及出現次數

	望	天卜	包	郭	上（一～七）	新	合　計
喜			6		2	3	11
憙	3	12	6	9	12	1	43

二、「桓」與「豆」

豆，簡文寫作「豆」，見於信陽、望山、郭店簡。

（1）亓木器：杯豆卅=，杯卅=。　　　　　　　　信二・八

（2）亓木器：八方琦，廿=豆。　　　　　　　　　信二・二六

（3）四皇俎，四皇豆。　　　　　　　　　　　　望二・四五

桓，簡文作「桓」，見於楚帛書及包山、郭店、上博簡

（1）四會桓，四皇桓，一飤桓。　　　　　　　　包・二六六

（2）剛之桓（柱）也，剛取之也。　　　　　　　郭・性自命出・八

（3）毋茍賢，毋向桓（鬪）。　　　　　　　　　上・三・彭祖・八

　　例（2）假「桓」為「柱」，例（3）假「桓」為「鬪」。桓，侯部定母；柱，侯部定母；鬪，侯部端母。韻部相同，聲紐相同或相近。

《說文》：「豆，古食肉器也。」「桓，木豆謂之桓。」段玉裁注曰：「豆本爲瓦器，故木爲之則異其字。」王筠說：「《說文》及《玉篇》皆曰『木豆謂之桓』，即本之《爾雅》。合下文『竹豆謂之籩』、『瓦豆謂之登』而讀之，似豆爲三器之總名，而桓、籩、登爲三器之專名者，然非也。今本作『木豆謂之豆』者是，蓋古人先以木爲之，名曰豆，後人乃以竹及瓦放豆形而爲之，而殊別其名。」〔註61〕豆，作爲一種器皿其最初的材質究竟是陶還是木，我們現在已經很難辨明了，因爲考古發掘出土的「豆」既有陶質的，也有木質的。

《說文》所謂的「豆」與「桓」的分別對於楚文字來說，恐不盡然。信二·簡八「亓木器：杯豆卅=」，「杯豆」皆爲木質，亦寫作「豆」。就楚文字而言，「豆」、「桓」沒有所謂的瓦質、木質的區別，應是異體字。「豆」、「桓」的區別，恐怕主要是由地域不同造成的。

附：「豆」、「桓」分佈及出現次數

	信	望	包	郭	上（一～七）	合　計
豆	4	1		1		6
桓			4	1	1	6

三、「亞」與「惡」

亞，簡文多寫作「」，見於天星觀、九店、包山、郭店、新蔡、上博簡。

（1）將有亞（惡）於車馬下之人。　　　　　　天卜

（2）少有亞（惡）於王事，且有憂於躬身。　　包·二一三

（3）亞（惡）亞（惡）如亞（惡）《巷伯》。　郭·緇衣·一

（4）中期君王有亞（惡）於外◺　　　　　　　新乙四·二三

（5）能大其美而小其亞（惡）。　　　　　　　上·一·緇衣·四

簡文「亞」皆記錄語詞「惡」。《說文》：「亞，醜也。象人局背之形。賈侍中說以爲次弟也。」「惡，過也。」亞之「醜」義應該是字的本義，段玉裁：「此亞之本義。亞與惡音義皆同，故《詛楚文》『亞駝』，《禮記》作『惡池』，

〔註61〕王筠：《說文釋例》，中華書局 1987 年版，第 179 頁。

《史記》盧綰孫他之封惡谷，《漢書》作『亞谷』。」至於「以爲次弟」之義，則屬文字的假借。從楚系文字和秦系文字使用來看，楚文字「亞」即「惡」字。

惡，簡文寫作「」，見於天星觀、郭店、上博簡。

（1）且又惡於東方。　　　　　　　　　　　　　天卜
（2）惡生於眚，怒生於惡。　　　　　　　　　　郭・語叢（二）・二五
（3）謹惡以御民淫，則民不惑。　　　　　　　　上・一・緇衣・四
（4）君子之友也有向，其惡也有方。　　　　　　上・一・緇衣・二二
（5）堅而惡惡不著也。　　　　　　　　　　　　上・一・緇衣・二三

　　楚文字「惡」字也都是記錄語詞「惡」，與「亞」應該是異體字。從楚簡材料看，語詞「惡」以寫作「亞」爲常見。「亞」出現的頻率要比「惡」高得多，「亞」出現八十九次，「惡」只出現十一次，且「惡」只出現於天星觀、郭店《語叢》（二）和上博《緇衣》中。

　　可惡、厭惡與人們的心理活動有關，在「亞」字之上添加義符「心」也爲自然而然的事了。至於楚簡中「惡」，周波認爲它的寫法可能受了齊系文字的影響。他說：「《古文四聲韻》引《古孝經》『惡』作『亞』。郭店《語叢二》簡25、上博《緇衣》簡4、簡22用『惡』表示『惡』。其中《語叢二》簡25作，所從『亞』字寫法與楚文字一般作（包山簡 174，簡 213）不合，可能反映了齊文字的特點。」〔註62〕

附：「亞」、「惡」分佈及出現次數

	天　卜	包	郭	上（一～七）	新	合　計
亞	4	7	33	44	1	89
惡	3		2	6		11

〔註62〕周波：《戰國時代各系文字——間的用字差異現象研究》，復旦大學 2008 年博士學位論文，第 124 頁。

四、「食」與「飤」

食，簡文寫作「」，見於信陽、天星觀、包山、新蔡簡。

（1）一瓶食醬。	信二・二一
（2）酉（酒）食。	天卜
（3）食室之金器。	包・二五一
（4）酉（酒）食。	新乙四・八〇

飤，簡文寫作「」，見於望山、天星觀、九店、包山、郭店、新蔡、上博簡。

（1）飤室之飤。	包・二五五
（2）酉（酒）飤。	天卜
（3）三人之飤。	新甲三・二五五
（4）居又飤。	九 M56・三五
（5）◢飤肉如飯土。	上・五・弟子問・八

　　據後世的文字使用，「食」、「飤」的詞義、詞性都有區別。《說文》：「食，△米也。」「飤，糧也。」段玉裁注曰：「△，集也，集眾米而成食也。引申之人用供口腹亦謂之食，此其相生之名義也。」〔註63〕段氏認爲「食」兼有名詞、動詞兩種用法，並認爲小篆「飤」可刪。他說：「以食食人物，其字作食，俗作飤，或作飼，經典無飤。此篆淺人所增，故非其次。釋爲「糧也」又非，宜刪。」〔註64〕

　　天星觀簡文中「酉（酒）食」之「食」又寫作「飤」，包山簡「食室」之「食」也寫作「飤」，「食」、「飤」意義與用法應該是沒有區別的。由此看來，楚文字「食」、「飤」應該是一字異體。李守奎謂：「楚之飤皆讀爲食，當即飲食之食。」〔註65〕從傳世文獻和出土文字材料看，段氏認爲篆文「食」、「飤」意義、用法沒有區別，無疑是正確的。但他以古代經典無「飤」爲依據，說篆文「飤」爲「淺人所增」似乎過於武斷。戰國楚文字已經有「飤」，可見其來已久。從統計結果來看，楚文字名詞食物之「食」、動詞食飯之「食」以寫作「飤」爲常見，「食」主要出現於新蔡簡。

〔註63〕段玉裁：《說文解字注》，上海古籍出版社 1981 年版，第 218 頁。

〔註64〕段玉裁：同上，第 220 頁。

〔註65〕李守奎：《楚文字編》，華東師範大學出版社 2003 年版，第 317 頁。

附：「食」、「飤」分佈及出現次數

	信	望	九 M56	包	上（一～七）	新	合　計
食	1			1		9	11
飤		6	6	24	6		42

五、「貨」與「賵」

貨，簡文寫作「」，見於九店、郭店、上博簡。

（1）內（入）貨，吉。　　　　　　　　　　　九 M56・二九

（2）利以取貨於人之所。　　　　　　　　　　九 M56・四二

（3）不貴難得之貨。　　　　　　　　　　　　郭・老子（丙）・一三

（4）毋愛貨資子女。　　　　　　　　　　　　上・四・曹沫之陣・一七

　　賵，簡文寫作「」，隸定為「賵」，僅見於郭店簡。

　　語叢（三）・簡六〇：「內（納）賵也，豊必廉」。簡文「賵」記錄語詞「貨」。《說文》：「貨，財也。從貝，化聲。」「賵，資也。從貝，為聲。或曰，此古貨字。」段玉裁：「按，為、化二聲同在十七部。貨古作賵，猶訛、譌通用耳。」〔註66〕從楚簡用例看，「賵」為「古貨字」之說不為無據。楚文字「賵」、「貨」為一字異體的可能性很大。不過在楚文字中，貨物之「貨」以寫作「貨」為常見，應該是楚文字一個常用字。

附：「貨」、「賵」分佈及出現次數

	九 M56	郭	上（一～七）	合　計
貨	7	3	3	13
賵		1		1

六、「佘」與「會」

佘，簡文寫作「」，見於包山、郭店、上博簡。

（1）佘之正國執僕之父。　　　　　　　　　包・一三五

（2）神明復相輔也，是以成佘陽。　　　　　郭・太一生水・二

〔註66〕段玉裁：《說文解字注》，上海古籍出版社 1981 年版，第 279 頁。

（3）利木会者，不折其枝。　　　　　　郭・語叢（四）・一六、一七

（4）乃辨会易之氣而聽其訟獄。　　　　上・二・容成氏・二九

　　楚文字文字編一般將「会」置於字頭「黔」下。《說文》：「黔，雲覆日也。從雲，今聲。𡬌，古文黔省。」楚文字「会」的形體與《說文》古文同，都是從「云」、「今」聲的形聲字。段玉裁：「今人陰陽字，小篆作黔易。黔者，雲覆日。易者，旗開見日。引申爲兩儀字之用，今人作陰陽，乃其中之一耑而已。」〔註67〕簡文「会」記錄：① 兩儀之一，例（2）、（4）。② 太陽照不到的地方，例（3）。③ 地名。作爲地名應爲假借用法，同一地名又寫作從「邑」、「会」聲的「𨞙」（包・一三七）。

「會」，簡文作「𣇄」，隸定爲「會」，見於九店簡。

（1）是謂會日。　　　　　　　　　　　九M56・二九

（2）﹨會陽。　　　　　　　　　　　　九M56・九六

　　「會」，楚文字編一般置於字頭「陰」下。《說文》：「陰，闇也，水之南山之北也。從阜，会聲。」段玉裁：「自漢以後通用此爲黔字。」〔註68〕從簡文材料看，楚文字「會」的語義與「会」沒有什麼差別。九M56・簡二九「會日」正是「雲覆日」的意思。楚文字「會」從日、含（今）聲，在形體上與「陰」沒有關聯，在意義上與「会」也沒有差別，把「会」、「會」分別置於不同的字頭之下，且不作任何說明，不夠嚴謹。無論就楚文字「会」、「會」的實際使用情況，還是就歷史上「黔」、「陰」分合情況看，我們認爲有理由把楚文字「会」、「會」看作異體字。既然它們是異體字，也就沒有必要分列兩個字頭。由於它們形體與「黔」的古文相同或相近，我們覺得把它們放在字頭「黔」下較妥。

附：「会」、「會」分佈及出現次數

	九M56	包	郭	上（一～七）	合　計
会		7	6	5	18
會	3				3

〔註67〕段玉裁：《說文解字注》，上海古籍出版社1981年版，第575頁。

〔註68〕同前，第731頁。

七、「谷」、「欲」、「慾」與「㥮（㤅）」

谷，簡文寫作「」，見於郭店、上博簡。

（1）我谷（欲）不谷（欲）而民自樸。	郭・老子（甲）・三二
（2）凡憂患之事谷（欲）任，樂事谷（欲）後。	郭・性自命出・六二
（3）慮谷（欲）淵而毋異。	上・性情論・一七
（4）卒谷（欲）少以多。	上・四・曹沫之陣・四六（下）
（5）吾谷（欲）一聞三弋之所。	上・四・曹沫之陣・六四

　　楚文字中「谷」皆記錄語詞慾望之「欲」。《說文》：「谷，泉出通川爲谷。從水半見出於口。」楚文字「谷」與小篆「谷」意義全然不同，楚文字谿谷之「谷」一律寫作「浴」。簡文「谷」實即楚文字「欲」字。

欲，簡文寫作「」，見於信陽、天星觀、九店、郭店、上博簡。

（1）大欲貴□	信一・二六
（2）不欲食。	天卜
（3）今日某將欲飲。	九 M56・四三
（4）視素抱樸，少私寡欲。	郭・老子（甲）・二
（5）欲行之不能，欲去之不可。	上・五・君子爲禮・三
（6）以不能事君，天下爲君者，誰欲蓄女才？	上・五・姑成家父・四

　　《說文》：「欲，貪欲也。從欠，谷聲。」段玉裁謂：「古有欲字，無慾字。後人分別之，製慾字，殊乖古義。《論語》『申棖之欲』、『克伐怨欲』之『欲』，一從心，一不從心，可徵改古者未能畫一矣。《易》曰：『君子以懲忿窒欲。』陸德明曰：『欲，孟作谷。』晁說之曰：『谷，古文欲字。』晁氏所據《釋文》不誤，今本改爲『孟作浴』，非也。」〔註69〕證之以戰國楚文字，段氏關於《經典釋文》「谷」、「浴」之辨正，確爲不刊之論。至於他說古代沒有「慾」字，後人爲了分化「欲」字的職能而「製慾字」，在今天看來恐與事實不符，戰國楚簡中已經有「慾」字，可見其由來已久，並非後人所造。

〔註69〕段玉裁：《說文解字注》，上海古籍出版社 1981 年版，第 411 頁。

慾，簡文寫作「」，僅見於見於上博簡《亙先》。

（1）求慾自復。　　　　　　　　　　　　上・三・亙先・三（正）

（2）復其所慾。　　　　　　　　　　　　上・三・亙先・五

　　《說文》未收「慾」，《廣韻・燭韻》：「慾，嗜慾。」《論語・公冶長》「棖也慾，焉得剛？」《說文》無論是在文字學，還是在訓詁學上的地位是毋庸置疑的。但也造成了一種傾向，就是一切以《說文》爲準繩。《說文》未加收錄的字，不是說後人所造，就是視爲俗體。《說文》加以分別的字，總是覺得在古代一定是有所區別的。現在大量的出土文字材料證明：《說文》未收之字，在古代不一定就沒有出現過；《說文》加以區分的字，在有些系屬文字中可能僅僅是異體字的關係。

惢，簡文寫作「」，隸定為「惢」，僅見於郭店簡《緇衣》。

（1）故君民者，章好以視民惢。　　　　　郭・緇衣・六

（2）心好則體安之，君好則民惢之。　　　郭・緇衣・八

惢，簡文寫作「」，隸定為「惢」，只見於郭店簡《語叢（二）》。

（3）惢生於眚，慮生於惢。　　　　　　　郭・語叢（二）・一〇

（4）貪生於惢，倍生於貪。　　　　　　　郭・語叢（二）・一三

（5）侵生於惢。　　　　　　　　　　　　郭・語叢（二）・一七

　　「惢」、「惢」在簡文中都是記錄語詞「欲」。劉釗謂：「『惢』即『欲』字古文。」[註70]「『惢』字從『』從『心』，『』乃『谷』之初文，讀爲『欲』。」[註71]

　　郭店、上博簡中語詞欲望之「欲」共出現九十二次：其中寫作「谷」的四十九次，占53%；寫作「欲」的爲三十三次，約占36%。由此可以看出，語詞「欲」楚文字以寫作「谷」、「欲」爲常見。在同一篇章中「谷」、「欲」一般不會同時出現，唯一的例外是郭店《老子（甲）》。「惢」、「惢」、「慾」不僅出現的頻率很低，三者一共只占 11%，而且只出現在特定的篇章。「惢」只出現於郭店《緇衣》，「惢」只出現於郭店《語叢（二）》，「慾」只出現於上博《亙先》。

〔註70〕劉釗：《郭店楚簡校釋》，福建人民出版社 2003 年版，第 54 頁。

〔註71〕劉釗：同前，第 201 頁。

　　就整個楚簡使用而言，據我們觀察，「谷」、「欲」「㳄」、「㝈」、「慾」在語義、語法功能上應該沒有什麼分別。郭店《老子（甲）》中「谷」、「欲」互見，「欲」出現兩次，用作名詞，語義爲嗜欲、慾望；「谷」出現七次，用作動詞，語義爲想要、希望；書寫者似乎有意識的進行分別。不過在《老子（丙）》中兩次出現的「欲」又都用作動詞，且上博簡「欲」絕大多數情況下也用作動詞。就「谷」、「欲」整體使用看，我們認爲這兩個字應該是異體字。「㳄」、「慾」出現得太少，統計結果不一定能反映客觀事實，而且它們既可用作動詞，也可用作名詞。「㝈」在《語叢（二）》中出現六次，皆用作名詞，語義爲慾望、嗜欲。但是這並不就意味著它只是專門記錄慾望之「慾」，因爲在同一篇章中沒有出現動詞性的語詞「欲」，我們不能斷定動詞就不寫作「㝈」。不能斷定動詞就不寫作「㝈」，也就不能認爲「㝈」只記錄名詞「慾望」。由此，我們認爲楚文字「谷」、「欲」「㳄」、「㝈」、「慾」應是一字異體。

附：「谷」、「欲」「㳄」、「㝈」、「慾」在郭店、上博簡中出現次數

	谷	欲	㳄	㝈	慾
郭　店	28	4	2	6	
上　博	21	29			2
合　計	49	33	2	6	2

八、「屮」、「艸」與「卉」

屮，簡文寫作「」，見於上博簡。

（1）唯在屮茅之中，句賢▱〔註72〕　　　　　　郭·六德·一二

　　《說文·屮部》：「屮，艸木初生也，象丨出形有枝莖也。古文或以爲艸字。讀若徹。」「古文」以「屮」爲「艸」在楚文字資料中得到了文用例看，「屮」的確是記錄語詞「艸」的。不僅楚系簡帛中有此用例，古代典籍也有相同的用法，《荀子·富國》：「刺屮殖穀，多糞肥田，是農夫之事也。」楊倞注：「屮，古草字。」商承祚《《說文》中之古文考》：「《石經·春秋經》：

〔註72〕劉釗注：「屮」爲「艸」字初文。見《郭店楚簡校釋》，福建人民出版社2003年版，第112頁。

『隕霜不殺艸』，艸之古文作屮。案，屮、艸本一字。初生爲屮，蔓延爲艸。」〔註73〕

　　從文字構形上說，從屮、從艸的字每每無別。《說文・屮部》「毒」，古文從「艸」。「岽」，或體從「艸」。楚文字亦如此，從「屮」、從「艸」常常構成一字異體。如「藥」、「芒」，既可以從「艸」寫作「」（上・周易・二一）、「」（信二・二三），又可以從「屮」寫作「」（郭・五行・六）、「」（郭・緇衣・九）。就楚系文字而言，「屮」實即楚文字「艸」。

艸，簡文寫作「」，見於信陽簡。

（1）一艸齊秋之會，帛裏，組緣。　　　　　　信二・五

（2）一艸罷錦……　　　　　　　　　　　　　信二・一九

卉，簡文寫作「」，隸定為「卉」，見於楚帛書、上博簡。

（1）卉（草）木民人。　　　　　　　　　　　帛・乙・五・一六

（2）堯之取舜也，從者卉（草）茅之中。　　　上・二・子羔・五正

（3）舜受命，乃卉（草）備，箁箸冒。　　　　上・二・容成氏・十五

（4）卉（草）木須時而後奮。　　　　　　　　上・五・三德・一

（5）水奚得而清？卉（草）木奚得而生？　　　上・七・凡物流形（甲）・一二

　　上述簡文中的「卉」皆記錄語詞「草」。《說文》：「卉，艸之總名也。從艸、屮。」段玉裁在「艸」下注曰：「卉下曰『艸之總名也』，是謂轉注。二艸、三艸，一也。」揆之於楚系簡帛，段氏確有灼見。「屮」、「艸」、「卉」在《說文》中被看成是三個不同的字，但從許慎的解釋來看它們的語義並沒有多大的差別。從楚簡使用情況來，看並結合古代典籍的一些用例，楚文字「屮」、「艸」、「卉」雖形體繁簡不同，然而意義卻沒有差別，應該是一字異體，實即楚文字「草」的不同寫法，其中以寫作「卉」爲常見。

附：「屮」、「艸」、「卉」分佈及出現次數

	帛	信	郭	上（一〜七）	合　計
屮			1		1

〔註73〕商承祚：《〈說文〉中之古文考》，上海古籍出版社 1983 年版，第 8 頁。

艸		2			2
卉	2			7	9

九、「矣」與「壴」、「歖（欯）」、「歖」

矣，簡文寫作「矣」，見於郭店、上博簡。

（1）臨事之紀：慎終如始，則無敗事矣。	郭・老子（甲）・一一
（2）教其正，不教其人，正弗行矣。	郭・尊德義・一九
（3）多言難而悁退者也，衰矣少矣。	上・一・孔子詩論・三

《說文》：「矣，語已詞也。從矢，吕聲。」

壴，簡文寫作「壴」，隸定為「壴」，見於曾侯乙墓鐘、磬以及包山、郭店、上博簡。

（1）慎終若始，則無敗事壴（矣）。	郭・老子丙・一二
（2）人不慎斯有過，信壴（矣）。	郭・性自命出・四九
（3）君子不啻明乎民微而已，或以智其弌壴（矣）。	郭・六德・三八、三九
（4）若夫老老慈幼，既聞命壴（矣）。	上・三・中弓・八
（5）子曰：貧賤而不約者，吾見之壴（矣）。	上・五・弟子問・六

　　簡文中「壴」皆記錄語氣詞「矣」。《說文・壴部》：「壴，陳樂立而上見。從屮、豆。」也就是我們通常所說的陳列樂器。有學者認為古文字「壴」是「鼓」的初文。無論是壴，還是壴（鼓），在語音上與「矣」都有不小的差別。壴，侯部初母；鼓，魚部見母；矣，之部匣母；韻部不同，且聲紐有別。可見楚文字「壴」與篆文「壴」應該不是同一個字。

　　劉釗認為：「『壴』讀為『矣』，『壴』為『喜』字之省，古音『喜』在曉紐之部，『矣』在匣紐之部，聲為一系，韻部相同，故可相通。」〔註74〕假「壴（喜）」為「矣」，從音理上說是可以的。可問題在於楚文字「壴」究竟是不是「喜」的省略，受文字材料的限制我們現在沒有辦法探究和證明，因為楚簡中「喜」不寫作「壴」。但我們至少可以肯定楚文字「壴」、「矣」的讀音應該很相近。楚文字「壴」出現的頻率並不低，也不止出現於簡文的某一篇章，在沒有新材料否

〔註74〕劉釗：《郭店楚簡校釋》，福建人民出版社2003年版，第41頁。

定的情況下，我們認爲可以暫時把它看作是「矣」的異體字。由楚文字「壴」的字形、字音，我們想到楚文字「喜」也許可以作一番重新分析。據《說文》，篆文「喜」從壴、口，是一會意字。楚文字「喜」也許可以重新分析爲從「口」、「壴」聲的形聲字。

歖，簡文寫作「🔲」，隸定爲「歖」，見於上博簡。

（1）☐弗王，善歖（矣），夫安能王人。　　　　　　　上・五・弟子問・一七
（2）皆可以爲諸侯相歖（矣）。　　　　　　　　　　　上・五・弟子問・一八

　　李守奎謂：「讀爲『矣』，疑爲『矣』之或體。」〔註75〕從文字構成上說，楚文字「歖」應該是在「壴」的形體上增加義符「欠」產生的。古文字語氣詞後來往往添加「口」，而義符「口」和「欠」常常相通。「歖」應即「壴」的異體，當然也就是「矣」的異體。

歖，簡文寫作「🔲」，見於郭店簡。

（1）必正其身，然後正世，聖道備歖。　　　　　　　郭・唐虞之道・三
（2）縱仁、聖可牙（與），時弗可及歖。　　　　　　郭・唐虞之道・一五

　　《說文》：「歖，卒喜也。從欠、從喜。」〔註76〕王筠：「欠部之歖之本作歖。」〔註77〕「欠部之歖本不與喜之古文歖同，毛本刪改爲一字，非也。」〔註78〕我們認爲篆文中的「歖」、「歖」應該都是「喜」的異體。即便如此，我們也很難說楚文字「歖」、「歖」就一定是「喜」的異體。因爲二者屬於不同的文字系屬，在楚簡材料中語詞「喜」，只寫作「喜」或「憙」，從不寫作「歖」、「歖」。語氣詞「矣」可以寫作「歖」、「歖」，確從不寫作「喜」或「憙」。如果我們說楚文字「歖」、「歖」是「喜」的異體，那麼，它們只用來記錄語氣詞「矣」而不記錄語詞「喜」就令人費解了。我們認爲「歖」應即「歖」的繁化，左旁「喜」下之「口」可以視爲加符。

〔註75〕李守奎：《上海博物館藏戰國楚竹書（一～五）文字編》，作家出版社 2008 年版，第 428 頁。

〔註76〕段玉裁：《說文解字注》，上海古籍出版社 1981 年版，第 412 頁。

〔註77〕王筠：《說文釋例》，中華書局 1987 年版，第 431 頁。

〔註78〕王筠：同前，第 333 頁。

　　惢，爲楚文字「疑」，記錄語氣詞「矣」應屬於假借，可以不列入討論的範圍。從使用的頻率看，「矣」、「壴」使用得多，而「歈」、「歆」使用得少。從篇章分佈上看，「歈」只出現於郭店《唐虞之道》，「歆」只出現於上博《弟子問》，而「矣」、「壴」在上博、郭店許多篇章中都有出現。「矣」、「壴」、「歈」和「歆」在分佈上構成嚴格的互補關係，同一篇章中從不交叉使用。

附：語氣詞「矣」在郭店簡中用字差異及出現次數

	矣	壴	歈	惢
老甲、乙・緇・窮・魯・語二	19			
老丙・性・六		15		
成之聞之				14
唐虞之道			4	

一○、「凶」與「兇」

凶，簡文寫作「」，見於楚帛書、上博簡。

（1）不可以言祀，凶。　　　　　　　　　　　帛・丙・五

（2）訟又孚，窒惕，中吉，終凶。　　　　　　上・三・周易・四

（3）高昜曰：「毋凶備（服）以言祀。」　　　上・五・三德・九

兇，簡文寫作「」，見於九店、上博簡。

（4）利以解兇。　　　　　　　　　　　　　　九 M56・二八

（5）蔑師見兇。　　　　　　　　　　　　　　上・五・鬼神之明・六

（6）欲勝志則兇。　　　　　　　　　　　　　上・七・武王踐阼・一四

　　《說文》：「凶，惡也。象地穿交陷其中也。」「兇，擾恐也。從儿在凶下。」根據《說文》的解釋，「凶」、「兇」兩字的語義、用法都有所不同。《說文》中的這種分別恐怕更多地是從二者的形體差別所作的，揆之於傳世典籍和出土文獻的用例，這種分別實屬勉強。

　　古代典籍中，恐懼之聲的「兇」可以寫作凶惡之「凶」，《國語・晉語一》：「敵入而凶，求敗不暇，誰能退敵？」章昭注曰：「凶，猶凶凶，恐懼也。」吉凶、凶惡之「凶」也可以寫作「兇」，《世說新語・自新》：「周處年少時，兇彊

俠氣，爲鄉里所患。」其「兇彊」之「兇」乃爲「凶惡」義。由此而言，《說文》中的「凶」、「兇」實爲異體字。

楚系簡帛中的「凶」、「兇」共出現三十七次，其中「凶」二十八次、「兇」九次，都是用來記錄語詞吉凶之「凶」的。我們就更有理由認爲是一對異體字，而無勞假借。從分佈上看，楚帛書只寫作「凶」，九店簡只寫作「兇」，上博簡則「凶」、「兇」互現，而以寫作「兇」爲常見。

不僅在戰國楚系文字中「凶」、「兇」二字沒有分別，就是在馬王堆簡帛中「凶」、「兇」語義、用法也是完全相同的。馬・易之義・二七：「恒躍則凶。」馬・老子（甲）・一二三：「妄作兇。」吉凶之「凶」，既可以寫作「凶」，也可以寫作「兇」。綜上所述，無論是古代典籍，還是出土簡帛中的「凶」、「兇」當屬一字異體。

附：「凶」、「兇」分佈及出現的次數

	帛	九	上（一〜七）	合　計
凶	5		23	28
兇		3	6	9

十一、「彊」、「弜」與「弱」、「㢓」

彊，簡文寫作「**🖋**」，見於郭店簡。

（1）彊之柱也，彊取之也。　　　　　　　　　　　郭・語叢（三）・四六

（2）思亡彊，思亡期。　　　　　　　　　　　　　郭・語叢（三）・四八

簡文「彊」從「弓」、「畺」聲。《說文》：「彊，弓有力也。從弓，畺聲。」段玉裁注曰：「引申爲凡有力之稱，又叚借爲弜迫之弜。」按照《說文》的解釋，「彊」應該是彊大、彊弱的本字。例（1）中兩個「彊」，劉釗讀爲「剛」。他說：「『彊』讀爲『剛』，古『彊』、『剛』音義皆近，『彊』、『強』古通，而《說文》剛字古文即借『強』字爲之。《說文》：『剛，彊也。』楚簡《性自命出》中有『彊（剛）之柱也，剛取之也；柔之約也，柔取之也。』所言與此簡文相同。此即《荀子勸學》的『強（剛）自取柱，柔自取束』。」〔註79〕《說文》：「剛，彊斷

〔註79〕劉釗：《郭店楚簡校釋》，福建人民出版社 2003 年版，第 218 頁。

也。從刀，岡聲。，古文剛如此。」既然「彊」、「剛」音義皆近，讀如本字「彊」沒有什麼不妥，我們認為沒有改讀的必要。

弜，簡文寫作「」，隸定為「弜」，見於天星觀、包山、郭店、上博簡。

（1）以道佐人主者，不谷（欲）以兵弜天下。	郭・老子（甲）・六
（2）善者果而已，不以取弜。	郭・老子（甲）・七
（3）弜弱不辭揚，眾寡不聽訟。	上・二・容成氏・三六
（4）不反其本，唯弜之弗內之矣。	郭・成之聞之・一三

《說文》：「強，蚚也。從虫，弘聲。，籀文強，從蚰，彊聲。」據許慎之意，強的本義原為米中小蟲，後來假借為彊弱之「彊」。楚文字「弜」，不從「虫」，從「弓」，都是記錄語詞彊弱之「彊」，應即彊弱之「彊」的異體。

勥（勥），簡文寫作「」或「」，隸定為「勥」或「勥」，見於郭店、上博簡。

（1）心使氣曰勥。	郭・老子（甲）・三五
（2）▨於西北，其下高以勥。	郭・太一生水・一三
（3）未知其名，字之曰道，吾勥為之名曰大。	郭・老子（甲）・二二
（4）君子勥行以時名之至也。	上・二・從政（乙）・五
（5）先其欲，備其勥，牧其倦。	上・四・相邦之道・一

《說文》：「勥，迫也。從力，強聲。，古文從彊。」段玉裁注曰：「勥與彊義別。彊者，有力。勥者，以力相迫也。今則用強、彊而勥、勥廢也。」就楚系簡帛而言，我們認為楚文字「勥」、「勥」與「弜」沒有篆文「勥」、「彊」間的分別。從簡文材料看，「勥」、「勥」在語義和功能上與「弜」、「彊」是完全相同的，它們應該是異體字關係。「勥」、「勥」是在「弜」、「彊」上累加義符「力」而產生的。所謂的「彊」就是有力，在「弜」、「彊」基礎上添加義符「力」無非是為了突出文字的表意功能。楚文字氣力之「氣」可以寫作「劈」，負任之「任」可以寫作「妊」，也都從「力」。從出現的頻率看，楚文字彊弱之「彊」以寫作「弜」為常見。

附：「彊」、「強」「弜（弳）」分佈及出現次數

	彊	弜	弜（弳）
郭	3	10	7
上（一～七）		12	1
合　計	3	22	8

第四節　內部地域不同導致一字異體

　　戰國楚文字資料十分豐富，就出土地域而言範圍分佈也比較廣泛。地域的差異是造成楚文字一字多形的一個重要因素，深入研究楚系文字地域差異應該成爲楚文字研究今後的一個重要課題。這就要求我們在充分瞭解不同地域文字的構形特點、書寫習慣的前提下，運用比較、分析、綜合的手段來探索一些帶有規律性的東西，而不是簡單地羅列。就楚系文字內部來講，曾侯乙墓文字與楚地其他地域的文字差異較爲明顯。

　　一九七八年，在湖北隨縣擂鼓墩發現了曾侯乙墓，這是新中國考古史上的一個重大發現。據墓葬形制及隨葬物品考證，學者認爲曾國就是傳世文獻中的隨國。墓中出土了大量青銅禮器、兵器、石器以及竹簡，文字資料十分豐富。竹簡是曾侯乙墓所出文字材料最多的一種，有簡二百四十多支，約六千六百字，內容爲葬儀中所涉及的車、馬、兵、甲。據出土鎛鐘銘文「隹王五十又六祀，返自西陽，楚王酓章乍曾侯乙宗彝，奠之於西陽，其永時用享」，學者認爲此墓下葬的年代爲公元前四三三年或稍晚。其時曾國已經淪爲楚國的附庸，其文化不能不受楚國的影響，曾國文字也不例外。何琳儀說：「很多曾國文字實際就是典型的楚國文字。如『坪』作『▨』形，『間』作『▨』形，『新』作『▨』形。」〔註80〕

　　誠然，作爲楚系文字範圍內的曾國文字與楚國文字「同」是主要的，但是兩者間的差異也是隨處可見、不容迴避的客觀事實。蕭聖中說：「曾侯乙墓也有自己的一些特色，如與其他楚簡文字的簡化遠多於繁化的趨勢相比，曾文字簡省筆劃的字偏少，而增繁的字更多。另外，在偏旁選擇上，也更多地選擇繁複的偏旁。」〔註81〕我們認爲造成曾國文字與楚國文字差異的原因主要有兩點：一是時間的因

〔註80〕何琳儀：《戰國文字通論（訂補）》，江蘇教育出版社 2003 年版，第 168 頁。

〔註81〕蕭聖中：《曾侯乙墓竹簡釋文補正暨車馬制度研究》，武漢大學 2005 年博士學位論文，第 2 頁。

素。以曾侯乙墓文字資料爲代表的曾國文字，就時間而言屬於戰國早期，與楚地其他戰國中晚期簡帛資料相比，在時間上要早百餘年左右。就是同一地域的文字在經歷百餘年的演變也不能不發生一些變化，何況是不同地域不同時間層面的文字，其間的差異也就在所難免。一是文字間交融的結果。淪爲楚國附庸的曾國，其文字無疑會受到楚文字的影響，會自覺或不自覺地吸收一些具有楚國特色的書寫形式。但是作爲一種成熟體系的文字其自身又具有保守性和排他性，演變與保守、吸收與排斥相互作用，使曾國文字呈現出一些耐人尋味的文字交融現象。例如：與旌旗有關的文字，曾國文字和秦系文字一樣都是從「方人」的，而楚國文字有些並不從「方人」，而是從「羽」。曾國文字在保存原有表意偏旁「方人」的同時又吸收了楚文字成份作爲構字部件，如「旗」、「旌」、「㫃」等。

一、「羿」與「旗」、「旂」

羿，簡文寫作「羿」，隸定爲「羿」，見於天星觀、郭店、上博簡。

（4）☑豹裏之羿☑　　　　　　　　　　　　　天策

（5）槁木三年，不必爲邦羿。　　　　　　　郭・成之聞之・三〇

（6）東方之羿以日，西方之羿以月。　　　　上・二・容成氏・二〇

天星觀、郭店、上博簡語詞旗幟之「旗」共出現十次，皆寫作「羿」。「羿」是一個從「羽」、「丌」聲的形聲字。

旗（旂），簡文寫作「旗」、「旂」，隸定爲「旗」、「旂」，見於曾侯乙墓簡。

（1）其旗。　　　　　　　　　　　　　　　曾・六

（2）旂賠。　　　　　　　　　　　　　　　曾・八〇

旗幟之「旗」，曾國文字多寫作「旗」，字形可以分析爲從方人、從羿，羿亦聲。「旂」，從方人，丌聲，聲符「丌」應該是「羿」的省略形式。旗，篆文寫作「旗」，從方人、其聲。從地域分佈上看，簡文「羿」應是一典型的楚系文字形體。曾文字「旗」、「旂」是糅合了楚系、秦系文字構字偏旁而形成的。

附：「羿」、「旗」、「旂」分佈及出現次數

	曾	天策	郭	上（一～七）	合　計
羿		3	1	6	10

旝	15				15
斻	1				1

二、「翾」與「旍」

翾，簡文寫作「」，隸定為「翾」，見於望山、天星觀、包山簡。

（1）絑翾。　　　　　　　　　　　　　　　　　　天策

（2）秦高之翾。　　　　　　　　　　　　　　　　望・一三

（3）其上載：絑翾。　　　　　　　　　　　　　　包・二七六

望山、天星觀、包山簡旌旗之「旌」寫作「翾」，從「羽」、「青」聲。《集韻・清韻》：「旌，《說文》：『旌，游車載旌，析羽注旌首，所以精進士卒也。』又姓，或作𤕬。」揚之水謂：「旗的正幅，不用帛，而只用羽毛編綴，便是旌。……江蘇江陰高莊戰國墓出土刻紋銅器上的車，車後置旗，旗上置干旄，旗則是長長地三根飄帶，每根飄帶上都編綴著穗子似的羽毛，這旗，便是旌，便是羽旌。」[註82]馬王堆帛書旌旗之「旌」有寫作「旌」的，也有寫作「翾」的，而「翾」當是楚文字的孑遺。馬・十六經・一〇四：「翦其髮而建之天，名之曰〔蚩〕尤之翾。」

旍，簡文寫作「」，隸定為「旍」，見於曾侯乙墓簡。

（4）朱旍。　　　　　　　　　　　　　　　　　　曾・八二

旌，篆文寫作「」，從㫃、生聲。曾文字「旍」從「㫃」，「青」聲。「旍」是糅合了秦系文字構字偏旁「㫃」和楚文字「翾」的聲符「青」而成的。

附：「翾」、「旍」分佈及出現次數

	曾	天策	望	包	合　計
翾		1	2	6	9
旍	1				1

旍，曾侯乙墓簡寫作「」或「」，隸定為「旍」，楚系其他地域文字資料未見。

（1）紫旍。　　　　　　　　　　　　　　　　　　曾・七二

（2）朱旍。　　　　　　　　　　　　　　　　　　曾・一一五

〔註82〕揚之水：《詩經名物新證》，北京古籍出版社 2000 年版，第 463～465 頁。

　　篆文「旃」從「□」，「丹」聲。曾文字「旍」，字形可以分析為從「方へ」，「羿」聲。從曾文字「旍」、「𦀖」構形上看，而從羽、丹聲的「羿」極有可能就是楚國文字「旃」。

三、「帬」與「旆」、「轊」

帬，簡文寫作「𦀖」，隸定為「帬」，見於包山簡。

（3）一翌，其帬朮。　　　　　　　　　　　　包‧二六九

（4）二翌，二帬，皆朮。　　　　　　　　　　包‧二七三

　　包山簡釋文：「帬，讀如巾，似指矛鞘外包裹的巾。」[註83] 帬，讀如「巾」，恐不確。李家浩謂實即「旆」之楚文字寫法[註84]，可從。《說文》：「旆，繼旐之旗也，沛然而垂。從方へ，朮聲。」所謂「旆」指的是古代旌旗「旐」的末端用帛製成的的狀如燕尾的垂旒。《左傳‧定公四年》：「晉人假羽旄於鄭，鄭人與之。明日或旆以會。」孔穎達疏曰：「然則旐謂旐身，旆謂旐尾。晉人令賤人建此羽旄，施其旒旆於下，執之。」旆，即旌旗的一個組成部份。既然旌旗之「帬」從「羽」，那麼「旆」從「羽」也就不難理解了。

旆，簡文寫作「𣃦」，見於曾侯乙墓簡。

（1）右令建馭大旆。　　　　　　　　　　　　曾‧一（背）

（2）一杸，二旆，屯八翼之𩫏。　　　　　　　曾‧三

（3）一晉杸，二旆，屯八翼之𩫏。　　　　　　曾‧一四

　　「旆」在古代有兩個意義，一為兵車上所載的旆旗。《左傳‧宣公十二年》：「令尹南轅反旆。」杜預注：「旆，軍前大旗。」一為兵車之名。載有旆旗的兵車總是居於整個軍隊的前列，所以戰爭中居於前列的兵車亦可以稱為「旆」。《左傳‧哀公二年》：「吾車少，以兵車之旆與罕駟兵車先陳。」杜預注：「旆，先驅車也。以先驅車益以兵車以示眾。」曾文字「旆」既可以記錄旆旗之「旆」，也可以記錄兵車之「旆」。例（1）「大旆」即車名，簡一（正）作「右令建所乘大轊」。例（2）、（3）「二旆」即「旆旗」之「旆」。

〔註83〕湖北省荊沙鐵路考古隊：《包山楚簡》，文物出版社1991年版，第65頁注628。

〔註84〕李家浩：《包山楚簡中的旌旆及其他》，《著名中青年語言學家自選集李家浩卷》，安徽教育出版社2002年版，第204頁。

輈，簡文寫作「」，隸定為「輈」，見於曾侯乙墓簡。

（4）黃枎馭右彤輈。　　　　　　　　　　　　曾・三八

（5）左輈。　　　　　　　　　　　　　　　　曾・一四五

輈，從車、從㫃，應該是爲了專門記錄「㫃」的「先驅車」這一語義而造的一個分化字。如此而言，「㫃」與「㫃」爲異體字關係。即使在曾國文字層面，「㫃」與「輈」也不能看作是異體字。

附：「㫃」、「㫃」、「輈」分佈及出現次數

	曾	包	合　計
㫃		3	3
㫃	24		24
輈	11		11

四、「羄」與「翚」

羄，簡文寫作，隸定為「羄」，見於曾侯乙墓簡。

（1）羄頸。　　　　　　　　　　　　　　　　曾・九

（2）羄首。　　　　　　　　　　　　　　　　曾・八九

翚，簡文寫作，隸定為「翚」，見於信陽、望山、天星觀、包山簡。

（1）一司翚珥，一司齒珥。　　　　　　　　　信二・二

（2）翡翚之首。　　　　　　　　　　　　　　望・一三

（3）翚首。　　　　　　　　　　　　　　　　天策

（4）鬃翚之首。　　　　　　　　　　　　　　包・二六九

　　包山簡考釋曰：「翚，字從羽從首從辛。天星觀一號墓遺冊中，此字從羽從字從辛。古文字中從自與從首往往相通。讀作翠。『翚之首』指絑旌上的裝飾的翠鳥羽毛。」〔註85〕《說文》：「翠，青羽雀也，出鬱林。從羽，卒聲。」簡文「翚」與小篆字形區別在於聲符的不同。卒，物部精母；辠，微部從母；韻部爲陰聲與入聲關係，聲爲旁紐。翚，即楚文字「翠」。曾國文字「羄」，即「翚」

〔註85〕湖北省荊沙鐵路考古隊：《包山楚簡》，文物出版社 1991 年版，第 65 頁注 623。

之異體，與楚地其他地域「翬」的區別在於義符一從「鳥」，一從「羽」。義符「鳥」、「羽」可以相通，何況「翠」本來就是鳥的名稱，從「鳥」更在情理之中。莊淑慧謂：「皆爲翡翠之翠之異體。」〔註86〕

附：「翬」、「翠」分佈及出現次數

	曾	天策	信	望	包	合　計
翠		7	2	2	3	14
翬	12					12

五、「筶」與「箮」、「秴」

筶，簡文寫作「筶」，隸定為「筶」，見於信陽、仰天湖、望山、天星觀、包山、郭店、上博簡。

（1）一純綏筶。　　　　　　　　　　　　　　仰・九

（2）筶十又二，皆紡襠。　　　　　　　　　　望二・四九

（3）裯筶。　　　　　　　　　　　　　　　　信二・一九

（4）一寢筶。　　　　　　　　　　　　　　　包・二六三

（5）▷淵起，去筶曰：「敢問何謂也？」　　　上・五・君子爲禮・四

箮，簡文寫作「箮」，隸定為「箮」，見於曾侯乙墓簡。

（1）紫因之箮。　　　　　　　　　　　　　　曾・七六

秴，簡文寫作「秴」，隸定為「秴」，見於曾侯乙墓簡。

（7）秴滕。　　　　　　　　　　　　　　　　曾・一二三

　　《說文》：「席，藉也。從巾，庶省聲。囷古文席，從石省。」楚文字「筶」是一個典型的形聲字，從「竹」，「石」聲。「箮」，從「竹」，字形下部與《說文》「席」古文構形近似。段玉裁就「席」的古文字形作過精闢的分析，他說：「下象形，上從石省聲。」可以說曾文字「箮」正是文字交融產物，是楚文字「筶」的表意偏旁「竹」、「石」形省略形式以及象形部件「囷」糅合而成的。

〔註86〕轉引自劉志基主編：《古文字考釋總覽》第二冊，上海人民出版社 2010 年版，第195 頁。

　　柘，此字林澐釋爲「席」。古人將筵席的四周用絲織品包裹起來，一來可以起裝飾美觀的功效，二來可以避免四周磨損，這就是簡文中常說的「繪（錦）純」。筵席之「席」寫作從「巾」、「石」聲的「柘」也就可以理解了。從統計看，簟席之「席」曾文字還是以寫作「簹」爲常見。

附：「笘」「簹」「柘」分佈及出現次數

	曾	仰	信	望	包	郭	上(一～七)	合　計
笘		3	1	4	7	1	1	17
簹	24							24
柘	1							1

六、「囩」與「圓」

圓，簡文寫作「」，見於曾侯乙墓簡。

（1）集君之圓軒。　　　　　　　　　　　　　　　　曾・二〇三

囩，簡文寫作「」，見於曾侯乙墓。

（1）囩軒。　　　　　　　　　　　　　　　　　　　曾・四五

囩，簡文又寫作「」，見於信陽、五里牌、望山、包山、上博簡

（2）二囩缶，二青方、二方監……二囩監。　　　　信・九

（3）二革囩。　　　　　　　　　　　　　　　　　　包・二六四

（4）於是乎方囩千里。　　　　　　　　　　　　　　上・二・容成氏・七

（5）先有囩，焉有方；先有晦，焉有明。　　　　　　上・三・亙先・九

　　楚系簡帛中語詞方圓之「圓」共出現十六次，其中十五次寫作「囩」，可見「囩」爲常用字形。「圓」一例，僅見於曾侯乙墓簡。《說文》：「囩，回也。從囗，云聲。」其意義爲回轉、流轉，與簡文語義不同。囩、圓皆從囗，聲符云、員又皆爲文部匣母。傳世典籍中「子曰詩云」之「云」在上博《緇衣》皆寫作「員」，可證楚文字「云」、「員」相通。商承祚謂：「囩爲圓字，第一四簡又省作。」〔註87〕就楚簡材料而言，「囩」即楚文字「圓」，其異體寫作「圓」。

〔註87〕商承祚：《戰國楚竹書滙編》，齊魯書社1995年版，第27頁。

　　在形體上，曾文字「圜」與其他地域的楚文字「圜」有些許差異。曾文字「圜」六見，「圓」字一見，「圜」、「圓」所從之「口」一律省作「匸」。楚系其他地域「圜」字所從之「口」多不省。方圓之「圓」作「圜」應是楚文字的特有寫法，也是一種常見的寫法，「圓」則可能具有他系文字的色彩。睡虎地秦簡假「園」（為吏之道・簡三四、日書甲・簡七七）、「員」（為吏之道・簡二六）為「圓」。曾文字「圓」可能是糅合楚文字「口」與秦文字「員」的結果。

附：「圜」、「圓」分佈及出現次數

	曾	五	信	望	包	上(一～七)	合　計
圜	6	1	4	1	1	2	15
圓	1						1

七、「甲」與「丑」

甲，簡文寫作「甲」，隸定為「甲」，見於望山、天星觀、九店、上博、新蔡簡。

（1）甲子之日。	望・一六一
（2）壬、癸、甲、乙，不吉。	九 M56・四〇
（3）先甲三日，後甲三日。	上・三・周易・一八
（4）∠甲戌之昏以起乙亥之日薦之。	新甲三・一一九

丑，簡文寫作「丑」，隸定為「丑」，見於曾侯乙墓簡。

（1）一眞吳丑。	曾・一三八
（2）一索（素）楚丑。	曾・一三〇

　　從文字構形上看，楚系文字干支用字「甲」都是金文「甲」演變而成的。楚系文字「甲」有兩種書寫形式，兩者有著明顯的區別，這種區別帶有明顯的地域特徵。曾侯乙墓簡「丑」共出現五十七次，缺口皆朝左。裘錫圭：「此種寫法的『甲』還見於河北易縣燕下都出土的金飾銘刻（《中國古代度量衡圖集》173頁）。」楚地其他地域的「甲」共出現四十七次，除包山簡兩例外，缺口皆朝右。兩者不僅字形上有所不同，文字的功能似乎也有所差別。曾侯乙墓簡「丑」皆用來記錄語詞鎧甲之「甲」，至於干支「甲」字是否也寫作「丑」，因為沒有用例，我們不好判斷。按照常識推理，其干支「甲」字有寫作「丑」的可能性。

望山、九店、上博、新蔡簡「𠥓」字只作爲干支用字，不記錄語詞鎧甲之「甲」。仰天湖、天星觀、包山、郭店、上博簡，鎧甲之「甲」通常寫作「」，隸定爲「虖」。如此而言，「丑」、「𠥓」記錄語詞沒有交集，目前很難視爲異體字，留存待考。

附：「𠥓」、「丑」分佈及出現次數

	曾	九 M56	望	包	上（一～七）	新	合　計
𠥓		4	6	31	2	4	47
丑	57			2			59

八、「右」與「圣」

右，簡文寫作「」，見於天星觀、包山、郭店、上博簡。

（1）上將軍居右，言以喪禮居之也。　　郭・老子（丙）・九

（2）禹然後爲之號旗以辨其左右。　　上・二・容成氏・二〇

圣，簡文寫作「」，隸定為「圣」，見於曾侯乙墓簡。

（3）馭圣彤旆。　　曾・三八

（4）蔡齮之騍爲圣服。　　曾・一四二

天星觀、包山、郭店、上博簡「右」從「又」從「口」。《說文》：「右，助也。從口、又。」段玉裁曰：「手不足，以口助之，故曰助也。今人以左、右爲𠂇、又字，則又製佐、佑爲左、右字。」以「左右爲𠂇又」恐非段氏所說的「今人」，戰國楚文字已經以「左右爲𠂇又」，可見其由來已久。郭店老子（丙）簡六：「君子居則貴左，用兵則貴右」。郭店老子（丙）簡九：「是以偏將軍居左，上將軍居右」。上博容成氏簡二〇：「然後始爲之號旗以辨左右，思民無惑」。這些語料足以證明戰國楚系文字已經將「左」、「右」用來記錄方位詞了。曾文字「右」不從「口」，而是從「工」，段玉裁曰：「工者，左助之意也。」〔註 88〕

〔註 88〕段玉裁：《說文解字注》，上海古籍出版社 1981 年版，第 200 頁。

附：「右」、「圣」分佈及出現次數

	曾	包	郭	上（一～七）	新	合　計
右		12	4	11	1	28
圣	82					82

九、「力」與「左」

左，曾文字寫作「」，與「圣」一樣也是從「工」，與秦系文字相同。《說文》：「左，手相左也。從、工。」天星觀、包山、郭店、上博簡「左」，寫作「力」，從「」從「口」，與這些地域的「右」字構意完全一致。「左」、「右」兩字的形體有著明顯的地域特徵，曾文字都是從「工」，楚系文字其他地域則從「口」。

附：「力」、「左」分佈及出現次數

	曾	天卜（策）	包	郭	上（一～七）	新	合　計
力		2	49	3	11	1	66
左	89						89

一〇、「差」與「奓」

奓，簡文寫作「」，隸定為「奓」，見於天星觀、包山、郭店、博簡。

（1）鄂喬奓（佐）宋加受期。　　　　　　　　　包・四九

（2）攻奓（佐）以君命取德靈。　　　　　　　　新乙四・一四四

（3）以道奓（佐）人主者，不欲以兵強於天下。　郭・老子（甲）・六

（4）釋板築而奓（佐）天子，遇武丁也。　　　　郭・窮達以時・四

（5）昔者天地之奓（佐）舜而右善，如是狀也。　上・二・容成氏・一六、一七

差，簡文寫作「」，見於曾侯乙墓、新蔡簡。

（1）差（佐）令。　　　　　　　　　　　　　　曾・七

（2）攻差（佐）坪所行軙五乘。　　　　　　　　曾・一二〇

（3）攻差以君命取悥靁（靈）。　　　　　　　　新乙四・一四四

曾文字「差（佐）」，也是從「左」的，由於曾文字「左」寫法與楚系其

他地域有所差別，所以曾文字「差（佐）」的形體也與楚系其他地域有所不同。《說文‧左部》：「差，貳也，差不相值也。」段玉裁改「貳」為「貣」，改「差」為「左」。所謂「差」也就是我們現在所說的失當、差錯的意思。不過楚簡中「差」、「𥩟」都沒有失當、差錯的意思，簡文「差」、「𥩟」都是記錄語詞「佐」的，實即楚文字「佐」。它與小篆「差」只是同形字，音義毫無關係。《說文》沒有收錄「佐」字，說明具有官方色彩的小篆「左」與「佐」還沒有分化。但是這不足以反映秦系文字在民間的實際使用狀況，睡虎地秦簡已經出現從人、從左的「佐」字，並且出現了三十七次［註89］。古代典籍中語詞「佐」間或由「左」來記錄。《墨子‧雜守》：「亟收諸雜（離）鄉金器，若銅鐵及他可以左事者。」

　　從楚簡材料來看，戰國楚文字左右之「左」與副貳之「差（𥩟）」已經分化，並且有了明確的分工，絕不相混。方位詞左右之「左」一律寫作「左」，輔佐之「佐」和副貳之「佐」一律寫作「差（𥩟）」。

　　曾侯乙墓、新蔡簡「𥩟」與其他地域形體上的差異，恐怕不能簡單的歸結為地域的不同，時間因素恐怕也是一個值得考慮的方面。

附：「𥩟」、「差」分佈及出現次數

	曾	天卜（策）	包	郭	上（一~七）	新	合　計
𥩟		2	9	3	6		20
差	2					2	4

十一、「綿」與「橄」
綿，簡文作「綿」，見於信陽、仰天湖、天星觀、包山、新蔡簡。

（1）一紫綿（錦）之箬。　　　　　　　　　　仰M二五‧八

（2）生綿（錦）素綿（錦）之童。　　　　　　天策

（3）一縞箬，綠裏，綿（錦）純。　　　　　　包‧二六○

（4）▱各束綿（錦）▱　　　　　　　　　　　新零‧四○九

　　帛錦之「錦」，信陽、仰天湖、天星觀、包山、新蔡簡都寫作「綿」，從「糸」、

［註89］據張守中《睡虎地秦簡文字編》統計。

「金」聲。簡文「綸」與《說文》「紟」的籀文形體結構一樣，但意義明顯不同。《說文》：「紟，衣系也。從糸，今聲。綸，籀文從金。」商承祚謂：「綸，十見於本組簡及長沙仰天湖楚竹簡。《說文》以爲紟之籀文，釋『衣系也』。據簡文應讀爲錦，或即錦之初字，後錦行，於是綸廢而不用。」〔註90〕從帛、從糸意義相同，可以相通，簡文「綸」即楚文字「錦」。至於是否爲「錦之初字」尚難論定，「綸」屬於楚文字體系的寫法，而「錦」見於小篆以及睡虎地早期秦隸。二者屬於不同的文字體系，孰先孰後不好判斷。

紟，簡文寫作「紟」，隸定爲「紟」，見於曾侯乙墓簡。

（5）二紫紟（錦）之箙。　　　　　　　　　　曾・六〇

（6）紫紟之純。　　　　　　　　　　　　　　曾・六七

　　曾侯乙墓簡「紟」字也是用來記錄語詞「錦」。紟，從「巿」，不從「糸」。《說文》：「巿，韠也。上古衣蔽前而已，巿以象之。天子朱巿，諸侯赤巿，卿大夫蔥衡。從巾，象連帶之形。篆文巿，從韋、從犮。俗作紱。」巿，本亦從巾，所以作爲表意偏旁時「巾」、「巿」、「糸」常常相通。楚系文字，尤其是曾文字從「巾」之字往往從「巿」。

附：「綸」、「紟」分佈及出現次數

	曾	信	仰	望	天	策	包	新	合　計
綸		10	9	3	10		10	2	44
紟	17								17

一二、「純」與「紌」

純，簡文寫作「純」，見於信陽、仰天湖、望山、天星觀、包山簡。

（1）紫韋之納，紛純。　　　　　　　　　　信二・二八

（2）一縞筓，綠裏，綸純。　　　　　　　　包・二六二

　　《說文》：「純，絲也。從糸，屯聲。」段玉裁謂：「此純之本義也，故其字從糸。《禮》之純釋爲緣，實即緣之音近叚借也。」〔註91〕楚文字「純」指的是

〔註90〕商承祚：《戰國楚竹書滙編》，齊魯書社 1995 年版，第 20 頁。

〔註91〕段玉裁：《說文解字注》，上海古籍出版社 1981 年版，第 643 頁。

用作衣物或其他物品邊緣的裝飾。純，文部禪母。緣，元部以母。兩者聲韻都不相同，說假「純」爲「緣」實屬勉強。由本義「絲」引申爲物品邊緣的緣飾也是完全說得通的。

芚，簡文寫作「　」，隸定爲「芚」，見於曾侯乙墓簡。

（1）紫裏，紫繢之芚。　　　　　　　　　　　　　　曾‧六五。

  注者謂：「芚，從『市』，『屯』聲。據 67 號簡相類文句，此字當是『純』的異體。」〔註92〕，楚文字「純」、「芚」應爲一字異體。由「純」、「芚」分佈情況看，這種差異應該是由地域差異造成的。

附：「純」、「芚」分佈及出現次數

	曾	仰	信	望	天 策	包	合 計
純		8	7	20	10	14	59
芚	1						1

一三、「秦」與「鄝」

秦，簡文寫作「　」，見於望山、天星觀、包山、郭店、上博簡。

（1）燕客余善、秦客陳愼。　　　　　　　　　　　包‧一四五

（2）□人秦赤。　　　　　　　　　　　　　　　　包‧一六八

（3）秦客公孫紻問王於栽郢之歲。　　　　　　　　天卜

（4）釋板（鞭）箠而爲朝卿，遇秦穆也。　　　　　郭‧窮達以時‧七

  楚簡中「秦」可以表示：① 秦國之「秦」。② 秦姓之「秦」。

鄝，簡文寫作「　」，隸定爲「鄝」，見於曾侯乙墓簡。

（1）二鄝弓。　　　　　　　　　　　　　　　　　曾‧三

（2）一鄝弓。　　　　　　　　　　　　　　　　　曾‧五六

  鄝，或謂：「從邑，秦聲，即秦國之秦的專用字。」〔註93〕「鄝」是在「秦」的形體上增加義符「邑」而成的一個形聲字，但是否爲「秦國之秦的專用字」

〔註92〕湖北省博物館：《曾侯乙墓》，文物出版社 1989 年版，第 518 頁注 142。

〔註93〕湖北省博物館：《曾侯乙墓》，文物出版社 1989 年版，第 504 頁。

還難以斷定，因爲我們不能肯定曾國文字中秦姓之「秦」不從「邑」。楚系文字有關國名、地名、姓氏常加「邑」。如果曾國文字秦姓之「秦」也從「邑」的話，那麼，楚系文字「秦」、「鄯」就是異體字。如果曾國文字秦姓之「秦」不從「邑」的話，那麼，「鄯」就是「秦」的分化字，「秦」、「鄯」就不能看作異體字。不過在沒有證據證明「鄯」是「秦」的分化字前，我們不妨把「鄯」、「秦」看作是一對異體字。

附：「秦」、「鄯」分佈及出現次數

	曾	天卜	望	包	郭	上（一～七）	合　計
秦		3	2	11	1	1	18
鄯	23						23

一四、「畋」與「敏」

畋，簡文寫作「」，見於望山、上博簡。

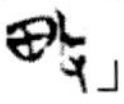

（1）畋車一�。　　　　　　　　　　　　　　　望二・五

（2）畋有禽，利執言，無咎。　　　　　　　　　　上・三・周易・八

（3）九四：畋有禽。　　　　　　　　　　　　　　上・三・周易・二八

敏，簡文寫作「」，隸定爲「敏」，見於曾侯乙墓簡。

（1）一䙴敏車。　　　　　　　　　　　　　　　　曾・六五

（2）敏尹之駟爲右驂。　　　　　　　　　　　　　曾・一五一

䡩，簡文寫作「」，隸定爲「䡩」，見於曾侯乙墓簡。

（1）乘䡩駟。　　　　　　　　　　　　　　　　　曾・一六五

　　《說文》：「畋，平田也。從攴田。《周書》曰『畋尔田』。」甲骨文寫作「」，從「攴」、「田」，「田」亦聲。金文寫作「」，從「犬」，「田」聲。楚文字從「攵（攴）」、「田（甸）」聲。甲骨文、金文、楚文字「畋」皆記錄語詞田獵之「田」，由此而言，篆文「畋」也應該分析爲從「攴」，「田」聲。據人類社會發展進程，由狩獵到農耕，其本義不會是「平田」，而應該是田獵。楚文字「畋」、「敏」應爲異體字，其差異在於聲符一從「田」，一從「甸」。這種差異是由楚

系文字內部不同地域造成的。至於「鑿」字，它是在「敏」的基礎上添加義符「車」形成的分化字，表示田獵之車。

附：「攽」、「敏」、「鑿」分佈及出現次數

	曾	望	上（一～七）	合　計
攽		1	4	5
敏	6			6
鑿	3			3

一五、「鈦」與「鈦」

鈦，簡文寫作「鈦」，見於包山簡。

（1）赤金之鈦。　　　　　　　　　　　　　　　包・二七二

（2）白金之鈦。　　　　　　　　　　　　　　　包・二七三

鈦，簡文寫作「鈦」，隸定為「鈦」，見於天星觀遣冊。

（1）白金之鈦。　　　　　　　　　　　　　　　天策

（2）憙鈦。　　　　　　　　　　　　　　　　　天策

　　楚文字「鈦」與「鈦」是一對異體字，字體上的差異與地域有關。「鈦」只見於包山簡，「鈦」只見於天星觀遣冊。《說文》：「鈦，鐵鉗也。從金，大聲。」此「鈦」是古代的一種刑具，段玉裁：「鐵，《御覽》作『脛』。鈦，踏腳鉗也，狀如跟衣，箸足下，重六斤，以代刖。」楚文字「鈦」、「鈦」與篆文「鈦」應該只是同形字關係。包山墓出土有紅銅質地的車書一對，應即簡文中的「赤金之鈦」。與楚文字「鈦」、「鈦」對應的篆文應即「軑」字。《說文》：「軑，車輨也。從車，大聲。」朱駿聲《說文通訓定聲・泰部》：「鈦，叚借為軑。」《漢書・揚雄傳上》：「陳眾車於東阬兮，肆玉鈦而下兮。」顏師古注引晉灼曰：「鈦，車轄也。」

一六、「社」、「坛」與「祜」

社，簡文寫作「社」，見於天星觀、包山、上博、新蔡簡。

（1）冬亦至嘗於社戠牛。　　　　　　　　　　　天卜

還難以斷定，因爲我們不能肯定曾國文字中秦姓之「秦」不從「邑」。楚系文字有關國名、地名、姓氏常加「邑」。如果曾國文字秦姓之「秦」也從「邑」的話，那麼，楚系文字「秦」、「鄰」就是異體字。如果曾國文字秦姓之「秦」不從「邑」的話，那麼，「鄰」就是「秦」的分化字，「秦」、「鄰」就不能看作異體字。不過在沒有證據證明「鄰」是「秦」的分化字前，我們不妨把「鄰」、「秦」看作是一對異體字。

附：「秦」、「鄰」分佈及出現次數

	曾	天 卜	望	包	郭	上（一～七）	合　計
秦		3	2	11	1	1	18
鄰	23						23

一四、「畋」與「畋」

畋，簡文寫作「畋」，見於望山、上博簡。

（1）畋車一轙。	望二・五
（2）畋有禽，利執言，無咎。	上・三・周易・八
（3）九四：畋有禽。	上・三・周易・二八

畋，簡文寫作「畋」，隸定爲「畋」，見於曾侯乙墓簡。

| （1）一轙畋車。 | 曾・六五 |
| （2）畋尹之駟爲右驌。 | 曾・一五一 |

肇，簡文寫作「肇」，隸定爲「肇」，見於曾侯乙墓簡。

| （1）乘肇駟。 | 曾・一六五 |

《說文》：「畋，平田也。從攴田。《周書》曰『畋尒田』。」甲骨文寫作「畋」，從「攴」、「田」，「田」亦聲。金文寫作「畋」，從「犬」，「田」聲。楚文字從「攴（支）」、「田（甸）」聲。甲骨文、金文、楚文字「畋」皆記錄語詞田獵之「田」，由此而言，篆文「畋」也應該分析爲從「攴」，「田」聲。據人類社會發展進程，由狩獵到農耕，其本義不會是「平田」，而應該是田獵。楚文字「畋」、「畋」應爲異體字，其差異在於聲符一從「田」，一從「甸」。這種差異是由楚

系文字內部不同地域造成的。至於「驀」字，它是在「敏」的基礎上添加義符「車」形成的分化字，表示田獵之車。

附：「攻」、「敏」、「驀」分佈及出現次數

	曾	望	上（一～七）	合　計
攻		1	4	5
敏	6			6
驀	3			3

一五、「釱」與「鈌」

釱，簡文寫作「」，見於包山簡。

（1）赤金之釱。　　　　　　　　　　　　包・二七二

（2）白金之釱。　　　　　　　　　　　　包・二七三

鈌，簡文寫作「」，隸定為「鈌」，見於天星觀遣冊。

（1）白金之鈌。　　　　　　　　　　　　天策

（2）悳鈌。　　　　　　　　　　　　　　天策

　　楚文字「釱」與「鈌」是一對異體字，字體上的差異與地域有關。「釱」只見於包山簡，「鈌」只見於天星觀遣冊。《說文》：「釱，鐵鉗也。從金，大聲。」此「釱」是古代的一種刑具，段玉裁：「鐵，《御覽》作『脛』。釱，踏腳鉗也，狀如跟衣，箸足下，重六斤，以代刖。」楚文字「釱」、「鈌」與篆文「釱」應該只是同形字關係。包山墓出土有紅銅質地的車軎一對，應即簡文中的「赤金之釱」。與楚文字「釱」、「鈌」對應的篆文應即「軑」字。《說文》：「軑，車輨也。從車，大聲。」朱駿聲《說文通訓定聲・泰部》：「釱，叚借爲軑。」《漢書・揚雄傳上》：「陳眾車於東阬兮，肆玉釱而下兮。」顏師古注引晉灼曰：「釱，車轄也。」

一六、「社」、「垃」與「祗」

社，簡文寫作「」，見於天星觀、包山、上博、新蔡簡。

（1）冬亦至嘗於社戠牛。　　　　　　　　天卜

（2）舉禱社一全豬。　　　　　　　　　　　包・二四八

（3）得其社稷百眚（姓）而奉守之。　　　　上・二・子羔・六

坅，簡文寫作「坅」，隸定為「坅」，見於望山、上博簡。

（4）∠坅∠其∠　　　　　　　　　　　　望一・一二五

（5）則晉邦之坅稷可得而事也。　　　　　　上・五・姑成家父・三

祬，簡文寫作「祬」，隸定為「祬」，見於上博、新蔡簡。

（6）∠禱於其祬稷一豢∠　　　　　　　　新乙三・六五

（7）棉里人禱於其祬∠　　　　　　　　　新乙四・八八

　　《說文》：「社，地主也。從示、土。《春秋傳》曰『共工之子句龍為社稷』，《周禮》二十五家為社，各樹其土所宜木。祬，古文社。」「社」與「坅」構字偏旁完全相同，只是偏旁位置有左右互置的區別，它們使用的地域廣，出現於望山、天星觀、包山、上博簡，可以說是楚系文字的常見寫法。

　　祬，主要見於新蔡簡，其形體與金文「祬」（中山王鼎）、《說文》古文「祬」相同。新蔡簡「社」字形體清晰者有四十二例，其中四十一例寫作「祬」，一例寫作「社（新甲三・二七一）」。上博簡僅一例寫作「祬」，見上・五・鬼神之明・二（背）。從使用範圍看，「社」、「坅」是典型的楚系文字形體，而「祬」應來自於他系文字。

附：「社」、「坅」、「祬」分佈及出現次數

	望	天卜	九 M56	包	上（一～七）	新	合 計
社		1	1	3	3	2	10
坅	2				1		3
祬					1	41	42

一七、「䠊」與「䠊」

䠊，簡文寫作「䠊」，見於曾侯乙墓簡。

（1）䠊輪。　　　　　　　　　　　　　曾・一（正）・四・七・一三

（2）䠊紳。　　　　　　　　　　　　　曾・一五・一八・二八

《說文》：「䑍，善丹也。從丹，雈聲。」曾文字「䑍」與篆文「䑍」同。

䑍，簡文寫作「」，隸定為「䑍」，見於望山、天星觀、包山簡。

（1）軛䑍。 望一・一七○

（2）軛䑍志。 天卜

（3）苛䑍。 包・九四

「䑍」在簡文中皆用作人名，其字形可以分析為從「丹」、「隻」聲。「隻」即古文字「獲」、「穫」的初文。「䑍」、「䑍」皆從「丹」，聲符「雈」鐸部影母，「隻（獲、穫）」鐸部匣母，語音相近。「䑍」、「䑍」應為一字異體。

附：「䑍」、「䑍」分佈及出現次數

	曾	天卜（策）	望	包	合 計
䑍		14	1	8	23
䑍	29				29

一八、「冢」、「冕」、「霓」、「玃」、「霖」

冢，簡文寫作「」，見於望山、包山、郭店簡。

（1）貍莫之冢。 望二・六

（2）冢毛之首，二霖光之中干。 望二・一三

《說文》：「冢，覆也。從冃豕。」段玉裁注：「凡蒙覆、僮蒙之字，今皆作蒙，依古當作冢。」注者謂：「此字下從『豕』，上從，即『冃』字。『冢』即蒙覆之『蒙』的本字。」〔註94〕不過簡文中的「冢」並不是蒙覆之義，例（1）「冢」為車馬器的名稱，具體為何物不明。例（2）「冢」是一形容詞，在楚簡中用來形容旄、羽的顏色，即「雜色」。「冢毛之首」指的是旗杆頂部有雜色的牦牛尾做成的裝飾。

冕，簡文寫作，隸定為「冕」，見於天星觀、郭店、上博、新蔡簡。

（1）紛冕。 天策

_____

〔註94〕湖北省文物考古研究所、北京大學中文系：《望山楚簡》，中華書局 1995 年版，第
118 頁注 31。

（2）尨羽之翿。　　　　　　　　　　　　　　天策

　　尨，《說文》：「尨，犬之多毛者。從犬、彡。」段玉裁注：「引申爲雜亂之稱。」冡，從冃豕，應該說是一會意字。尨，與「冡」字一樣也從「冃」，從「尨」，「尨」亦聲。從「豕」、從「尨」在構字理據上是一致的。「尨」即「冡」的異體。

霚，簡文寫作「」，隸定為「霚」，見於曾侯乙墓簡。

（1）豻首之霚。　　　　　　　　　　　　　　曾‧三
（2）豻霚。　　　　　　　　　　　　　　　　曾‧三五

霙，簡文寫作「」，隸定為「霙」，見於曾侯乙墓簡。

（1）二旆，二戟，二伐，屯霙羽之翿。　　　曾‧四二
（2）兩馬之轡，紫勒，屯戠霙羽。　　　　　曾‧四四

獴，簡文寫作「」，隸定為「獴」，見於曾侯乙墓簡。

（5）一旆，二戟，二伐、戈，屯獴羽翿。　　曾‧六一

　　作爲車馬器的名稱和用作形容詞義爲「雜色」的「冡」、「尨」在曾侯乙墓簡中寫作「霙」、「獴」與「霚」。霙，《曾侯乙墓》隸定爲「霙」，下部從「犬」。現從滕壬生《楚系簡帛文字編》隸定爲「霙」，下部從「尨」。注者謂：「霚，或寫作『獴』、『霙』。此字在簡文中有兩種用法，一是用作車馬器的名稱，常與轙、靷、鞁、轡等記在一起，如『豻首之霚』、『豻霚』等；一是用作形容羽毛之詞，如『霚羽之翿』。在望山二號墓竹簡記車馬器的簡文中，與此相似的一個字作『冡』。天星觀一號墓竹簡『冡』亦從『犬』作『冥』。疑簡文『霚』即『霿』字之省（字見《集韻》送韻）。指車馬器的『霚』是什麼，目前還不清楚。形容羽毛的『霚』應當讀爲《詩‧秦風‧小戎》『蒙伐有苑』之『蒙』，意即雜色。」〔註95〕

　　《集韻‧送韻》：「霿，霾聲。」字形可以分析爲從「雨」、「冡」聲，是一個擬聲字。說「疑簡文『霚』即『霿』字之省」不確，從時間上看，我們不能確定從雨、冡聲的「霿」字在從雨、從豕的「霚」字之前產生，而據傳世和出土文獻看「霚」是在「霿」之前出現，先造出的字怎麼可能是後造之字的省寫。

〔註95〕湖北省博物館：《曾侯乙墓》，文物出版社 1989 年版，第 507 頁注 35。

我們認為「霥」與「霥」無論在形體上，還是在意義上都沒有什麼聯繫。至於兩者形體接近也只是不同歷史層面所造的字偶然形似罷了。

　　楚文字「冢」有多種寫法，完全可以用不同地域多有不同，同一地區也有殊異來解釋。望山簡作「冢」，天星觀簡作「冕」，而曾侯乙墓簡則有「霥」、「獴」與「霥」三體。

附：「冢」、「冕」、「霥」、「霥」、「獴」分佈及出現次數

	曾	天策	望	包	郭	上(一～七)	新	合 計
冢		3	1					4
冕		3			1	2	5	11
霥	26							26
霥	4							4
獴	1							1

第五節　不同系屬文字交融造成的異體

　　隨著越來越多的古文字學者投入到戰國楚系簡帛文字研究之中，我們對楚系簡帛的認識也就越來越深入越來越全面。楚系簡帛出土於楚地的楚國墓葬，無疑其文字多帶有楚系文字的色彩，然而其中也有不少非楚系文字的寫法。台灣柯佩君說：「將上博簡與齊系、燕系、晉系、秦系文字作對比，可以發現上博簡文字中，除了具有楚系文字之外，還有與齊系、燕系、晉系、秦系文字吻合的字例。」〔註96〕上博簡如此，其他批次的楚簡可能或多或少地也存在這一現象。有些字楚文字本來有自己的獨特書寫形式，文字系統在保持固有寫法的同時又借用其他系屬文字的寫法，這樣也就形成了由楚系文字與非楚系文字構成的異體字。

一、「祹」、「紫」與「裕」
紫，簡文寫作「🔣」，隸定為「紫」，見於楚帛書、郭店、上博簡。

（1）是各參紫。　　　　　　　　　　　　　　　　　　帛乙・二

〔註96〕柯佩君：《上海博物館藏戰國楚竹書文字研究》，台灣高雄師範大學博士學位論文，第 183 頁。

（2）賞與刑，福祟之基也。　　　　　　　　郭・尊德義・二

（3）祅蒙不行，祟才（災）去亡。　　　　　上・二・容成氏・一六

（4）此能從善而去祟者〔註97〕。　　　　　　上・五・競建內之・八

　　楚帛書中的「祟」，何琳儀讀爲「化」，他說：「『參祟』，讀爲『參化』。所謂『參化』的神秘氣息是不言而喻的。」〔註98〕曾憲通也持類似的看法。如此而言，他們都把「祟」看作是「化」的異體字，「示」是爲了突出神秘色彩而增添的義符。

　　李守奎在《上海博物館藏戰國楚竹書文字編（一～五）》中將「祟」、「禍」置於字頭「禍」下，把它們看作是一對異體字。楚文字有借「化」爲「禍」的。郭・老子（甲）簡六：「化（禍）莫大乎不智足」。在假借字「化」的基礎上添加義符「示」從而產生一個後造本字「祟」，是再自然不過的事了。楚文字「祟」，應該是一從「示」，「化」聲的形聲字。從楚簡材料用例看，我們贊同將「祟」看作是楚文字「禍」，意義爲災禍、災害。

禍，簡文寫作「　」，隸定爲「禍」，見於天星觀、包山、新蔡、上博簡。

（1）矦土、司命、司禍各一少環。　　　　　包・二一三

（2）矦土、司命、司禍、大水、二天子。　　包・二一五

（3）司命、司禍各一鹿。　　　　　　　　　新乙一・一五

（4）凡若是者，不有大禍，必大恥。　　　　上・五・三德・一三

（5）爲不善禍乃或之。　　　　　　　　　　上・五・三德・一三

　　禍，《漢語大字典》：「同『禍』。《改并四聲篇海・示部》引《龍龕手鑒》：『音禍，義同』。」《包山楚簡》注曰：「司禍，神祇名。」〔註99〕李零認爲「禍」即楚文字中的「禍」，並進一步指出，這一神祇可能與傳統文獻中的「司命」有關，或即少司命。〔註100〕

〔註97〕例（4）與前三例字形略異，左從「示」，右從「化」。

〔註98〕何琳儀：《長沙楚帛書通釋》，《江漢考古》1986第1期，第2頁。

〔註99〕湖北省荊沙鐵路考古隊：《包山楚簡》，文物出版社1991年版，第56頁注416。

〔註100〕李零：《包山楚簡研究《占卜類》》。《中國典籍與文化論叢》第一輯，中華書局1993年版，第439頁。

　　上文我們說「祟」即楚文字「禍」，但是「祟」、「禍」是否構成異體字關係，則有討論的必要。從楚簡用例看，在楚系文字系統中「祟」與「禍」兩字的語義並不完全相同，使用的範圍也有大小之別。「祟」只表示災害、災禍，「禍」不僅可以表示「災害、災禍」，而且在包山、新蔡簡中只用作專有名詞「司禍」。從目前出土的楚簡材料看，神祇名「司禍」沒有寫作「司祟」的。「禍」的使用範圍比「祟」大，兩者不是嚴格意義上的異體字。

裕，簡文作「」，隸定為「裕」，見於天星觀、上博簡

（1）司裕。　　　　　　　　　　　　　　　　　天卜

（2）天加裕於楚邦。　　　　　　　　　　　上・四・昭王毀室・九

　　以前我們讀楚簡時有一個大體的感覺，那就是「禍」在楚簡中絕大多數情況下寫作「祟」、「禍」，且有所區別。至於楚簡中出現與楚文字常見寫法不類的「裕」，感到困惑。柯佩君博士的文章，則可釋此疑，她指出：「裕，上博簡有作『禍』、『祟』之形。『禍』從『骨』聲；『祟』，從『示』，『化』聲，為上下、左右結構。在楚系文字可以找到對應的字形。從示，從谷，與楚系文字不合，卻與晉系文字相吻合。」〔註101〕楚簡「裕」字不是楚系文字中固有的，是不同系屬文字間交融的結果。「裕」既記錄「災害」義，又記載「神祇」名，與「禍」是異體字。而「祟」則僅具備「裕」、「禍」的部份職能。

附：「祟」、「禍」、「裕」分佈及出現次數

	天卜	包	郭	上（一～七）	新	合　計
祟		1		3		4
禍	1	2		2	3	8
裕	1			1		2

二、「誓」、「鄹」、「鄿」與「郘」

許，簡文寫作「」，見於上博簡。

（1）天下之作也，無許極，無非其所。　　　　上・三・互・一二

（2）釐尹許諾，而卜之。　　　　　　　　　　上・四・柬大王泊旱・四

〔註101〕柯佩君：《上博楚簡非楚字形討論》電子版，第89頁。

（3）王許諾，修四郊。　　　　　　　　　　　上·四·東大王泊旱·一五

《說文》：「許，聽言也。從言，午聲。」段玉裁注：「又爲鄦之叚借字。」假「許」爲許氏、許地之「鄦」，應該是後來的事情。在戰國楚系簡帛中，「許」、「鄦」分別還是很清楚的。上博簡「許」共出現六次，只用作允許、許諾之「許」。

𦭩，簡文寫作「」，隸定爲「𦭩」，見於望山、包山、新蔡簡。

（1）東周之客𦭩緹歸胙於栽郢之歲。　　　　　　包·一二六

（2）𦭩佗。　　　　　　　　　　　　　　　　　望一·一八

（3）𦭩＝智＝之述。　　　　　　　　　　　　　新甲三·三二〇

望山、包山、新蔡簡中的「𦭩」爲姓氏用字，即許氏之「許」。

郘，簡文寫作，隸定爲「郘」，見於包山簡。

東周之客郘緹歸胙於栽郢之歲。　　　　　　　　包·一二九

從簡文的內容看，包山簡一二六和一二九中的「𦭩緹」和「郘緹」應該是同一個人，「𦭩」、「郘」都是許氏之「許」，應該是一字異體。

鄦（鄦），簡文寫作「」，隸定爲「鄦（鄦）」，見於仰天湖、包山、新蔡簡。

（4）八月辛巳之日，鄦昜大主尹…以受鄦昜之。　　包·八六

（5）鄦昜公一紡衣。　　　　　　　　　　　　　仰·二五

（6）瑤命鄦　　　　　　　　　　　　　　　新零·一八七

仰天湖、包山簡「鄦」，從邑、無聲。新蔡簡中的「鄦」是在包山、望山簡的「𦭩」的字形之上添加義符「邑」而成的，它們都用作地名，即許地之「許」，亦爲異體關係。

李守奎、滕壬生文字編將「𦭩」、「郘」、「鄦」、「鄦」置於篆文「許」之下，李守奎注明「許氏、許國之許」，如果從歷時的角度看，這樣安排也沒有什麼不妥，因爲後來的「許」既記錄許諾之「許」，又記錄許氏、許地之「許」。但是作爲一個共時平面上的戰國楚系文字編，我們認爲這樣處理不夠精確，容易引起誤解。因爲不僅在楚系文字中，就是在小篆文字體系中「許」、「鄦」也是分別井然。除了字音相同外，它們的字形、字義別無干係。《說文》：「鄦，炎帝大嶽之胤甫矦所封，在潁川。從邑，無聲。讀若許。」只是因爲兩字同音，後來

假「許」爲「鄦」。理想的做法應該將楚文字「許」置於字頭「許」下，將「譝」、「郚」、「鄦」、「鄦」置於篆文「」之下。

「譝」、「郚」、「鄦」、「鄦」是一組異體字，其中「譝」、「鄦」、「鄦」爲一組，而「譝」應該是楚文字的一個常用字形。至於「郚」，張波說：「三晉文字用『盲（或作盲）』、『郚（或作邙）』表示許地、許氏之『許』。」〔註102〕如此，則楚簡中出現的「郚」，是不同地域文字交融的產物，它具有晉系文字的色彩。

附：「譝」、「鄦（鄦）」、「郚」分佈及出現次數

	仰	望	包	上（一～七）	新	合　計
許				6		6
譝		2	29		6	37
鄦（鄦）	1		2		1	4
郚	1					1

三、「徎」、「迡」、「徎」與「過」

徎，簡文寫作「」，隸定爲「徎」，見於郭店、上博簡。

（1）教不教，復眾之所徎。　　　　　　　　　　郭‧老子（甲）‧一二

（2）上六：弗遇徎之，飛鳥羅之，兇。　　　　　上‧三‧周易‧五六

　　劉釗謂：「『徎』字從『止』『化』聲，爲『過』字異體。」〔註103〕《周易‧小過》作「過」，王弼注曰：「小人之過遂至上極，過而不知限，至於亢也。至於亢也，將何所遇？」

迡，簡文寫作「」，隸定爲「迡」，見於天星觀、包山、郭店、新蔡、上博簡

（1）迡期不賽金。　　　　　　　　　　　　　　包‧一○六

（2）學不學，復眾之所迡。　　　　　　　　　　郭‧老子（丙）‧一三

（3）將嬡人，毋迡吾門。　　　　　　　　　　　上‧四‧采風曲目‧二

〔註102〕張波：《戰國時代各系文字間的用字差異現象研究》，復旦大學2008年博士學位論文，第79頁。

〔註103〕劉釗：《郭店楚簡校釋》，福建人民出版社2003年版，第12頁。

（4）明日復陣，必其迸所。　　　　　　　　上・四・曹沫之陣・五二

（5）衣服迸折（制），失於㸃，是謂違章。　　上・五・三德・八

　　同一「過」字，《老子（丙）》作「迸」，《老子（甲）》作「㐁」，形體差別在於一從「辵」，一從「止」。古文字「辵」、「止」常常相通，楚文字也不例外。從字形結構和辭例看，「迸」、「㐁」應該是一字異體。

怣，簡文寫作「𢗓」，隸定為「怣」，見於郭店、上博簡。

（1）君子曰：從允釋怣。　　　　　　　　　郭・成之聞之・三六

（2）樂與餌，怣客止。　　　　　　　　　　郭・老子（丙）・四

（3）速，謀之方也，有怣則㕁。　　　　　　郭・性自命出・四九

（4）慎，恭之方也，然而其怣不惡。　　　　上・性情論・三九

（5）不怣直☑　　　　　　　　　　　　　　上・一・性情論・三二

　　李守奎在「怣」下註釋道：「此字當是『過錯』之『過』。」〔註104〕從字形從「心」來看，李氏之說不無道理。但是，既然從「止」、從「辵」的「過」可以記錄「過錯」這一語義，那麼，從「心」之「過」記錄語義「經過、超過」也不是沒有可能。況且從詞義上說，其實「過錯」就是詞義「超過」的引申。《說文》：「過，度也。」段玉裁：「引申爲有過之『過』」。「過猶不及」，超過一定限度、範圍就是錯誤了。簡文中「怣」也不僅僅記錄「過錯」義，還記錄經過之「過」。「怣」與「㐁」、「迸」應該是異體關係。

過，簡文寫作「𢒰」，見於郭店簡。

（1）善日過我，我日過善。　　　　　　　　郭・語叢三・五二

　　劉釗：「『過』疑訓爲『給予』。」〔註105〕陳偉：「以讀化爲好，化有感染、教化義。」〔註106〕從辭例上看，我們贊同陳偉的意見，「過」讀爲「化」。假「過」爲「化」在語音上可以解釋得通。化，歌部曉母。過，歌部見母。韻部相同，聲紐只是牙喉音的區別。

〔註104〕李守奎：《上海博物館藏戰國楚竹書（一～五）文字編》，作家出版社 2008 年版，第 81 頁。

〔註105〕劉釗：《郭店楚簡校釋》，福建人民出版社 2003 年版，第 220 頁。

〔註106〕陳偉：《郭店竹書別釋》，湖北教育出版社 2003 年版，第頁。

　　前文我們引用了柯佩君關於「禍」字形體非楚系說，由此我們認爲郭店簡《語叢（三）》中的「![字]」字也與楚文字「過」的形體不一致。楚文字「過」儘管有「辻」、「迗」、「㣎」三種不同的寫法，但它們在字形上有一個共同點，那就是聲符都是「化」。包山簡九〇「邖公番申」以及青銅器《邖子朋缶》中的「邖」也是從「化」得聲的。簡文「![字]」與篆文、睡虎地秦簡形體相近，我們認爲它具有秦系文字的色彩。「辻」、「迗」、「㣎」則是「過」的楚地特有的寫法，從它們分佈情況看，「迗」應即常用字形。

附：「辻」、「迗」、「㣎」、「過」分佈及出現次數

	信	包	郭	上（一～七）	合　計
辻			1	1	2
迗	1	10	4	4	19
㣎			8	10	18
過			2		2

四、「气」、「氛」與「獎」、「劣」、「愸」、「燬」

气，簡文寫作「![字]」，見於上博簡。

（1）气（汔）至亦毋繘井，羸其瓶，凶。　　　　　　上・四・周易・四四

　　簡文「气」，傳世本《周易》作「汔」。孔穎達疏：「汔，幾也。幾，近也。」《說文》：「气，雲气也，象形。」段玉裁：「气本雲气，引申爲凡气之稱。」簡文中的「气」假借爲「汔」。气，物部溪母；汔，物部曉母；韻部相同，聲母牙喉音相近，於音可通。

氛，簡文寫作「![字]」，隸定爲「氛」，見於上博簡。

（1）憙怒哀悲之氛，眚（性）也。　　　　　　　　上・一・性情論・一

　　《字彙補・气部》：「氛，古文氣字，見《韻會》。」

獎，簡文寫作「![字]」，隸定爲「獎」，見於楚帛書、包山、郭店、上博簡。

（1）益生曰祥，心使獎曰強。　　　　　　　　　　郭・老子（甲）・三五

（2）聞之曰：志獎不旨，其事不◣　　　　　　　上・二・從政（甲）・九

（3）燹是自生，互莫生燹，燹是自生自作。　　　　上・三・互先・二

　　楚系簡帛中語詞「氣」除偶爾寫作「气」、「劮」、「惡」、「燹」外，皆寫作「燹」。燹，應該是一個從火，既聲的形聲字。氣，物部溪母；既，物部見母；用「既」作爲諧聲偏旁不僅同部，而且聲爲旁紐。從出現的頻率來看，「燹」共出現二十五次，應該是一個典型的楚文字。

劮，簡文寫作「」，隸定爲「劮」，見於郭店簡。

（1）膚脂膚血劮之青（情），養眚（性）命之正。　　郭・唐虞之道・一一

　　註釋者謂：「劮，從『力』『既』聲，讀作『氣』。」〔註107〕簡文「劮」記錄語詞「氣」，語詞「氣」楚文字多寫作「燹」，兩者都從「既」得聲，區別在於義符一從「火」，一從「力」。從「力」，其造字的本義可能是著重於氣力，應即楚文字「燹」的不同寫法。

惡，簡文寫作「」，隸定爲「惡」，見於包山簡、郭店、上博。

（1）既腹心疾，以上惡，不甘食，久不瘥。　　　　包・二三六
（2）既腹心疾，以上惡，不甘食，尚速瘥。　　　　包・二三九

　　惡，《包山楚簡》隸定爲「既」，註釋道：「既，讀如氣。」〔註108〕王穎亦讀爲「氣」〔註109〕，而李守奎、滕壬生文字編將其置於字頭「忢」下，並注釋道「說文古文」。從字形上說，楚文字「惡」與「忢」的古文形體很接近。《說文》：「忢，惠也。從心，旡聲。毫，古文。」不過就包山簡而言，我們傾向於認爲「惡」即「氣」，這可以從包山簡異文中得到證實。

（1）晉吉以保家爲左尹邵施貞：以其下心而疾，少燹。　　　　包・二一八
（2）屈宜習之，以彤笿爲左尹邵施貞：既有病，病心疾，少惡。　包・二二三

　　同一個人，同一種疾病既寫作「少燹」，又寫作「少惡」，可見「惡」就是「燹」的異體字。大概是因爲患有「心疾」，所以改義符「火」爲「心」。

〔註107〕荊門市博物館：《郭店楚墓竹簡》，文物出版社1998年版，第159頁注「一四」。

〔註108〕湖北省荊沙鐵路考古隊：《包山楚簡》，文物出版社1991年版，第58頁。

〔註109〕王穎：《包山楚簡詞彙研究》，廈門大學出版社2008年版，第134頁。

燹，簡文寫作「」，隸定為「燹」，見於上博簡。

（1）孔子曰：亡省之樂，燹志不韙。 　　　　　　　　　　上・二・民之父母・十

　　「气」、「炁」與「燹」、「劈」、「慇」、「燹」在楚系文字中是一組異體字。我們認爲，楚文字「氣」的異體儘管不少，但是可以細分爲兩個類別。一類爲「气」、「炁」，一類爲「燹」、「劈」、「慇」、「燹」。後者有一個共同的特點，那就是聲符都是從「既」的。其中出現頻率最高的應屬於「燹」，可以稱爲典型的楚文字。其異體或變「火」爲「心」、爲「力」。

　　至於楚簡中出現「气」、「炁」，應該是不同系屬文字相互影響的結果。張波說：「三晉文字用『炁』表示『氣』，見於行氣銘：『行氣……。』以『炁』爲{氣}還見於上博《性情論》簡1：『喜怒哀悲之炁』。值得注意的是《性情論》簡36用『燹』爲{氣}，與簡1有別。《性情論》以『炁』爲{氣}可能屬於非楚文字因素。」〔註110〕柯佩君也有類似的看法，她說：「『炁』，從火气聲。『既』，上古音爲見紐物部。『气』，上古音爲溪紐物部。『既』、『气』聲母都是舌根音，發音部位相同，旁位雙聲，韻部相同，屬疊韻，聲音相近。在目前的楚文字中未見從火气聲之形，但在晉系文字中可見相應的字形。」〔註111〕《字彙補・气部》：「炁，古文氣字，見《韻會》。」從出土文字資料看，這種說法應該是有所本的。

　　气，金文作「」、「」。秦系文字作「」，是承襲金文形體而來的。楚簡中「气」寫作「」，具有秦系文字的色彩。

附：「燹」、「慇」、「劈」、「燹」、「气」、「炁」分佈及出現次數

	燹	慇	劈	燹	气	炁
包	3	8				
郭	8		1			
上（一～七）	14			1	1	1
合　計	25	8	1	1	1	1

〔註110〕張波：《戰國時代各系文字間的用字差異現象研究》，復旦大學2008年博士學位論文，第85頁。

〔註111〕柯佩君：《上海博物館藏戰國楚竹書文字研究》，台灣高雄師範大學博士學位論文，第184頁。

五、「圖」與「恚」

圖，簡文寫作「」，隸定為「圖」，見於上博簡。

（1）魯邦大旱，哀公謂孔子：「子不為我圖之？」　　　　上·二·魯邦大旱·一

　　《說文》：「圖，畫計難也。從口，從啚。啚，難意也。」篆文「圖」是一會意字，而楚文字「圖（圖）」應該是一形聲字，可以分析為從「口」、「者」聲。

恚，簡文寫作「」，隸定為「恚」，見於郭店、上博簡。

（1）晉公之《顧命》員：「毋以小謀敗大恚。」　郭·緇衣·二三
（2）制為君臣之義，恚為父子之親。　　　　　郭·成之聞之·三一
（3）毋以小謀敗大恚。　　　　　　　　　　　上·一·緇衣·一二
（4）吾植立經行，恚遠慮後。　　　　　　　　上·五·姑成家父·七
（5）公弗，必害公身。　　　　　　　　　　　上·五·鮑叔牙與隰朋之諫·六

　　例（1）「恚」，《郭店楚墓竹簡》隸定為「惱」，讀為「作」〔註112〕。劉釗隸定為「惱」，讀為「圖」。他說：「『惱』疑讀為『圖』，『惱』從『者』聲，古音『者』在章紐魚部，『圖』在定紐魚部，聲為一系，韻部相同，故可相通。」〔註113〕將「惱」讀為「作」，是受傳世本《緇衣》「毋以小謀敗大作」影響的結果。我們贊同劉釗的意見，其實「惱（恚）」即楚文字「圖」。從文字構造上說，這是一個從「心」、「者」聲的形聲字。謀劃、圖謀之「恚」本來就是人們的一種思想活動，義符從「心」，於理可通。從簡文的文意上看，也應該讀作「恚（圖）」。「卑（嬖）御」與「妝（莊）句（后）」，「卑（嬖）士」與「大夫、卿、士」都是地位一高一低的兩類人物的對照，「小謀」與「大恚（圖）」正是一大一小兩個事物的對比。楚文字「圖」與「恚」是一對異體字，楚系簡帛中圖謀之「圖」共出現八次，其中七次寫作「恚」，可見「恚」為常用字形。

　　張波認為簡文「圖」、「恚」具有齊文字的特點，他說：「《汗簡》、《古文四聲韻》引《尚書》『圖』作、（圖）。圖』所從『者』字寫法具有齊文字特點。《汗簡》引裴光遠《集綴》、《古文四聲韻》引王存义《切韻》『圖』作、（恚），寫法亦具有齊文字特點。用『圖（圖）』、『恚』表示圖謀之『圖』，

〔註112〕荊門市博物館：《郭店楚墓竹簡》，文物出版社1998年版，第130頁。

〔註113〕劉釗：《郭店楚簡校釋》，福建人民出版社2003年版，第60頁。

當反映了齊文字的特點。」〔註114〕這種說法應該是可信的。

附：「圖」、「煮」分佈及出現次數

	郭	上（一～七）	合　計
煮	3	4	7
圖		1	1

〔註114〕張波：《戰國時代各系文字間的用字差異現象研究》第 77 頁。注曰：裘錫圭指出，
　　　　這種寫法的「圖」字屬古文經系統，來自齊魯系戰國文字（參裘錫圭《上博（二）
　　　　魯邦大旱》釋文，2006，稿本）

第五章　結語——楚系簡帛文字形用問題研究的一些思考

自上個世紀四十年代戰國楚帛書面世以來，在楚國故地（今湖北、河南、湖南等）出土了一大批戰國時代的有字竹簡。據不完全統計，迄今共發現了三十多批次，總字數估計在十萬以上。如此豐富的實物資料爲古文字研究提供了堅實的基礎，戰國楚文字研究無疑已經成爲時下古文字學的一個持續熱點、前沿，越來越多的專家和古文字愛好者投身其中。研究成果也頗爲豐富，有不少系統論述的專著，也有體現文字考釋成果的各種文字編，更有數量眾多的從不同切入點進行研究的單篇文章。前人之論述不可謂不宏富，研究也不可謂不深入，但是還有尚待開掘、完善之處。本人以愚笨之資質、淺陋之學識作《楚系簡帛文字形用問題研究》，深知其中的艱難。非敢謂有所建樹，冀愚者千慮，間有一得；芻蕘之言，方家擇之。

一、必須從實際使用中看楚文字的獨特現象

戰國楚系文字具有明顯的楚國地方特色，已經逐漸地爲大多數學者所認同并加以接受。這中間有很多在形體上不同於其他系屬的文字，學者對此研究論述得比較深入。爲避免重複，論文沒有涉及這方面的內容。文章《典型楚系文字》一節，雖然討論的也是典型的楚文字，但我們關注的不是那些形體不見於

其他系屬的文字。我們關注的焦點是那些形體與他系文字沒有差異，而在實際運用中卻存在著明顯分別的文字。能夠找到相對應的形體，並不一定就說明他們是同一個字。把這類文字看作具有楚地特色的文字是可行的，至少在文字使用上我們可以這麼認爲。

對於此類文字，先前主流做法總是以假借來予以解釋，除非遇到在聲韻上難以說明的。如楚文字「蒿」在實際使用中都用來記錄郊祭、郊外之「郊」，而釋讀者一般都認爲楚簡中假「蒿」爲「郊」。雖然二者的假借關係在語音上是可以得到證明，可問題在於當我們把「蒿」、「郊」看作是假借字與本字關係時，我們思維上預先就已經有了一個假定，那就是認定楚文字中的「蒿」就是蒿草之「蒿」，「郊」必定是郊祭、郊外之「郊」。楚文字的事實可能與這一假定並不相符，望山、包山、上博簡中「蒿」共出現了八次，其中七次是用來記錄郊祭、郊外之「郊」，沒有一次是記錄蒿草之「蒿」的。既然楚簡中「蒿」從來都不表示蒿草之「蒿」，那麼，我們又依據什麼就認定它一定是蒿草之「蒿」，而不是郊祭、郊外之「郊」呢？既然我們不能認定楚文字「蒿」就是蒿草之「蒿」，那假「蒿」爲「郊」的說法也就失去了前提條件。之所以在古文字釋讀過程中常常出現這種貌似科學實爲悖論的現象，是因爲在釋讀者的潛意識中有這樣一個假設前提：凡是形體相同的字，哪怕他們存在於不同的歷史層次、來自不同的地域，其意義和功能總是相同的。正是由於存在這樣一個揮之不去的認識，我們也因此忽略了本應該得到重視的一些文字的特殊用法。

論文中我們討論了楚文字「芋」、「蒿」、「訶」等二十字在楚系簡帛中實際使用情況，也提出了自己的一些看法。毋庸諱言，我們深知有些字的論證還不是那麼充分，所得出的結論也還有進一步商榷的地方。之所以獨立出一個章節，目的是想引起人們的更多地關注文字在實際使用中的情況。在注重文字形體分析的同時，更應該把楚文字作爲一個完整的系統來對待。只有從系統上來把握，才能避免孤立地去分析、討論作爲個體的文字。作爲系統就必然具有關聯性，系統內任何一個成份的變化都會引起與之相關的其他因素的改變。楚文字溪谷之「谷」寫作「浴」，「谷」就只用來記錄慾望之「慾」。當我們有意識地注意楚文字使用中的一些特殊習慣，我們就回到了以楚文字爲本體的這樣一個基點。只有如此，我們才能更好地瞭解楚地人們在創製、運用文字時的心理活動，也才能更好地認識楚民族文化、信仰、習俗對文字的構造、使用上的影響。

　　楚系文字異體字中有這樣一個類別：一組異體字的每個字形都可以在傳世文獻或古代辭書中找到相對應字，不過在文獻或辭書中它們意義或用法有不同。在這種時候如果我們完全依據文獻、辭書來判斷，就極有可能發生偏差，因為我們討論的是楚系文字。判斷一組字是否構成異體關係，我們堅持認為最可靠的辦法就是看它們在簡文中的實際使用情況。除此之外，再詳盡的論證也是蒼白乏力的。

　　楚文字「豆」與「梪」是否構成異體，據《說文》解釋，二者有別。清代段玉裁、王筠有瓦質、木質的不同說法，實難甄別。現在我們考察了「豆」、「梪」在楚簡中的全部用例，沒有證據顯示二者有何不同。既然簡文用例完全一樣，我們就有足夠的勇氣說至少在楚系簡帛中「豆」、「梪」是一對異體字。

　　不僅確定一組異體字是這樣，排除一組字的異體關係也是如此。關於楚文字「己」與「㠱」的關係，李守奎和滕壬生都認為「㠱」是「己」的「異寫」，即把二者看作是一對異體字。驗之於楚文字簡帛用例，兩位的說法恐怕值得推敲。「㠱」僅用作自身代詞，把它看作是「己」的異體恐怕欠妥。因為在楚系簡帛中「己」和甲金文字一樣既可以作為干支用字，又可以記錄語詞自己之「己」，而「㠱」只用來記錄自己之「己」。可以說「㠱」是「己」的分化字，不是嚴格意義上的異體字。

二、結構上的規律性是系統特質的最好表現

　　楚系文字有沒有鮮明的地域特徵，近來在古文字學界引起了一些的爭論。李運富對戰國文字的地域特徵提出了質疑，他認為現在我們所說的一些「特徵」很難稱得上真正的「特徵」。因為作為文字系統的「特徵」必須要具有兩個條件，其一對外要有區別性，其二對內要具有普適性。我們先前在談到戰國文字地域特徵時，多為簡單地列舉個體字形上的差異，雖然這種差異具有區別性，但在文字系統內部多不具有規律性，也就談不上普適性。至於繁化、簡化、偏旁互置、添加飾符等規律，雖然具有普適性，但這種規律不是此有彼無的，而是戰國文字或者說整個古文字都具有的常見現象，也就談不上區別性。從這種意義上說，李運富的質疑是有道理的。

　　那麼，楚文字中有沒有既有區別性又有普適性的「特徵」呢？通過對楚系文字構字偏旁的研究，我們認為楚文字在結構上的確具有一些規律性。在《典

型楚系文字偏旁結構研究》這一章中，我們較為詳盡地考察了楚系簡帛文字「邑」、「心」、「鳥」、「羽」、「石」、「土」、「力」、「見」等八個構字偏旁。我們發現這幾個偏旁在字體中位置是較為固定的，並且與其他系屬文字形成了明顯的區別。據不完全統計，楚文字中由「羽」參與構造的字共有三十二個，偏旁「羽」的位置只有一種形式，那就是無一例外地位於字形的上部。而篆文中偏旁「羽」的位置就沒有如此的整齊劃一，《說文》「羽」部收錄三十三字〔註1〕，偏旁「羽」上置的僅為十二個，下置的有八個，左置的二個，右置的十一個。與篆文相比，楚文字這種偏旁位置上的規律不僅對內具有普遍的適用性，對外也具有明顯的區別性，把它稱作偏旁結構上的「特徵」應該是可以成立的。

與秦系文字偏旁「石」以左置為主不同，楚系文字偏旁「石」則以位於字形上方為常見。偏旁「石」位於上方時其字體中的「口」往往有所省略，寫作「」。將秦、楚兩系文字中與「石」有關的字進行對照研究，我們會發現，秦系文字與「石」有關的字分屬於「石」、「厂」二部。《說文》關於「厂」的「山石之崖巖，人可尻」的解釋是令人懷疑的。因為除了「厂」外，部中其他的字都與人的尻處沒有聯繫。《說文》「石」部構字偏旁「石」只有左置和下置兩種方式，為什麼沒有上置這一形式，值得深思。

受楚文字偏旁「石」的位置規律及其省略形式的啓發，我們認為篆文「厂」其實是「石」的一種變體，而這一變體的產生是與其結構位置緊密聯繫在一起的。當偏旁「石」位於字體左部、下部時仍然寫作「石」，而位於字體上部時則簡寫為「厂」，這在一些異體字中可見一斑。《說文》：「底，柔石也。從厂、氐聲。桜，底或從石。」

我們認為，戰國楚系文字不是不具有地域「特徵」，只是我們對文字的系統性關注不夠，研究得還不是太深入。隨著研究的逐步深入並輔之以電子計算機技術，我們相信：會有越來越多的地域「特徵」為我們所認識。

三、楚文字內部地域差異的研究應得到加強

就目前所獲知的戰國文字資料而言，楚系簡帛材料無疑是最為大宗的，其範圍分佈也十分廣泛。地域的差異是造成楚文字一字多形的一個重要因素，深

〔註1〕「羽」部的首字「羽」不計入其中。

入研究楚系文字地域間的差異應該成爲楚文字研究今後的一個重要課題。這就要求我們必須充分瞭解不同地域文字的構形特點以及書寫習慣。在此前提下，運用比較、分析、綜合的手段來探索一些帶有規律性的文字現象，而不是以前那樣簡單地羅列對照。我們知道，這樣的理論設想是好的，但具體操作起來會遇到許多困難。至今出土的三十多批竹簡，其資料的豐富程度是很不一致的，有的內容多，有的內容單一。爲避免以偏概全，我們認爲對於那些文字數量少的，可以先把它放在一邊，而從那些文字數量多的諸如曾侯乙墓、包山、郭店、新蔡簡入手來進行研究。

至於地域差異，我們不僅要對單個字體在形體上的不同給予足夠的重視，同時更應該關注那些在文字結構以及運用方面所具有的特點。我們說不僅整個楚系文字具有某些大的地域「特徵」，就是作爲楚文字內部不同地域的文字在字形、結構方面也或多或少地帶有局部地域「色彩」。如曾侯乙墓文字有關旗幟的字多從「㫃」，而楚系其他地域則多從「羽」。楚文字偏旁「鳥」多位於字體的左部，而新蔡簡中四個從「鳥」的字，其中「鶴」、「鴿」、「鳴」三字偏旁「鳥」右置，明顯與楚系其他地域不同，反而與秦系文字偏旁「鳥」的位置一致，個中原因值得深思。

地域差異不僅表現在文字的形體及其結構上，有時也體現在文字的使用上。「甲」在曾文字中是否記錄甲乙之「甲」我們不能肯定，但用來記錄鎧甲之「甲」是確定的。曾·簡四三：「兩馬之郄（漆）甲。」而其他地域的「甲」只用來記錄甲乙之「甲」，鎧甲之「甲」則寫作「![甲]」。上·二·成氏·簡五三：「武王素![甲]（甲）以申（陳）於殷蒿（郊）。」雖然曾文字「![甲]（甲）」與其他地域的「![甲]（甲）」形體相近，但記錄語詞的功能是不一樣的。

四、關注楚文字與其他地域文字的交流交融現象

兵燹頻仍的戰國時代，諸侯割據，但其間的各國人員交往、文化交流一刻也沒有停止過。作爲輔助交際工具和文化載體的不同地域的文字無疑會在人員交往、文化交流的過程中相互影響，產生一種文字相互交流、交融的現象。陳偉將目前發現的楚系簡帛材料按內容分爲四種類型：（1）文書檔案。（2）卜筮

祭禱記錄。（3）喪葬記錄。（4）書籍。〔註2〕前三類爲地道的楚地楚人的遺留物應該是沒有什麼問題的，即便如此其中也難免會夾雜有非楚系色彩的文字形體。而「書籍」類作品就較爲複雜了，這些竹書未必全都是楚人的原作。就如何判斷這些竹書的國別來源，不同的學者有不同的標準，我們贊同馮勝君以「字形結構」、「用字習慣」作爲判斷的依據。他說：「我們在利用『字形結構』和『用字習慣』這兩項標準來判斷郭店和上博部份簡文的國別和地域特點的時候，首先要注意我們用以說明問題的標本是否具有典型性。這裡所說的典型性應該包含『異』和『同』兩個方面：『異』是指某一種『字形結構』或『用字習慣』罕見或不見於楚文字；『同』是指這種『字形結構』或『用字習慣』常見或只見於某系文字。」〔註3〕

　　就「字形結構」而言，我們認爲包括兩個方面的內容，一是單個字體的結構，一是一組文字的形體結構。單個字體如論文中論及的「過」，典型楚文字寫作「恑」、「徍」與「迗」，雖有從「心」、從「止」、從「辵」的不同，但它們有一個共同的特點就是聲符都是「化」。郭·語叢三·簡五二則寫作「」，與楚文字不一致，與秦系文字篆文、睡虎地秦簡「過」相近。郭店簡中出現秦系文字色彩的「過」應該是文字相互交流的結果。至於一組文字的形體結構，如前述的新蔡葛陵楚簡的「鵻」、「鵅」、「鳴」，這三字的偏旁「鳥」右置，與楚文字偏旁「鳥」左置不同，應該是受秦系文字影響的結果。而曾文字有關旗幟的字多從「认」，而聲符又多採用楚文字的寫法，可以說這是一種秦系、楚系兩種文字相互交融的結果。

　　隨著研究的深入，我們會在楚系簡帛材料中發現更多具有非楚系文字特徵的字形。當我們意識到楚文字中也具有非楚文字的成份，這本身就說明我們對楚文字的認識有所加深。只有當我們在楚簡中逐漸甄別出所有非楚文字的成份，我們才可能更好地認識楚系文字的眞實面目，也才能保證我們所說的典型楚文字形體、結構甚至文字使用習慣眞正具有楚文字的特徵。

〔註2〕陳偉：《新出楚簡研讀》，武漢大學出版社 2010 年版，第 103～104 頁。

〔註3〕馮勝君：《論郭店簡〈唐虞之道〉、〈忠信之道〉、〈語叢〉（一）、（三）以及上博簡〈緇衣〉爲具有齊系文字特點的抄本》，北京大學博士後研究工作報告，第 6 頁。

參考文獻

（一）古代典籍

1. 周祖謨：《廣韻校本》，中華書局，1980。

2. 丁度：《宋刻集韻》，中華書局，1989。

3. 段玉裁：《説文解字注》，上海古籍出版社，1981。

4. 王念孫：《廣雅疏證》，中華書局，1983。

5. 王筠：《説文釋例》，中華書局，1987。

6. 朱駿聲：《説文通訓定聲》，古籍書店，1983。

7. 《十三經注疏》，中華書局，1980。

（二）單篇論文

1. 白於藍：1998《包山楚簡文字編校讀瑣議》，《江漢考古》第二期。

2. 包山墓地竹簡整理小組：1988《包山2號墓竹簡概述》，《文物》第五期。

3. 陳邦懷：1979《戰國楚帛書文字考證》，《古文字研究》第一輯。

4. 陳邦懷：1981《戰國楚帛書文字考證》，《古文字研究》第五輯。

5. 陳斯鵬：2001《郭店楚簡文字研究綜述》，《華學》第五期。

6. 陳松長：1990《楚系文字與楚國風俗》，《東南文化》第四期。

7. 陳偉武：1999《雙聲符字綜論》，《中國古文字研究》第一輯。

8. 董琨：2001《郭店楚簡《老子》異文的語法學考察》，《中國語文》第四期。

9. 董琨：2002《郭店楚簡《老子》的語言學箚記》，《古文字研究》第二十四輯。

10. 董琨：2006《楚系簡帛文字形用問題》，《簡帛語言文字研究》第二輯 ，巴蜀書社。

11. 董琨：2006《楚文字若干問題的思考》《古文字研究》第二十六輯，中華書局。

12. 馮勝君：2004《論郭店簡《唐虞之道》、《忠信之道》、《語叢》一三以及上博簡《緇衣》爲具有齊系特點的抄本》，《新出土文獻與古代文明研究》，上海大學出版社。

13. 高開貴：1988《略論戰國時期文字的繁化和簡化》，《江漢考古》第四期。

14. 高明：1985《楚繒書研究》，《古文字研究》第十二輯。

15. 郭沫若：1972《古代文字之辯證發展》，《考古學報》第二期。

16. 郭若愚：1986《長沙仰天湖戰國竹簡文字的摹寫和考釋》，《上海博物館集刊》第三輯。

17. 何琳儀：1993《包山竹簡選釋》，《江漢考古》第四期。

18. 湖南省博物館：1974《長沙子彈庫木槨墓》，《文物》第二期。

19. 湖南省文物管理委員會：1957《長沙出土的三座大型木槨墓》，《考古學報》第一期。

20. 湖南省文物考古研究所：1990《湖南慈利石板村 36 號戰國墓發掘簡報》，《文物》第九期。

21. 湖南省文物考古研究所：1995《湖南慈利縣石板村戰國墓》，《考古學報》第二期。

22. 河南省文物考古研究所：2002《河南新蔡平夜君墓的發掘》，《文物》第八期。

23. 黃德寬：1994《漢字構型方式：一個歷時態的演進的系統》，《安徽大學學報》第三期。

24. 黃德寬、徐在國：1999《郭店楚簡文字續考》，《江漢考古》第二期。

25. 黃文傑：1994《睡虎地秦簡文字形體的特點》，《中山大學學報》第二期。

26. 黃錫全：1990《楚系文字略論》，《華夏考古》第三期。

27. 荊沙鐵路考古隊：1988《荊門市包山楚墓發掘簡報》，《文物》第五期。

28. 荊州地區博物館：1973《湖北江陵縣藤店 1 號墓發掘報告》，《文物》第九期。

29. 荊州地區博物館：1982《江陵天星觀 1 號楚墓》，《考古學報》第一期。

30. 荊州博物館：1997《荊州郭店一號楚墓》，《文物》第七期。

31. 李家浩：1999《讀郭店楚墓竹簡瑣議》，《武漢大學學報》第二期。

32. 李零：1999《讀九店楚簡》，《考古學報》第二期。

33. 李天虹：1993《〈包山簡〉釋文補正》，《江漢考古》第二期。

34. 李先登：1990《詩論楚文化的形成及特點》，《文物研究》第六期。

35. 李學勤：1956《談近年來新發現的幾種戰國文字資料》，《文物參考資料》 第一期。

36. 李學勤：1957《信陽楚墓中發現最早的戰國竹書》，《光明日報》11 月 27 日。

37. 李學勤：1957《戰國題銘概述（上、中、下）》，《文物》第七、八、九期。

38. 李學勤：1960《補論戰國題銘的一些問題》，《文物》第七期。

39. 李學勤：2004《論葛陵楚簡的年代》，《文物》第七期。

40. 李雲福：1995《楚國簡帛文字資料綜述》，《江漢考古》第四期。

41. 李運富：1996《楚國簡帛文字研究概觀》，《江漢考古》第三期。

42. 李運富：1997《戰國文字「地域特點」質疑》，《中國社會科學》第五期。

43. 李運富：1997《從楚文字的構型系統看戰國文字在漢字發展上的地位》，《徐州師大學報》第三期。

44. 李昭和：1982《青川出土木牘文字簡考》，《文物》第一期。

45. 劉彬徽：2000《荊門包山楚簡論述》，《古文字研究》第二十輯。

46. 劉彬徽：2001《楚系文字志》，《早期文明與楚文化研究》，嶽麓書社。

47. 劉信芳：1992《包山楚簡遣冊考釋拾零》，《江漢考古》第三期。

48. 林素清：1985《論先秦文字中的「=」符》，《中央研究院歷史語言研究所集刊》第五十六本四分。

49. 林素清：2002《楚簡文字綜論》，《古文字與商周文明——第三屆國際漢學會議論文集》。

50. 林素清：2004《郭店、上博《緇衣》簡之比較——簡論戰國文字的國別問題》，《新出土文獻與古代文明研究》，上海大學出版社。

51. 林澐：1992《讀包山楚簡箚記七則》，《江漢考古》第四期。

52. 林志強：1999《關於漢字的訛變現象》，《福建師範大學學報》第四期。

53. 林志強：2004《新出材料與〈尚書〉文本的解讀》，《福建師範大學學報》第三期。

54. 羅凡晸：2001《郭店楚簡異體字研究》，《國立臺灣師範大學國文研究所集刊》第四十五期。

55. 羅運環：1999《郭店楚簡的年代、用途及意義》，《武漢大學學報》第二期。

56. 羅運環：2000《論郭店一號楚墓所出漆耳杯文及墓主和竹簡的年代》，《考古》第一期。

57. 羅運環：2000《論楚文字的演變規律》，《古文字研究》第二十二輯。

58. 馬承源：2001《戰國楚竹書的發現、保護和整理》，《中國文物報》12 月 26 日。

59. 馬國權：1980《戰國楚竹簡文字略說》，《古文字研究》第三輯。

60. 馬先醒：1974《簡牘文字中七、十、三、四、卅、冊等問題》，《簡牘學報》第一期。

61. 孟蓬生：2002《郭店楚簡字詞考釋》，《古文字研究》第二十四輯。

62. 啓功：1962《關於古代字體的一些問題》，《文物》第六期。

63. 裘錫圭：1980《考古發現的秦漢文字資料對於校讀古籍的重要性》，《中國社會科學》第五期。

64. 裘錫圭：1993《讀簡帛文字資料箚記》，《簡帛研究》第一輯。

65. 裘錫圭：2000《以郭店《老子》爲例談談古文字》，《中國哲學》第二十一輯

66. 商承祚：1964《戰國楚帛書述略》，《文物》第九期。

67. 史樹青：1963《信陽長臺關出土竹書考》，《北京師範大學學報》第四期。

68. 隨縣擂鼓墩 1 號墓考古發掘隊：1979《湖北隨縣曾侯乙墓發掘簡報》，《文物》第七期。

69. 湯餘惠：1986《略論戰國文字形體研究中的幾個問題》，《古文字研究》第十五緝。

70. 王建蘇：1992《包山楚簡研究述評》，《江漢論壇》第十一期。

71. 吳辛丑：2002《簡帛典籍異文與古文字資料的釋讀》，《古文字研究》第二十四輯。

72. 王宜美：1982《睡虎地秦墓竹簡通假字初探》，《寧波師專學報》第一期。

73. 王志平：1998《楚帛書月名新探》，《華學》第三輯。

74. 吳振武：1982《古文字中形聲字類別的研究》，《吉林大學學報》第一期。

75. 吳振武：2000《古文字中的借筆字》，《古文字研究》第二十二輯。

76. 夏淥：1991《論古文字的兼併與消亡》，《武漢大學學報》第二期。

77. 新井光風：1994《包山楚簡書法的考察》，《書法叢刊》第三期。

78. 徐在國：1996《包山楚簡文字校釋十四則》《於省吾教授百年誕辰紀年文集》，吉林大學出版社。

79. 徐在國：1998《楚簡文字新釋》，《江漢考古》第二期。

80. 許文獻：2002《先秦楚系文字聲符替換結構初探——分類之一：非屬同一諧聲系統之共時性同字異構例》，《第十三屆全國暨海峽兩岸中國文字學學術研討會論文集》，萬卷樓圖書有限公司。

81. 姚漢源：1983《鄂君啓節釋文》，《古文字研究》第十輯。

82. 于豪亮：1982《釋青川秦墓木牘》，《文物》第一期。

83. 于省吾：1963《「鄂君啓節」考釋》，《考古》第八期。

84. 張桂光：1986《古文字中的形體訛變》，《古文字研究》第十五緝。

85. 張亞初：1989《談古文字中的變形造字法》，《慶祝蘇秉琦考古五十五年論文集》，文物出版社。

86. 趙平安：2001《釋古文字資料中的「價」及相關諸字》，《中國文字》第二輯。

87. 趙平安：2004《戰國文字中的鹽字及相關問題研究》,《考古》第八期。

88. 鄭剛：1995《戰國文字中的同源詞和同源字》,《中國文字》第二十期,藝文印書館。

89. 朱德熙、裘錫圭：1972《戰國文字研究（六種)》,《考古學報》第一期。

90. 朱德熙、裘錫圭：1973《信陽楚簡考釋（五篇)》,《考古學報》第一期。

91. 中山大學楚簡整理小組：1978《戰國楚簡概述》,《中山大學學報》第四期。

92. 周鳳五：2000《郭店竹簡的形式特徵及其分類意義》,《郭店楚簡國際學術研討會論文集》,湖北人民出版社。

93. 周鳳五：2002《楚簡文字的書法意義》,《古文字與商周文明——第三屆國際漢學會議論文集》。

（三）專著

1. 陳偉：1996《包山楚簡初探》,武漢大學出版社。

2. 陳偉等：2009《楚地出土戰國簡冊〔十四種]》,經濟科學出版社。

3. 陳偉：2010《新出楚簡研讀》,武漢大學出版社。

4. 郭沫若：1982《石鼓文研究詛楚文考釋》,科學出版社。

5. 何琳儀：1989《戰國文字通論》,中華書局。

6. 何琳儀：2003《戰國文字通論（訂補)》,江蘇教育出版社。

7. 黃德寬：1995《古漢字形聲結構論》,黃山書社。

8. 黃德寬主編：2007《古文字譜系疏證》,商務印書館。

9. 黃德寬等：2007《新出楚簡文字考》,安徽大學出版社。

10. 黃文傑：2008《秦至漢初簡帛文字研究》,商務印書館。

11. 黃錫全：1990《汗簡注釋》,武漢大學出版社。

12. 李零：1985《長沙子彈庫戰國楚帛書研究》,中華書局。

13. 李零：2002《上博楚簡三篇校讀記》,臺灣萬卷樓圖書有限公司。

14. 李零：2002《郭店楚簡校讀記》,北京大學出版社。

15. 〔美〕李孟濤：2008《試談郭店楚簡中不同手跡的辨別》,《簡帛研究》二〇〇六,廣西大學出版社。

16. 劉釗：2005《郭店楚簡校釋》,福建人民出版社。

17. 劉釗：2006《古文字構形學》,福建人民出版社。

18. 李玉：1994《秦漢簡牘帛書音韻研究》,當代中國出版社。

19. 李運富：1997《楚文字構型系統研究》,嶽麓書社。

20. 林劍鳴：1984《簡牘概述》,陝西人民出版社。

21. 彭浩：2000《郭店楚簡《老子》校讀》,湖北人民出版社。

22. 駢宇騫、段書安：2006《二十世紀出土簡帛綜述》,中華書局。

23. 裘錫圭：1992《古文字論集》，中華書局。

24. 饒宗頤、曾憲通：1993《楚地出土文獻研究三種》，中華書局。

25. 史樹青：1955《長沙仰天湖出土楚簡研究》，群聯出版社。

26. 上海大學古代文明研究中心 清華大學思想文化研究所：2002《上博藏戰國楚竹書研究》，上海書店出版社。

27. 宋華強：2010《新蔡葛陵楚簡初探》，武漢大學出版社。

28. 唐蘭：1981《古文字學導論》，齊魯書社。

29. 武漢大學中國文化研究院:2000《郭店楚簡國際學術研討會論文集》，湖北人民出版社。

30. 吳建偉：2006《戰國楚音系及楚文字構建系統研究》，齊魯書社。

31. 王貴元：1999《馬王堆帛書漢字構型系統研究》，廣西教育出版社。

32. 王寧：2002《漢字構形學講座》，上海教育出版社。

33. 王志平 董琨：2009《簡帛文獻文字研究》《簡帛文獻語言研究》，社會科學文獻出版社。

34. 張鳳素：2008《古漢字結構變化研究》，中華書局。

35. 中科院考古所：1957《長沙發掘報告》，科學出版社。

36. 朱德熙：1995《朱德熙古文字論集》，中華書局。

37. 中國社會科學院簡帛研究中心：1998《簡帛研究》第三輯，廣西教育出版社。

38. 社科院歷史所：1987《簡牘研究譯叢（二)》，中國社會科學出版社。

（四）出土文獻及其他古文字資料

1. 高明：1990《古陶文彙編》，中華書局。

2. 高明：1991《古陶文字徵》，中華書局。

3. 河南省文化局文物工作隊：1957《河南信陽楚墓圖錄》，河南人民出版社。

4. 河南省文物研究所：1986《信陽楚墓》，文物出版社。

5. 河南省文物考古研究所：2003《新蔡葛陵楚墓》，大象出版社。

6. 湖北省博物館：1989《曾侯乙墓》，文物出版社。

7. 湖北省文物考古研究所：1995《江陵九店東周墓》，科學出版社。

8. 湖北省考古所 北大中文系：1995《望山楚簡》，中華書局。

9. 湖北省文物考古研究所 北京大學中文系：2000《九店楚簡》，中華書局。

10. 荊門市博物館：1998《郭店楚墓竹簡》，文物出版社。

11. 荊沙鐵路考古隊：1991《包山楚簡》，文物出版社。

12. 羅福頤主編：1998《古璽彙編》，文物出版社。

13. 羅福頤主編：1998《古璽文編》，文物出版社。

14. 馬承源主編：2001《上海博物館藏戰國楚竹書》（一），上海古籍出版社。

15. 馬承源主編：2002《上海博物館藏戰國楚竹書》（二），上海古籍出版社。

16. 馬承源主編：2003《上海博物館藏戰國楚竹書》（三），上海古籍出版社。

17. 馬承源主編：2004《上海博物館藏戰國楚竹書》（四），上海古籍出版社。

18. 馬承源主編：2005《上海博物館藏戰國楚竹書》（五），上海古籍出版社。

19. 馬承源主編：2007《上海博物館藏戰國楚竹書》（六），上海古籍出版社。

20. 馬承源主編：2009《上海博物館藏戰國楚竹書》（七），上海古籍出版社。

21. 山西文物工作委員會：1976《侯馬盟書》，文物出版社。

22. 商承祚：1995《戰國竹簡彙編》，齊魯書社。

23. 睡虎地秦墓竹簡整理小組：1990《睡虎地秦墓竹簡》，文物出版社。

24. 銀雀山漢墓竹簡整理小組：1976《銀雀山漢墓竹簡》，文物出版社。

25. 陳建貢、徐敏：1981《簡牘帛書字典》，上海書畫出版社。

26. 陳松長：2001《馬王堆簡帛文字編》，文物出版社。

27. 陳振裕、劉信芳：1993《睡虎地秦簡文字編》，湖北人民出版社。

28. 高明：2005《古文字類編》，中華書局。

29. 郭若愚：1994《戰國楚簡言語字編》，上海書畫出版社。

30. 何琳儀：1998《戰國古文字典》，中華書局。

31. 黃德寬、徐在國：2007《古老子文字編》，安徽大學出版社。

32. 荊沙鐵路考古隊：1991《包山楚簡·字表》，文物出版社。

33. 李守奎：2003《楚文字編》，華東師範大學出版社。

34. 李守奎：等 2008《上海博物館藏戰國楚竹書（一～五）文字編》，作家出版社。

35. 駢宇騫：2001《銀雀山漢簡文字編》，文物出版社。

36. 滕壬生：2008《楚系簡帛文字編》（增訂本），湖北教育出版社。

37. 容庚：2004《金文編》，中華書局。

38. 商承祚：1995《戰國楚簡滙編·字表》，齊魯書社。

39. 湯餘惠：2001《戰國文字編》，福建人民出版社。

40. 袁仲一、劉鈺：1993《秦文字類編》，陝西人民教育出版社。

41. 張光裕：1992《包山楚簡文字編》，藝文印書館。

42. 張光裕、袁國華：1996《包山楚簡文字編》，藝文印書館。

43. 張光裕、滕壬生：1997《曾侯乙墓竹簡文字編》，藝文印書館。

44. 張光裕：1999《郭店楚簡研究文字編》，藝文印書館。

45. 張守中：1994《睡虎地秦簡文字編》，文物出版社。

46. 張守中：1996《包山楚簡文字編》，文物出版社。

47. 張守中、郝建文、張小滄：2000《郭店楚簡文字編》，文物出版社。

48. 張新俊、張勝波：2008《新蔡葛陵楚簡文字編》，巴蜀書社。

49. 中國社會科學院考古研究所編：2005《甲骨文編》，中華書局。

50. 曾憲通：1993《長沙楚帛書文字編》，中華書局。